O Negro Gato

CB123807

O NEGRO GATO

LADRÃO OU HERÓI?

RONEY DIAS

PandorgA
NACIONAL

Copyright © Roney Dias, 2015
Todos os direitos reservados
Copyright © 2015 by Editora Pandorga

Direção Editorial
Silvia Vasconcelos
Assistente Editorial
Thaluana Meira
Preparação
Monique D'Orazio
Projeto Gráfico e Diagramação
MKX Editorial
Revisão
Fabio Brust - Elo Editorial
Capa
Fabio Brust - Elo Editorial

Texto de acordo com as normas do Novo Acordo Ortográfico da Língua Portuguesa
(Decreto Legislativo nº 54, de 1995)

Dados Internacionais de Catalogação na Publicação (CIP)
Ficha elaborada por: Tereza Cristina Barros - CRB-8/7410

Dias, Roney
O negro gato : ladrão ou herói / Roney Dias. -- 1. ed. --
São Paulo : PandorgA, 2015.

ISBN 978-85-8442-085-8
1. Ficção - Literatura brasileira I. Título.

17.08/022-2015 CDD-869.93

Índices para catálogo sistemático:
1. Ficção : Literatura brasileira 869.93

2015
IMPRESSO NO BRASIL
PRINTED IN BRAZIL
DIREITOS CEDIDOS PARA ESTA EDIÇÃO À
EDITORA PANDORGA
AVENIDA SÃO CAMILO, 899
CEP 06709-150 – GRANJA VIANA – COTIA – SP
TEL. (11) 4612-6404

WWW.EDITORAPANDORGA.COM.BR

Capítulo 1

Virgínia, Estados Unidos da América – dias atuais

Sentada no banco da lanchonete, com os cotovelos sobre o balcão de mármore, Kristine, desanimada, observava as bolhinhas de ar subirem na garrafa de água com gás. Já era a terceira do dia, tudo isso para tentar espantar um pouco o calor, que estava demais naquela sexta-feira, enquanto Natalia aguardava seu suco de laranja sem açúcar, como havia diligentemente pedido ao rapaz que as servia. A temperatura anunciava trinta e quatro graus na sombra e, ambas vestidas com o uniforme de polícia, procuravam se esconder do Sol da tarde, pulando de lanchonete em lanchonete. Dois anos já haviam se passado desde que se formaram na Academia de Polícia do condado de Arlington, e elas continuavam fazendo patrulha a pé, no centro comercial da cidade. Coincidência ou não, era curioso o fato de os comerciantes estarem sempre à porta dos estabelecimentos na mesma hora das rondas, acenando e oferecendo seus préstimos, aguardando de pé na porta das lojas olhando para elas, até que suas silhuetas sumissem de vista. Obviamente, os homens ficavam admirados de ver passar pelas ruas duas jovens de vinte e três e vinte quatro anos com boa forma física usando uniforme engomado, deixando revelar, bem discretamente, o contorno da pequena lingerie por baixo da calça. Não eram só os bustos e os quadris que desatinavam a imaginação libertina dos homens, todo o conjunto a favorecia, a começar pela postura e o semblante atinado. Os cabelos loiros de Kristine se deixavam prender por duas presilhinhas camufladas atrás da nuca. Da mesma forma, os cabelos negros de Natalia, presos de maneira padrão. A cobiça aumentava na medida em que se mostravam pouco interessadas em ser elogiadas ou dispostas a fazer novos amigos. Não que um elogio bem argumentado fosse impertinente. É que à medida que o tempo passava, ambas esperavam sair da rotina, fazendo parte das equipes especiais de combate a homicídios e narcóticos. De tal maneira as incomodava vigiar as ruas, alegrando-se com as cordialidades dos cavalheiros de plantão, desde a hora em que chegavam, até o término do serviço. Kristine não se alegrava em ser tratada dessa forma, pois a fazia se sentir menosprezada pelo fato de ser mulher. Quando se apresentaram na unidade, o departamento parou. Todos os policiais queriam ajudar em alguma coisa. Houve pretendente se oferecendo para ajudar a prender o distintivo do departamento na camisa.

— E então, falou com o chefe? – disse Natalia, colocando um pouco de água no copo.

— Falei – respondeu Kristine.

— E o que aquele "mala" disse?

— Ah, veio com um papo de que é preciso ter paciência e que ele esperou milhares de anos para ficar onde queria, e não sei o que mais.

— Hum, é isso mesmo, sempre a mesma conversa. Se a gente continuar aqui, nunca vamos prender ninguém.

— Não mesmo.

— "Atenção todos os patrulheiros, roubo em andamento no museu de artes sacras" – a voz veio do rádio da polícia.

— O que foi, você ouviu?

— Não deu para entender direito. Acho que foi um roubo.

— Onde?

— Espera aí, vamos ouvir. Aumenta o rádio, depressa!

— "Atenção patrulheiros: roubo no museu" – o rádio repetiu.

— No museu! – as duas gritaram, e desceram derrubando os bancos da lanchonete, correndo em direção ao museu. Um mosteiro de freiras situado a duas quadras de onde elas estavam. Sentiram um tremendo frio na barriga: era a primeira vez que ouviam um chamado daquele tipo pelo rádio. Nunca tinham ouvido a voz da controladora alterada daquele jeito. Por certo se tratava mesmo de uma ocorrência de verdade. Enquanto corriam, Kristine esboçou um sorriso de emoção. Depois, fechou a cara, para não dar bandeira de que era a primeira vez que estava agindo contra um possível roubo.

— "Um suspeito sendo perseguido pelos seguranças na Avenida Cristovão Colombo" – o rádio informou.

— É aqui perto – disse Kristine.

— Nossa, onde fica essa rua? – gritou Natalia.

— Não sei. Acho que é a de cima, nós já passamos nela.

Mal terminaram de dobrar a esquina, avistaram os seguranças atravessando a rua e correndo atrás de um homem. Kristine passou de uma calçada a outra, agora em maior velocidade.

— Patrulha dois com visual do suspeito – Natalia comunicou pelo rádio.

— "Qual sua posição?" – perguntou a central.

— "Acho que ele saiu da John Kennedy e entrou numa viela" – Natalia falava, ofegante, pelo rádio, e ansiosa por estar perdendo Kristine de vista.

O suspeito de mochila nas costas fugia na direção centro–bairro. Os seguranças perseguiam o ladrão de perto, seguidos por Kristine e Natalia, um pouco mais atrás. Quando atingiu o bairro periférico, o rapaz pulou o muro do galpão de uma fábrica. O muro era alto e os seguranças pularam atrás, com certa dificuldade. Kristine, que vinha logo atrás, tinha uma visão privilegiada e achou melhor entrar na rua paralela, para ver se alcançava o fugitivo do outro lado. Sua estratégia deu certo. O suspeito pulou o muro do outro lado em direção ao bairro, e nem viu quando Kristine dobrou a esquina bem ao seu lado. Kristine acelerou ainda mais. "Agora te pego", pensou. Estava otimista e satisfeita. Quando começou a perseguição estava seguindo os seguranças de longe; agora já estava logo atrás do bandido. A poucos metros de distância, o rapaz percebeu a aproximação. Olhou para trás, viu que estava sendo perseguido por uma mulher. Acostumado a fugir da polícia, nem ligou. Sentiu-se até menosprezado.

— Só faltava essa, uma mulher – falou, balançando a cabeça.

Chegou ao bairro das Castelhas. Um pacato bairro residencial. Na maioria, composto de antigos prédios de quatro andares. Na década de 1940, era considerado um bairro perigoso e violento, dominado por gângsteres. Atualmente, um local propício para se camuflar, no meio de tantas casas. O fugitivo subiu as escadarias de um dos prédios. Kristine se precipitou atrás, controlando a respiração para economizar energia. Certamente iria precisar dela na hora em que alcançasse o suspeito, afinal de contas, tratava-se de um rapaz jovem. Aparentemente muito bem fisicamente, digno de vagabundo que não faz nada na vida, além de praticar esporte o dia todo, diferente de policiais, que realizam treinamentos esporádicos. Ele, então, passou pelo corredor de um apartamento, subiu dois lances de escada, saiu do outro lado e começou a andar sobre o parapeito do segundo andar. Depois, saltou de cima para baixo, agarrando-se com apenas uma das mãos no ferro de uma varanda, e caiu em pé. O salto foi feito com tanta facilidade que mais parecia uma criança brincando no playground. Arrumou a mochila nas costas, olhou para trás, mais por descargo de consciência que por cautela, uma vez que tinha certeza de que ninguém podia fazer o mesmo. Andou por dois quarteirões tranquilamente, como se nada tivesse acontecido, quando ouviu a respiração ofegante de um vulto em sua direção. Olhou para trás, espantado. Era a policial.

— Não acredito, garota insistente – disse em voz baixa.

A perseguição tornou-se mais intensa, entrando e saindo dos quintais e becos das casas, até chegar ao fim de uma rua sem saída, onde havia um asilo. Com o impulso da corrida, o suspeito bateu com os pés no canto da velha parede, deu um salto acrobático e, num instante, caminhava sorrateiro sobre os canteiros das telhas. Kristine pulou, agarrando-se em um buraco na parede. Com jeito esticou a outra mão, segurou-se em um ferro exposto do reboco, tão apertado que só couberam três dedos. A dor da unha se quebrando fez o corpo inteiro estremecer. Apertando a mandíbula, retendo a respiração, como quem se utiliza do último esforço para suspender o enfadonho peso do corpo, pouco a pouco ela foi escalando a parede de concreto. O fugitivo parou, ficou contemplando por alguns segundos, achando graça do inútil esforço da sua perseguidora. Finalmente, Kristine conseguiu atingir o topo do muro. Apoiando os cotovelos e apertando a barriga, ela esticou uma perna e se jogou no telhado, fazendo um rolamento. Pôs-se de cócoras, deu uma paradinha para observar o local, levou a mão à testa para proteger os olhos da claridade do Sol, que o telhado refletia com violência. De longe, o malandro andava sobre o telhado como quem brinca de amarelinha.

— Mas que filho da puta – Kristine esbravejou respirando fundo. Tinha gasto metade de sua força escalando o imenso muro do asilo. Continuou a perseguição um pouco mais cautelosa, de telhado em telhado, percorrendo mais de dois quarteirões. Kristine parou por um instante para tomar um pouco de ar, correndo a vista pelo telhado, e não pôde deixar de observar o imenso céu azul sobre sua cabeça. O Sol de rachar não estava para brincadeira, a sola dos pés pareciam derreter sobre as telhas lisas e quentes. O luminoso Sol do meio-dia a pino batia nas telhas e fazia subir um mormaço escaldante. Sentiu escorrer um filete de suor do canto do rosto, passou a mão na testa para contê-lo, fazendo arder seus olhos semiflexionados pelo violento brilho ofuscante refletido nas placas das antenas de alumínio. Respirou fundo, tomou fôlego, desceu correndo desequilibrada pelas telhas. Era íngreme e não tinha como parar. Tentou projetar o corpo para trás, para diminuir a velocidade, mas foi rolando até o fim do telhado. O quepe pulou de sua cabeça e Kristine caiu sentada entre um telhado e outro se encolhendo, apertando os joelhos contra a barriga. Depois, se levantou com dificuldade, batendo desapontada a poeira da calça. O suspeito, sentado no outro telhado, observava tudo com as mãos na cabeça.

— Nossa, que desastre, estava indo tão bem! – Disse ele sentindo até um pouco de pena por ela ter se esforçado tanto.

Enquanto Kristine batia na calça para tirar a poeira, o suspeito teve tempo suficiente para observá-la um pouco mais criteriosamente. Ao cair rolando, a camisa saiu de dentro da calça e, quando Kristine se abaixava para se limpar, aparecia metade da calcinha que sobrepujava-lhe a anca. O fugitivo se esticava na ponta dos pés para ter uma visão melhor da moça de costas, se limpando. Esqueceu-se completamente de que estava em fuga por ter roubado uma peça rara do museu e ficou lá, feito gato escaldado observando a dona de casa limpar o peixe. Parecia se sentir como se estivesse sentado no calçadão da praia, observando a mulherada passar. Extasiado, seu olhar se direcionava para aquele quadrante com toda voracidade, entre a barriga rígida e a calça apertada nas coxas e em todo o contorno arredondado dos quadris. A silhueta esguia do corpo feminino e a mente em seus desejos, desencadeando a imaginação de qualquer homem em iguais condições. Fantasiando muito além do que os olhos humanos são capazes de captar.

— Nossa, hein – ele falou, esticando a parte de baixo dos lábios. Mais uma vez ficou admirado, não só pela inocente valentia da mulher que insistia em capturá-lo, mas também pelo belíssimo corpo suado da moça. Foi interrompido em seu transe quando ouviu a sirene da viatura soar ao longe. Percebendo que não estava só, Kristine olhou para trás, se rendendo ao poderoso instinto feminino que alerta as mulheres em momentos de perigo.

— Vai ter de fazer melhor que isso, gatinha! – disse amistosamente.

Kristine virou-se de maneira brusca, não se dando por vencida, e procurou se equilibrar sobre as telhas. Estava suada, descabelada, toda ralada e com marcas pretas da sujeira do telhado no corpo e no rosto. Não usava nenhuma maquiagem, passara apenas um discreto batom avermelhado. Nem por isso estava menos bonita, sua testa franzida e seu olhar concentrado a tornavam muito atraente, dando-lhe certo ar provocador que realçava sua beleza. Os dois ficaram se olhando por cinco segundos. Kristine ficou sem reação, por ter sido pega de surpresa. Estava perplexa com a audácia do ladrão, que, em vez de fugir, ficou fazendo graça. O suspeito, por sua vez, ficou ali parado ao ser surpreendido pela inesperada beleza de Kristine. Sem reação, pensou jamais ter visto uma mulher tão bonita quanto ela. Mesmo com os cabelos esvoaçantes cobrindo parte do rosto, foi possível perceber o quanto ela era bela. Seus lindos olhos azuis, seus lábios entreabertos pela respiração acelerada. A essa altura o batom já lhe transbordava os lábios. A pele branca aveludada borrada de preto. Seu nariz bem-feitinho, não diferente do resto do corpo. A camisa molhada grudada ao corpo, faltando os dois primeiros botões, que pularam longe depois de tanta correria, sobrando apenas dois botões na altura da cintura, permitindo revelar o bojo do sutiã inflamado pela respiração ofegante. O semblante fatigado, porém penetrante, de Kristine dava-lhe um aspecto sensual de mulher selvagem, forte e guerreira, disposta a lutar até as últimas consequências por seus objetivos. Ouriçando ainda mais a confusa cabeça do ladrão, que ficou ali, embasbacado como peregrino no deserto depois de semanas à procura de água, deparando com uma inesgotável fonte de água cristalina. Kristine foi quem se mexeu primeiro, apertou o botão do radiotransmissor, que ficava na altura do ombro, e informou à central sua localização. Depois, deu dois passos mancando até a ponta do telhado. A distância entre um telhado e outro era de uns três metros. Kristine percorreu com os olhos todo o telhado e viu que não tinha jeito de chegar ao outro lado. Chegou a fazer menção de pular. Só então percebeu que escorria pela calça uma tira de sangue do joelho esfolado. Convenceu-se, finalmente, de que não ia conseguir, ainda mais na situação deplorável em que se encontrava. Aborrecida, Kristine se manteve calada diante do intransponível espaço entre eles.

— Vai se machucar, gatinha – disse o fugitivo, com um sorriso no rosto.

Ela o observou com mais cuidado, para ver se notava algo, nele, que pudesse ser identificado, caso ele conseguisse escapar. Seria difícil reconhecê-lo, pois o sujeito usava boné e óculos escuros. Suas vestes também eram escuras, assim como os cabelos e o cavanhaque. Não deu para saber se era disfarce ou se ele era assim, mesmo. Considerando que não podia pular e pegá-lo, num último recurso, segurou-se procurando equilíbrio em um cano de caixa-d'água e, com a outra mão, sacou a pistola do coldre e apontou para o suspeito.

— Parado aí, ladrão!

— Ladrão não, eu sou "*o* ladrão", e tenho nome. Se preferir, pode me chamar de 'Negro Gato", como sou popularmente conhecido, mas isso você sabe, né, todo mundo comenta sobre mim.

— Eu não te conheço e nunca ouvi falar de você. – Enquanto falava, Kristine mordia a ponta do dedo, tentando arrancar um pedaço que sobrou da unha do dedo mindinho, depois de deixar uma lasca no muro do asilo.

— Então estamos empatados, porque eu também nunca ouvi falar de você. Aliás, eu até queria saber o que uma boniteza dessas faz perdida por essas bandas.

Percebendo que as viaturas já estavam se aproximando e era uma questão de pouco tempo até aquele lugar estar repleto de policiais, Kristine resolveu dar trela ao tal gato.

— Então você nunca foi preso? – perguntou, a fim de prolongar a conversa.

— Nunca! Até agora o único que conseguiu me pegar foi o cupido na hora em que vi você, princesa.

— E por que eu deveria saber seu nome? – "Cadê, que ninguém chega logo", praguejou, ansiosa, espiando o fim do quarteirão.

— Eu sou o maior ladrão de joias do mundo. Sou conhecido em vários países, fui capa do *The New York Times*. Tenho milhares de fãs espalhados pelo mundo. Admira-me muito você não saber. Pensei que estava vindo atrás de mim porque queria me conhecer melhor.

— Sonha! – Falou Kristine baixinho com os lábios cerrados. Nessa hora uma viatura dobrou a esquina, seguida por três seguranças a pé.

— Quem convidou esses tesouras? – Disse o rapaz, sem ter percebido o momento em que Kristine comunicou-se pelo rádio, no momento em que ele estava atordoado cobiçando a mulher que queria vê-lo preso.

— Você vai saber meu nome, quando for preso. Para mim, você não passa de um vigarista metido a escalador, e é bom não tentar nenhum desses seus truques baratos – falou Kristine, cuspindo um pedaço da unha num tom quase triunfante.

— O que é isso, princesa, como você me trata assim no nosso primeiro encontro?

Kristine, naquele momento, estava mais segura. Toda descabelada, mas tinha valido a pena. Estava prestes a pegar o canalha. Ele não ia escapar. Mais e mais viaturas e seguranças iam chegando. Não via a hora de colocar as algemas em alguém pela primeira vez. Já podia sentir o gosto da vitória.

— O papo está bom, mas eu preciso ir, sabe. É que eu não gosto de plateia. A gente se vê por aí, tchau gatinha. – Pendeu a cabeça para trás, fez uma cambalhota e se despencou elástico sobre o telhado do vizinho do outro lado.

— Não se mexa... – Já era tarde. O Negro Gato correu inatingível pelos telhados. De onde estava, Kristine fez sinal para os outros policiais da direção que havia tomado o ladrão. Cinco ou seis correram na direção indicada por ela. Outros, que chegaram mais tarde, foram atrás. Dois vieram e ajudaram Kristine a descer.

— Ele foi por ali – gritou para os seguranças que vinham na sua direção.

— Por onde?

— Lá por trás – gritou ela, apontando a direção, já um tanto irritada.

— Não esquenta, tem cinco dos nossos indo para lá, e já tem outros três vindo no sentido contrário. Ele não vai longe.

O helicóptero da polícia, que tinha acabado de chegar, fazia voos rasantes pelos arredores dos telhados. Kristine mancou na direção dos outros, com a barra da calça erguida até o joelho. Não queria perder o momento da prisão. Para ela, já não se tratava de um roubo qualquer, era uma questão de honra.

— E aí, cadê o cara? – Perguntou ela, ofegante, ao dobrar a esquina e se deparar com os seguranças.

— Não sei – respondeu um dos guardas.

— Como assim, não sabe? Ele estava ali agora mesmo.

— É, mas não vimos, não – respondeu um guarda gordinho com a camisa molhada, esforçando-se para respirar.

— Espere aí, vocês estão dizendo que ele fugiu?!

— Ei, você acha que é assim fácil pegar o Negro Gato? Nós somos apenas quatro, aqui. Eu tenho um amigo que disse ter visto ele escapar de trinta seguranças e dez polícias.

— Isso aí é coisa do Diabo – falou outro guarda.

Kristine não podia acreditar no que estava acontecendo, um homem sozinho escapar de todos os policiais de plantão.

— Você foi a que chegou mais perto do malandro.

Kristine não queria ouvir mais nada. Andava de um lado a outro olhando para o chão, uma mão na cintura e outra na cabeça, tentando ouvir alguma notícia pelo rádio. Quando o comandante do Helicóptero Águia anunciou que o tinha perdido de vista, Kristine soltou um grunhido de raiva.

— Bando de incompetentes! – Gritou.

Natalia chegou acompanhada de mais dois policiais.

— E aí, Kris, como você está?

— Ah, estou bem, nem te falo, deixamos o filho da mãe fugir.

— É, estou vendo que as coisas esquentaram por aqui, né!

— O que me dá mais raiva são as piadas que o vagabundo barato, ladrão de igreja, fez de mim. Cara folgado!

— O Negro Gato faz isso mesmo – disse um dos policiais.

— Ah, então era mesmo o Negro Gato – falou Natalia, espantada.

— Ei, você também conhece o desgraçado? – Kristine falou, quase morta de cansada.

— Sim, claro, ele não é um ladrão qualquer, é o melhor de todos. E, ao que parece, não rouba qualquer coisa.

— Na verdade, ele mesmo só rouba – respondeu um homem de terno e gravata e cabelos grisalhos, que descia de um carro preto.

— Detetive J. Roberto, FBI serviço de investigação. – O homem se apresentou, enquanto tirava o distintivo do bolso.

— Então foi você que quase o pegou? – O agente reportou-se a Kristine.

— É isso aí – respondeu Kristine, limpando a sujeira do rosto.

— Ele usava uma máscara? – perguntou o agente a fim de testar Kristine, se o que ela dizia era verdade. Ou era mais um desses policiais que, para não ficarem por baixo, contavam um monte de histórias fantasiosas.

— Não, não tinha máscara, estava de óculos – respondeu Kristine, ajeitando-se, pouco interessada.

O agente, interessado em conversar com Kristine em particular, entregou-lhe um cartão.

— Se, por acaso, lembrar-se de mais alguma coisa, uma marca, alguma característica em particular, qualquer coisa, me avise. Estamos investigando o Negro Gato há muito tempo. Queremos pegá-lo tanto quanto você.

Kristine recebeu o cartão e consentiu com um gesto de cabeça. No caminho de volta à delegacia, Natalia ria de Kristine, enquanto ela arrumava a camisa para dentro da calça.

— Mandou bem, parceira.

— De que adianta, ele fugiu.

— É, mas você viu o agente falar, né, ninguém chegou tão perto.

— Ah, não sei, não. Você acha que se eles estivessem mesmo interessados já não teriam feito alguma coisa?

— Acho que não, o cara é uma espécie de supervilão.

— Ei, como você sabe tanto sobre esse cara?

— Na aula de criminologia. Se você não dormisse na sala, talvez se lembraria.

— Na aula da professora Sonia?

— É.

— Aff, tenha dó, quem aguentava aquela voz melosa.

— O que houve com sua unha? – Perguntou Natalia com os olhos esbugalhados.

— Nossa, nem te falo.

Kristine Siqueira Crispim cresceu em Arlington, no Norte da Virgínia, e desde criança conheceu o medo e a maldade do coração dos homens. Aos nove anos de idade, quando voltava da escola para casa, como fazia todos os dias, seu pai resolveu parar o carro para abastecer. Kristine insistiu para ele comprar salgadinho e refrigerante. Era sexta-feira e chovia muito. Ela ficou no carro enquanto ele ia até a loja de conveniência que ficava dentro do posto de gasolina. A loja estava sendo roubada e, quando ele entrou, levou um tiro. Os ladrões, assustados, atiraram nele pensando que era um policial. Quando ouviu o som do tiro, Kristine olhou para a loja e, de dentro do carro, viu seu pai caído e dois homens correndo. Viu tudo o que aconteceu, e levou anos para entender exatamente o ocorrido. Conforme os anos passaram, a versão do que aconteceu naquele dia foi se modificando em sua mente. Nunca se livrou da lembrança. Tinha pesadelos todas as noites. À medida que foi crescendo, o desejo de vingança também crescia. Pela Internet foi conhecendo pessoas que se julgavam capazes de controlar os sonhos. Passou a se aprofundar no assunto, lendo livros de autoajuda recomendados por pessoas inteiradas na área. De todos os livros que leu, apenas um falava, mais ou menos, o que procurava. Começou, então, a tentar. Aos poucos, foi tomando consciência do espaço físico das lembranças. E tudo foi ficando mais nítido e fácil de interagir. O livro recomendava que, em meio às lembranças, a pessoa deveria controlar a respiração, e esse simples detalhe fazia toda a diferença, pois, enxergando melhor tudo o que se passava estaria pronta para tomar alguma atitude dentro do sonho, assumindo, pelo menos, parte do controle. O trabalho de relaxamento se processava a longo prazo, a paciência seria imprescindível. Sem ela, os objetivos nunca seriam atingidos. De fato, levou meses para ela começar a mudar sua postura com relação aos pesadelos. Nos primeiros meses, sentia-se como uma criança aprendendo a dar seus primeiros passos. Primeiro foi engatinhando, depois foi se apoiando nos móveis, até andar sozinha. Os exercícios consistem em relaxar e conhecer seus medos, ter a noção completa de que eles são frutos da imaginação e de maneira alguma podem te fazer mal, por isso é imprescindível forçar a mente no momento de maior perigo, aquele em que normalmente as pessoas travam. Feito o treinamento de respiração e os exercícios de relaxamento, ela foi se deitar preparada para agir no momento em que as lembranças surgissem. A cena era sempre a mesma: ela sentada no interior do carro observando, pelo vidro, os ladrões fugindo. Forçando a mente, Kristine começou a ter uma visão melhor do espaço físico dentro do veículo. A sensação que teve, daí por diante, era de inteira clareza. Dessa vez tudo parecia mais nítido. Com cuidado e sem pressa, como ensinava o livro, ela deslizou a mão suavemente até a maçaneta, enfiou os dedos no vão e puxou-a com cuidado. A porta não se abriu, estava travada. Controlando a respiração, ela subiu a mão até a altura da trava, puxou o pino, tornou a descer a mão, deslizou com cuidado até alcançar a maçaneta, enfiou os dedos e puxou-a novamente e, dessa vez, a porta abriu. Pela primeira vez, Kristine ficou motivada. Sua coragem foi surpreendente. Empurrou a porta e desceu do carro. O chão estava úmido, lamacento, ela não conseguia ficar de pé. Concentrou-se de novo, sabia que aquilo fazia parte da imaginação, seu próprio medo é que criava as dificuldades. Refletiu a respeito, respirou, colocou na mente que estava chovendo, mas que não se tratava de um dilúvio, por isso poderia andar sem cair. Deu certo, ela se manteve firme. A essa altura, os dois ladrões já haviam fugido. "Não faz mal, amanhã eu volto", pensou.

Na melhor de suas virtudes, ela sonhou sendo policial, correndo e atirando nos ladrões da loja de conveniência e em outros que porventura aparecessem. Nunca conseguiu pegar os assaltantes, de fato, mas chegou até mesmo a gostar dos sonhos como um seriado de TV. De tão otimista que ficou, todas as noites, ao se deitar, torcia para ter pesadelos. Durante o dia, passava em lojas de artigos policiais, para fixar na memória os uniformes em seus menores detalhes. E, por meio dessa experiência, surgiu a vontade de entrar para a polícia e combater o crime de perto e de verdade. Sua obstinação em se tornar policial era tanta que, desde os treze anos, procurou se orientar de todas as formas para conseguir alcançar seu objetivo. Depois de abdicar de tudo o que fosse enlatado, engarrafado ou ensacado, as restrições continuaram ainda mais intensas. De início, foi aprendendo defesa pessoal em casa mesmo, até se sentir segura para entrar em uma academia de artes marciais. Seu empenho e disciplina fizeram, dela, a melhor aluna, e logo começou a participar de competições estaduais. Colecionou inúmeros troféus e medalhas. Seu mestre a incentivava nos treinos, e dizia que ela poderia entrar para uma equipe profissional. Mas seus objetivos já estavam traçados. E foi ao propósito de capturar agressores da sociedade que ela dedicou todos esses anos em artes de defesa e ataque.

***

Washington D.C., norte da Virgínia – Pentágono, Setor de Defesa, 3º andar.

Sentado confortavelmente na poltrona da sua sala, major Myson Turner Lewis meditava o quanto sua vida tinha sido serena para um oficial do Exército americano. "Devo ter nascido na época errada", pensou. "O mundo todo em colapso e eu aqui olhando esse mesmo cenário todos os dias". No seu transe, passou por sua mente a ideia de que mais de cinquenta por cento do sofrimento mundial poderia terminar se todos se unissem para o bem comum, como se fosse a lei mais importante a ser seguida, se todos tivessem pleno conhecimento da lei e o fizessem de bom grado. E que outras leis, como divórcio e separação de bens, fossem feitas num estalar de dedos, resolvida com um simples carimbo e uma assinatura. Não haveria pedintes nas ruas nem necessidade de mandar suprimentos para a África para cuidar de criancinhas, caso os africanos tivessem o pensamento voltado para o bem comum. A mesma visão completou um ano na semana passada, desde que assumiu a subchefia do serviço burocrático e, ao contrário do que esperava, nada se fazia a não ser marcar presença em reuniões mensais. E, como não havia mais nada a fazer, ele oscilava entre o sono e a luta para se manter acordado, olhando pela janela do escritório, quando um barulho semelhante a batidas de tambor o despertou.

— Pode entrar – ele gritou, ajeitando-se na poltrona, quando se deu conta de que as batidas do tambor nada mais eram que alguém batendo à porta.

— Com licença, senhor Myson.

— Pois não, tenente.

— O comandante pediu para avisar ao senhor que ele quer vê-lo.

— Obrigado, já estou indo.

— Permissão – major Myson disse rispidamente ao entrar na sala do coronel Dylan, em cuja porta havia uma placa escrita "COMANDANTE".

Sentado em sua poltrona e movimentando o mouse do computador, o coronel Dylan nada respondeu. Se não o conhecesse bem, Myson teria dito, mais uma vez, que estava ali. Talvez ele não tivesse ouvido, ainda que tivesse falado em alto e bom tom, porém, sabendo bem de quem se tratava, ficou parado de pé ao lado da mesa olhando para o nada, indiferente.

— Fiquei sabendo que sua nova equipe não vingou – disse o coronel, quebrando o silêncio, inclinando-se na poltrona de braços cruzados.

— Refere-se à equipe escolhida pela comissão?

— Quem escolheu ou deixou de escolher não me importa. O que me importa, neste momento, é apresentar um relatório conclusivo. Você acha que eu não sou cobrado?

— Deixe que eu escolha minha própria equipe e faça o que tem de ser feito.

— Sabe qual é o seu problema? Você se acha muito esperto...

— Mais alguma coisa? – Myson perguntou, se dirigindo à saída, antes mesmo de Dylan terminar seu discurso.

— Faça seu trabalho! – Berrou Dylan antes de Myson se retirar da sala.

O coronel Dylan foi nomeado para o comando do setor nove, após ter sido transferido da última unidade pela qual era responsável, acusado de incidentes, nada graves, mas que causavam enormes transtornos à administração. No dia em que assumiu o comando, fez um prolixo e infindável discurso, dizendo-se honrado por tal tarefa e que assumiria o compromisso como um desafio. Em dezembro de 2002, após os ataques às Torres Gêmeas, o ministro da Defesa apresentou um projeto denominado "Superequipe". O projeto previa montar uma equipe especial para capturar o líder terrorista da Al-Qaeda, Osama Bin Laden. O projeto foi votado, mas passou a vigorar apenas depois da guerra do Afeganistão e Iraque. Qualquer cidadão, com ou sem experiência, militar ou não, podia se inscrever no programa. Era uma espécie de superseleção. Os candidatos eram submetidos a testes de aptidão física e mental. Passavam por avaliações de equipes especializadas. A principal característica avaliada nos candidatos era a capacidade de se locomover em ambiente hostil, como o do Oriente Médio.

Major Myson deixou os campos de batalha para compor o quadro de oficiais de serviços burocráticos do Pentágono. Foi designado para coordenar a Superequipe, sob o comando do coronel Dylan, por quem adquiriu uma antipatia tal que mal podiam se ver. Odiavam-se. Cada um sentia pelo outro um profundo desprezo que, pouco a pouco, foi se transformando em repugnância completa. Major Myson vinha de um fracassado casamento de dez anos, sem filhos. Foi com certa resignação que aceitou o cargo de subchefe, muito embora já lhe passasse pela cabeça liderar um grupo de jovens militares, uma vez que se considerava experiente o suficiente para tal tarefa. Mesmo achando, no fundo, que tudo o que fizera até então não tinha sido o suficiente para se considerar um veterano digno de se encostar em uma repartição de assuntos meramente teóricos. Infelizmente, isso estava se tornando tão ou mais difícil que liderar um grupo antibomba em zona de conflito. Atualmente vivia com pai. Próximo da aposentadoria, Myson ainda possuía um aspecto jovial para seus quarenta e oito anos. Era uma daquelas pessoas que nunca engordam nem emagrecem, para quem o tempo parece passar sem causar efeito algum, sem deixar uma ruga sequer, nem um pé de galinha, nem mesmo um fio de cabelo branco. Pele negra engana bem a idade, e o tempo o tornou até mais elegante. Seu queixo comprido e quadrado, lhe dava um certo ar de quem sabe o que quer e já conheceu muito sobre a vida e a natureza humana. Seu olhar, sempre ameno, não permitia saber quais eram suas verdadeiras intenções.

***

— Como vai? – Perguntou Myson ao entrar em casa e deparar com seu pai, sentado na sala, vendo TV.

— Bem – disse o velho Marcus, erguendo uma caneca de cerveja.

— E o cueca frouxa, encheu muito o saco hoje? – Disse Marcus, referindo-se ao coronel Dylan.

— É, veio me pressionar por causa dessa Superequipe, que de super não tem nada.

— Você tem de acabar com a raça desse filho da puta, antes que ele aniquile você.

— É, eu sei.

— Rá, rá, rá eu adoro esse cara – Marcus riu apontando para a TV.

— Quem, Carlinho alegria e suas dançarinas?

— Não, o tal Gatuno!

— Gatuno – disse Myson, franzindo a testa, tentando se lembrar de quem se tratava.

— O ladrão de joias.

— Ah sei, o que foge pelos telhados.

— Dizem que ele é de outro planeta – disse Marcus, levando um punhado de amendoim à boca.

— Ah, que isso, você não está acreditando numa história dessas, né?

— Não era você que dizia que Michael Jordan era de outro mundo?

— Ah, meu amigo, Michael Jordan é Michael Jordan, não vamos confundir. Hexacampeão da NBA jogando pelo Chicago Bulls, sendo cestinha em quase todos os jogos. Bicampeão olímpico, bicampeão no campeonato de enterradas, era mais leve que o ar, isso não é humano...

— Então dá só uma olhada no currículo desse aqui. Procurado pela Interpol, FBI, pela polícia em oito estados e três países. Escapou mesmo sendo perseguido por vinte policiais. Você acha isso normal?

— Oito estados e três países? Major Myson não assistia à televisão e não conhecia as peripécias do Negro Gato.

— Justamente – um cara assim você precisa para formar um bom time.

— Ah é, só que esse tipo aí não aparece para se candidatar à vaga de escoteiro.

— Depende, se você reativar o Projeto Supersoldado.

— Com Dylan no comando, esquece.

— O que há com você, vai deixar esse palerma ditar as ordens, um cara que nunca fez nada e agora fica com a desculpa de que está para aposentar e, por isso, não quer se arriscar? Deus faça com que ele se aposente logo. O mundo precisa de gente que luta e segue em frente. Até bem pouco tempo atrás você poderia mudar o mundo. Quem roubou sua coragem?

— Você não vai vir de novo com aquela conversa de óvnis nazistas...

— Vai saber, não duvido de nada, tem muita coisa neste mundo que não é divulgada e você, mais do que ninguém, deveria saber. Escuta o que eu estou te dizendo. Eu vou descobrir, pode apostar.

Marcus, nos seus sessenta e sete anos, nunca foi fã de fazer exercícios físicos nem de cuidar da alimentação. A cabeça raspada enfiada no tronco encurvado escondia o pescoço. Olhando de frente, qualquer um podia jurar que ele veio ao mundo desprovido de pescoço. As bochechas ovais, a testa rígida. O semblante ainda atinado, esperto com tudo à sua volta, não deixava nada passar batido. Fora de casa, costumava carregar uma bengala que de nada servia, era mesmo para lhe dar equilíbrio, se precisasse. Foi secretário do governo por muito tempo; nos últimos dez anos trabalhara no Pentágono. Conheceu bem o modo como as coisas se processam na esfera militar, entre o serviço de espionagem e a burocrática cúpula dos partidos políticos. Ficou bem conhecido por onde passou, principalmente por não possuir a virtude de ficar calado. Seu apelido de "língua preta" não era referente à cor da sua pele e, sim, ao veneno que ela continha. Diziam para ele tomar cuidado, pois, caso mordesse a língua, poderia morrer envenenado. Marcus é o tipo de cara que perde um amigo, mas não deixa de falar o que lhe vem à cabeça. Durante todo tempo em que fora secretário, teve acesso a inúmeros documentos sigilosos, os quais não se orgulhava em conhecer. Quando jovem, teve um único sonho: tornar-se um líder revolucionário em busca de seus direitos como cidadão.

***

Pela televisão da lanchonete onde tomavam café, Kristine e Natalia assistiam à notícia do roubo da joia do mosteiro.

— Você já reparou que essa repórter fala mais da fuga do ladrão que de qualquer outra coisa! – Disse Kristine, dando um gole no café, sem tirar os olhos da televisão pendurada na prateleira, onde dividia espaço com quadros de times de rúgbi e incontáveis garrafas de bebida.

— É, acho que eles falam o que todo mundo quer ouvir. É o que dá audiência – comentou Natalia, tomando o máximo de cuidado ao colocar açúcar no café.

— Parece que está todo mundo torcendo para esse cara.

— Não foi desta vez, mas quem sabe numa próxima vocês o pegam – comentou o barman da lanchonete.

— Não vai ter próxima vez. Ele não costuma roubar duas vezes no mesmo lugar. Você só tem uma chance, se perdeu, já era – comentou um senhor de chapéu de pano axadrezado, com os olhos mórbidos feito peixe morto, sentado em um dos bancos do balcão da lanchonete.

Todos olharam para ele, que continuou:

— É, eu vejo esse tipo aí há muito tempo, ele faz lembrar os bons tempos dos anos dourados dos roubos a bancos.

— E quando foi que teve bons tempos de roubo? – Perguntou Kristine olhando para o senhor com cara de quem mordeu limão logo cedo.

— Já faz muito tempo, foi na década de 1930. As gangues de ladrões de banco sacudiram Chicago e se tornaram lenda. Eu me lembro do meu pai contando as histórias dos fora da lei Bonnie e Clyde, o implacável Baby Face Nelson, o excêntrico Alvin Karpis e o legendário gentleman John Dillinger, cujas façanhas se assemelham muito às do Negro Gato, que não perde o humor e se diverte com o perigo. E o FBI, que estava apenas começando, não dava conta de tanto roubo. A maioria das pessoas torcia por eles como se fossem participantes de um *reality show*. Polícia e ladrão, como gato e rato, ao vivo e em cores, bons tempos aqueles.

— E você também torce por ele?

— Sim, gosto do estilo dele. Esse cara é um sucesso lá em casa. Estamos sempre esperando quando ele vai aprontar alguma.

— E não te incomoda o fato de ele roubar as coisas dos outros? – Kristine falou, olhando para o senhor com a voz já alterada.

Natalia puxou o braço de Kristine e disse:

— Deixa pra lá, ele é só um velho.

O senhor deu um último gole no café, pegou seu jornal, que estava sobre o banco, chegou perto de Kristine e disse baixinho, parecendo esconder alguma informação confidencial.

— Ladrão que rouba ladrão tem cem anos de perdão – fez um curioso barulho com a boca, arrumou o chapéu na cabeça e foi saindo, quando Kristine o chamou:

— Pode crer que ele vai ser pego, mais cedo ou mais tarde.

Antes de sair e ganhar o mundo, o senhor ainda virou para Kristine, com toda a educação que a idade lhe permitia.

— Pode ser, todos caem, de uma forma ou de outra, até os grandes. Por enquanto, vamos nos divertindo com as peripécias do malandro.

***

Kristine passou o dia inteiro se recuperando das dores no corpo, buscando, na Internet, notícias do ladrão de joias conhecido como Negro Gato. Por volta das onze da noite, Kristine bateu à porta do quarto de Natalia.

— Entre – Natalia gritou, de dentro do quarto.

— Está acordada?

— Sim, senhora – respondeu Natalia, perguntando em seguida: – Por que você não vai dormir, criatura?

— É que eu estava tentando entrar no Face da professora Sonia, você sabe?

— Ah, deve estar lá na gaveta da sala. Anotei num daqueles livros de criminologia.

— Está bem, dorme aí.

— Isso são horas de se preocupar com esse cara, eu hein...

Kristine, sentada à escrivaninha da sala do apartamento, tentava localizar o Facebook da professora Sonia. Psicóloga doutorada em Criminologia, que ministrava aulas na Academia de Polícia.

— Achei. Beleza, está *online*.

— *Oi, doutora Sonia, como vai, tudo bem?*

Kristine esperou por alguns minutos, não obteve resposta. Pensou em mandar outra mensagem. Hesitou, achou melhor esperar mais um pouco, talvez ela estivesse ocupada. Ou, talvez, não quisesse responder, afinal de contas, Kristine não era das melhores alunas. Enquanto esperava, procurou informações no site de busca, digitou "maiores ladrões de joias do mundo". Apareceram muitos tipos diferentes de ladrão. Rolou freneticamente a página e encontrou a pequena foto de um homem sobre o telhado e os dizeres "o ladrão de joias mais ousado do mundo". Clicou no link e abriu uma tela com inúmeras fotos. Começou, então, a abrir todas. Ora ele era chamado de gatuno, ora de Negro Gato. As fotos eram como ela o tinha visto. Sempre de óculos escuros e roupa preta, o que dificultava sua identificação. Eram as mais diversas fotos e, na maioria delas, ele estava dando grandes saltos pelos telhados. Fotos tiradas de helicópteros da imprensa e de circuitos internos de alarmes. Tinha de tudo do malandro, desde pintura em parede até boneco de cera. Tinha uma tirinha do Negro Gato plantando bananeira ao lado do mestre Yoda. Escrito no rodapé: "concentre-se na força, poderosa aliada ela é".

— Quanta porcaria! Será possível que só eu não conheço esse cara? – Falou, balançando a cabeça.

Já passava da meia-noite quando sua mensagem foi respondida.

Eu vou bem e você? Eu te vi na TV!

E é sobre isso que eu queria te falar.

Ah sim, foi impressionante o que você fez, quase pegaram o Negro Gato, né.

É, eu queria saber mais sobre esse cara.

Tem algumas coisas na Internet! Você chegou a ver?

Sim, eu vi, só que falam dele como uma espécie de herói, e não é o que eu quero saber.

E o que você quer saber?

Quero saber como se pega um cara desses?

Ah sim, claro, mas difícil é pegá-lo. Você podia se dar por satisfeita por ter chegado tão perto.

É, só que tem mais uma coisa que ninguém sabe. Eu machuquei o joelho e tive de parar de correr atrás dele. Então ele também parou, e ficou parado na minha frente.

E ele disse alguma coisa?

Sim.

O quê?

As letras, desta vez, apareceram mais rápidas no monitor.

Perguntou meu nome, se apresentou...

Inesperado, isso. Será que ele se apaixonou por seus lindos olhos azuis?

Acho que não. Ele gosta de pirraçar, mesmo. É muito seguro de si, se acha o bambambã.

Mas não é se admirar, ele é o cara. Agora eu queria saber por que ele parou, se já tinha o que queria e podia fugir.

E eu queria saber onde e quando ele vai aparecer de novo.

Faça assim, eu vou pesquisar melhor sobre ele e depois faço contato.

Está bem, vou ficar esperando.

Ao se deitar, Kristine ficou repensando tudo o que tinha ocorrido. O corre-corre do dia valeu por todo o tempo que ficou esperando. Afinal, ela aguardava por esse momento havia muito tempo, desde criança, isso porque nem imaginava quem era o fugitivo. Se soubesse que se tratava de um ladrão procurado pela polícia de vários estados, teria sido mais cautelosa. De tanto pensar, adormeceu. E sonhou pulando de casa em casa atrás do Negro Gato. Eles flutuavam sobre os telhados dando saltos tão altos a ponto de tocar as nuvens. Era como se os dois tivessem molas nos pés. Os gramados dos quintais ficavam bem mais bonitos vistos de cima, também as árvores mais verdes e mais floridas. Os telhados, em sua maioria, eram avermelhados e bonitos, lindos de se ver. Nunca suspeitou que gostaria dessa maneira de olhar telhados e que existia, lá em cima, um mundo tão desconhecido e intrigante, desbravado apenas pelos pequenos felinos. Mas, ainda assim, como na vida real, e por algum motivo, mesmo sendo em seu próprio sonho, ele escapou.

***

— Acelera que já está todo mundo na sala, querida. Você fica se emperiquitando toda e vai chegar atrasada de novo. Depois não sabe por que ficam pegando no seu pé – disse Kristine a Natalia no alojamento, enquanto se trocavam para a reunião, antes de assumir o serviço de ronda.

— O que houve para ter essa reunião assim, em cima da hora? – Perguntou Natalia, ajeitando o coque do cabelo, segurando um grampo na boca.

— Parece que vai ter uma exposição de arte na galeria com um grande esquema de segurança para pegar o Negro Gato, caso ele resolva aparecer – respondeu Kristine, batendo a porta do armário e correndo para a sala de reunião, seguida por Natalia.

— Hoje recebi um fax urgente do gabinete, dizendo que vai ter uma exposição de artes na galeria do centro e, já que o tal Negro Gato está pela cidade, é possível que ele tente roubar alguma peça – disse Diego, chefe do Departamento de Polícia.

— Mas não dizem que ele não rouba mais de uma vez no mesmo lugar? – Falou Kristine, levantando a mão.

— De fato, porém nunca se sabe o que passa na cabeça desse maluco. Eu convoquei vocês aqui hoje porque vamos cobrir os três dias de evento e daremos apoio aos agentes disfarçados do FBI, que, até onde eu sei, estão tentando rastrear o Negro Gato já há algum tempo. Também haverá esquema de segurança particular. Trabalharemos em equipe, não quero ver ninguém dando uma de herói. Se ele aparecer, o que é pouco provável, faremos a retaguarda. Deixem o pessoal do FBI cuidar disso. Estou falando isso porque recebi ordem da chefia. Estamos entendidos? Alguém tem alguma pergunta? Ninguém? Muito bem, então, estão dispensados.

— Será que ele vai tentar alguma coisa no evento? – Perguntou Natalia, ao saírem da sala de reunião.

— Não sei, mas vou me preparar como nunca e rezo para ele aparecer, porque desta vez ele não escapa – respondeu Kristine. – Esta noite a professora Sonia fez contato comigo.

— Ah é, você conseguiu falar com ela?

— Falei, ela sabe tudo sobre ele. Disse que durante anos os policiais tentam capturá-lo, em vão. E o maior erro que eles cometem é que não pensam como ele.

— E como ele pensa?

— De forma diferente. Ele enxerga as coisas de outro ângulo, como um gato mesmo.

— Ei, espera aí, você está me dizendo que ele tem olhos de gato?

— Mais ou menos.

— E como se aprende isso?

— Observando os gatos.

— Ah, foi por isso que você arrumou aquele gato?

— É isso aí.

— Nossa, isso já está virando obsessão.

***

— Pensou no que eu te disse? – O velho Marcus perguntou quando Myson chegou em casa, antes mesmo cumprimentá-lo.

— Pensei em quê? Você fala tanta coisa.

— Ah bom, você não se lembra, então vou refrescar a fraca memória que você herdou da sua mãe. Estou me referindo ao homem-gato.

— Lembro-me. E o que tem?

— Você não viu os noticiários da semana?

— Vi, sim, o cara está em todas as páginas.

— E o que você pensa disso?

— Penso que ele é bem difícil de ser pego, realmente, mas tem muita sorte também.

— Sorte, eu não sei nada sobre essa coisa de sorte, nem digo que ela não exista, mas prefiro não me apoiar na sorte como única resposta.

— E qual seria a outra resposta?

— Lembra-se do Projeto Supersoldado?

— Lembro, claro. Você nunca me deixa esquecer.

— Pois é, quando a Guerra Fria chegou ao fim, boa parte dos projetos foi abandonada. Naquela época, o cientista-chefe era um esquisitão chamado Joseph. Houve uma calorosa discussão acerca dos projetos. Ele afirmava que tinha conseguido gerar o embrião em uma cobaia voluntária. Mas, mesmo assim, não teve jeito e tudo foi arquivado. O tal Joseph ficou revoltado e colocou fogo em tudo. Resumindo, ele passou a servir como voluntário em uma entidade beneficente, foi o que todos acharam, mas a verdade é que ele cuidava secretamente de uma criança, um recém-nascido.

— E que criança era essa?

— Diga você mesmo.

— Você acredita que esse gatuno possa ser essa criança?

— É a hipótese mais aparente.

— E você acha que o tal cientista esquisito vai colaborar?

— Ele não, o cara já bateu as botas há muito tempo, mas a mulher dele vive no mesmo endereço – Marcus falava, enquanto esticava a mão entregando um papel com o endereço. Myson pegou o papel, arqueando uma das sobrancelhas.

— São Domingos 248, Ohio – ele leu, em voz alta.

— Tudo bem, vou verificar. Mas como descobriu isso tão depressa?

— Eu fiz meus contatos. Agora é com você.

No dia seguinte, Myson chegou em casa pisando leve, esticando o pescoço pelo vão da sala para ver se chegaria ao quarto sem ser notado.

— E aí, o que descobriu? – Perguntou Marcus, contrariando o plano de Myson.

— Nada.

— Como, nada?

— A mulher não quis colaborar, nem falar sobre o assunto.

— Você não foi convincente o suficiente.

— Não falei com ela. Mandei uma equipe averiguar.

— Você mandou um retardado carrancudo de uniforme e achou que a mulher fosse abrir as pernas assim, depois de vinte anos...

— E o que queria que eu fizesse?

— Você nunca me ouve, não é? O que foi, já virou um burocrata acomodado atrás da mesa?

— Muito bem, o que acha que eu devo fazer, senhor Marcus?

— Vamos pessoalmente.

— Como assim vamos?

— É isso mesmo que você ouviu. Se quer fazer uma coisa bem-feita, faça-a você mesmo. Além do mais, quero olhar nos olhos dela para ver se está falando a verdade.

— Ah, não, não vem com essa conversa de novo, não.

— Se eu estiver errado, não toco mais neste assunto.

Myson fez uma pausa, refletiu um pouco, franziu a testa, coçou a cabeça, tomou fôlego e, finalmente, falou:

— Tudo bem, combinado. Se não der em nada, encerramos o assunto!

— Para mim está ótimo, mas, se eu estiver certo, você vai me levar a uma dessas boates que você frequenta.

— Ei, espera aí, eu não frequento boate nenhuma.

— Frequenta sim, que eu sei, e não tente me enrolar.

Antes de dormir, Myson calçou um par de meias e se deitou, pensativo. Decidiu não ir atrás das conversas do seu pai rabugento. Sentiu-se meio idiota por se deixar levar por tanto papo de doido.

— Está resolvido, não vou perder meu tempo com essas tolices. – Foram as últimas palavras que pronunciou, antes de pegar no sono.

Na manhã seguinte, quando Myson deu por si, estava na frente da casa de Sofia. A casa de madeira, escondida por velhas árvores, parecia abandonada. O gramado crescido e a pintura descascada davam um aspecto funesto. Eles atravessaram o pequeno e mal aparado jardim, observando a vizinhança. Do lado de fora não se ouvia um único ruído.

— Parece que não tem ninguém – comentou Myson, olhando pelo esfumaçado vidro da porta.

— Toque a campainha – disse Marcus.

Myson apertou o botão. Esperaram um pouco, mas ninguém apareceu. Myson apertou o botão pela segunda vez. Esperaram mais um pouco, novamente ninguém apareceu. Myson começou a se inquietar, limpando o vidro com a manga da camisa, para tentar ver se havia alguém.

— Toque de novo.

— Não tem ninguém, não está vendo?

— Eu toco.

Marcus, impaciente, tocou a campainha repetidas vezes, olhando a entrada da casa de cima a baixo. Olhou, também, para os lados, à procura de algum vizinho que pudesse fornecer alguma informação. Não havia ninguém. A rua estava perturbadoramente deserta. Myson, impaciente com a insistência do aposentado metido a investigador, preferiu ficar calado. Nada do que dissesse faria diferença, mesmo. O jeito era cruzar os braços e esperar a vontade do velho e sua inseparável bengala preta de cabo dourado. Contrariado, Marcus considerou voltar outro dia. Os dois abandonaram a entrada da casa rumo ao carro de Myson, estacionado do outro lado da calçada. Nem bem saíram, ouviram o ruído da velha porta de entrada se abrindo em suas costas, era uma senhora que, pela fenda da porta, perguntou com a voz áspera:

— Quem é?

— Sou Marcus e este é major Myson, do Serviço de Defesa do Pentágono – ele falou se virando.

— Eu falo com dona Sofia? – Perguntou Marcus, tirando o chapéu.

— Sim – respondeu ela. – O que vocês querem? Não tenho nada para falar com vocês, vão embora e não voltem mais.

— Tudo bem, se a senhora me der um minuto, garanto que ninguém mais virá importuná-la.

A porta se fechou em suas caras. Marcus e Myson se entreolharam, com cara de espanto. Depois de alguns minutos, a mulher abriu a porta, deu um passo adiante, encostou a porta e parou de braços cruzados.

— E então?

— Bem, vou ser direto – disse Marcus –, estamos investigando o Negro Gato. A senhora sabe alguma coisa?

— Que Negro Gato?

— O ladrão de joias, o Negro Gato, todo mundo conhece, o dos noticiários da televisão.

— Por que acha que eu sei de alguma coisa?

— Porque há vinte e cinco anos seu marido disse que teve sucesso em uma experiência, e sei também que ele cuidou de uma criança.

— Não sei do que você está falando, eu preciso entrar. Não volte mais aqui com essas tolices – disse ela, abrindo a porta.

— Dona Sofia, um grande esquema está sendo montado para pegá-lo. Um esquadrão com mais de cinquenta soldados vem sendo treinado há um bom tempo, só esperando ele aparecer. O FBI está a um passo de capturá-lo, e apenas nós podemos ajudá-lo.

— Se vocês vão capturá-lo, por que precisam de mim?

— Porque queremos evitar que ele seja preso ou morto. Se ele foi criado por nós, queremos fazer dele um dos nossos. Não estamos pedindo que nos ajude, só queremos saber quem ele é, e só então poderemos fazer alguma coisa. A senhora não acha, mesmo, que ele vai escapar para sempre, ainda mais com um esquadrão da Força Aérea mobilizada. Até o presidente se pronunciou sobre o caso. É só uma questão de tempo para ele ser pego, e aí pode ser tarde.

A mulher fez uma pausa, parecia estar pensando. Myson, que assistia a tudo sem dizer nada, olhou para Marcus, arqueando a sobrancelha. Sofia, desconfiada, também olhou para Marcus. De olhos cerrados, ela o examinou, tentando extrair a verdade de seus olhos. Não captou nada, ficou pensativa, avaliou as possibilidades, fez mais uma pausa, os dois em frente à porta aguardavam uma resposta.

— Sigam-me – disse ela, batendo a porta e se dirigindo para o fundo do quintal da casa, onde havia uma espécie de edícula escondida entre meia dúzia de árvores e coberta de trepadeiras, dando a impressão de estarem se aventurando em uma base altamente secreta do tempo dos gângsteres.

Marcus e Myson seguiram-na sem dizer nada. A mulher abriu a porta, acendeu uma luz, empurrou uma das paredes de madeira, fazendo surgir diante deles um laboratório oculto. O lugar estava empoeirado e dava a impressão de que estava abandonado havia muito tempo. Sofia entrou sem dizer nada, puxou a gaveta da escrivaninha, tirou de dentro um álbum de capa dura e o entregou a Marcus. De olhos esbugalhados, Marcus abriu o álbum na primeira página e havia uma foto do dr. Joseph segurando uma criança que mais parecia um macaco, de tão peluda. Myson fez cara de espanto, pegou o álbum de Marcus e começou a folheá-lo. Havia muitas fotos de Joseph com a criança.

— Sim, nós o criamos – disse Sofia.

— Como conseguiram? – Perguntou Myson.

— É uma longa história.

— Sem problema, não temos pressa.

— Quando entrei para a equipe de Joseph, ele já tinha desenvolvido quase tudo sozinho. Ele dedicou vinte anos de sua vida à pesquisa. Estava obstinado, nada mais tinha valor para ele, a não ser o Projeto Supersoldado.

— Havia muita gente trabalhando no projeto, sabemos disso – exclamou Marcus. – O que vocês fizeram com a criança, o que deram a ela para se transformar nesse fugitivo excepcional?

— Na verdade, não demos nada para a criança, ele é uma quimera.

— Quimera? – Repetiu Myson. – O que é uma quimera?

— Uma combinação do DNA humano com o de um macaco. No relatório, vocês vão encontrar respostas para as suas perguntas.

— Um macaco? Eu pensei que fosse um gato – disse Myson confuso.

— E como se faz isso? – Marcus continuou como se não tivesse ouvido a pergunta de Myson.

— O DNA é encontrado nos cromossomos e é a molécula que carrega a informação da vida. Eles possuem duas bases purímicas, a Denina e a Tirina; e ainda duas bases puridímicas, Guanina e Citosina; essas bases se encaixam A-T e G-C, formando uma estrutura de dupla hétira. Em Biotecnologia, o genoma é toda informação hereditária de um organismo que está codificado em seu DNA, ou seja, é uma sequência de DNA completa de um conjunto de cromossomos. Algumas bactérias são capazes de captar DNA naturalmente, entretanto, essas bactérias somente captam o DNA durante um momento específico do seu ciclo de crescimento. Outras bactérias não são capazes de captar DNA naturalmente, porém, podem ser induzidas *in vitro* pelo tratamento com agentes químicos, EX - CACL2.

— Entendi – disse Marcus. – E a doadora da barriga?

— Naquela época, selecionamos catorze mulheres de genes compatíveis. Apenas três conseguiram fecundar e, mesmo assim, todos os fetos foram abortados. No entanto, um sobreviveu e a garota não resistiu. Cuidamos do bebê prematuro e quase sem vida, achávamos que ele não sobreviveria por inanição, contudo, milagrosamente, ele resistiu. Tratamos dele na incubadora até adquirir resistência. Depois de sair da UTI, encontramos um casal para adoção. Joseph cuidou de tudo. Não foi fácil encontrar uma família para ele, pois era uma criança diferente, tinha o corpo coberto por pelos. Até que encontramos um casal disposto a adotá-lo. Foi o melhor que arranjamos, mas deu para o gasto. Assim ficou até mais fácil para Joseph acompanhar o desenvolvimento da criança. Depois da morte de Joseph, eu não pude cuidar de tudo sozinha. O menino cresceu e, depois da morte de seu pai adotivo, desapareceu. Não tive mais notícias dele.

— Tudo bem, dona Sofia, vamos cuidar de tudo daqui para a frente, não se preocupe – disse Marcus, fazendo sinal de cabeça para Myson.

— Qual é o nome do garoto?

— Patrick.

Marcus e Myson saíram apressados da casa de Sofia, carregando o álbum. Myson, que chegou confuso, agora estava atordoado, pensou, por um instante, estar fazendo parte do roteiro de um filme de ficção.

— Eu te falei para não deixar essas coisas nas mãos de qualquer um. Se não viéssemos aqui, ninguém nunca ia saber do sucesso científico dessa investida de mais de cinquenta anos.

Myson dirigia sem dizer nada, ainda não tinha assimilado toda a história, seu cérebro ainda estava produzindo ideias para dar conta de tal evento.

— Isso é inacreditável. E eu acreditava quando os rapazes do Batalhão de Infantaria diziam que você era louco.

— Eu disse, mas ninguém acredita; pois é.

— Então, todas aquelas histórias que você me contava sobre a criação do Supersoldado eram verdade?

— Claro. Na corrida pela vitória na guerra e pelo domínio do mundo, as nações líderes procuravam desenvolver armas mais sofisticadas e eficientes em laboratórios. Uma delas consistia em transformar homens normais em soldados superiores. Essa audaciosa estratégia ficou conhecida como Projeto Supersoldado. Todos os testes possíveis e imagináveis na cabeça dos cientistas nazistas foram colocados em prática nos campos de concentração. Somente em Auschwitz foram mortos mais de cento e sessenta mil pessoas. Há relatos de sobreviventes que dizem ter recebido comprimidos em trincheiras e em campos de batalha tomados pela neve, tornando-se comum a utilização de drogas entre os exércitos de todo o mundo, com a finalidade de aumentar a força e a resistência dos soldados durante a guerra. A pílula mais difundida era o Pervitin, composto de metanfetamina. Estima-se que entre 1934 e 1945 mais de duzentos milhões de comprimidos foram fornecidos aos soldados. Mesmo depois de terminada a guerra, a corrida pelo domínio mundial não acabou, ao contrário, os investimentos se intensificaram ainda mais. Novos projetos foram lançados e boa parte dos países investiu em outras tecnologias.

Marcus fez uma pausa.

— Ah, eu já ia me esquecendo, eu ganhei a aposta e você vai me levar à boate.

— Ei, o que é isso? Que eu saiba, atividade de aposentado é dar comida aos pombos na praça, procurar tranquilidade, tomar ar fresco, pescar, essas coisas.

— Eu não gosto de pescar e odeio essas drogas de pombos, que só sabem fazer sujeira. Quero ver mulheres bonitas dançando e tirando a roupa.

— Pare com isso, não vê que não tem mais idade para essas coisas!

— Então pare aqui mesmo, que eu vou comprar frutas na feira. Se estiver bem cheio, aproveito para dar uma alisada nas mulheres distraídas fazendo compras.

— Está bom, você venceu. Vamos à boate, senão você vai acabar levando uma surra. Mas não se acostuma não...

— Agora você falou a coisa certa.

***

— Alô, alô – disse Patrick, no telefone público. Dois "alôs" significavam que o roubo tinha dado certo. Um "alô", que não tinha dado certo. Três "alôs", que não tinha dado certo, mas que ainda daria para tentar de novo.

— Como vai, como vai? – Respondeu Cesar. Da mesma forma, significava que era só deixar o objeto no local previamente combinado. Se dissesse apenas um "como vai", não tinha dado certo a negociação. Se dissesse três "como vai", era para esperar mais um pouco até concluir o negócio.

— Então está tudo bem? – Perguntou Patrick.

— Bem, bem! E você, está bem? – Respondeu o outro. Dois "bem" significavam que o FBI estava de olho neles. Um "bem", que não estavam sendo vigiados. E três "bem", que não sabia se estava ou não os vigiando. Se era certo que estavam sendo monitorados, os telefones estariam grampeados e ambos teriam de falar em telefones públicos. "E você, está bem?", significava que era para esperar a ligação no mesmo telefone às 11 horas da manhã do dia seguinte.

— Bem?

— Então está tudo bem?

— Tudo bem?

— Então está bem?

Os outros "bem" não significavam nada, seriam apenas para confundir possíveis decifradores de códigos de escutas telefônicas trabalhando para o FBI.

***

Na semana que se seguiu, Kristine treinou incessantemente nas ruínas de uma fábrica abandonada perto da delegacia, subiu e desceu muros até não aguentar mais. Comprou material de proteção em lojas especializadas em equipamentos para escalar montanhas. Ela pensava no Negro Gato dia e noite. Observando e analisando o comportamento do gato que ganhou em uma feira de doação de bichos de estimação, ela imaginava poder prever suas manobras e rotas de fuga. Kristine não dormiu uma única noite sem antes visitar as páginas da Internet à procura de informações que a deixassem mais a par das artimanhas do Negro Gato. Para sua decepção, tudo o que conseguiu descobrir é que ele possuía centenas de admiradores. E diversas fotos de pessoas mostrando orgulhosas suas tatuagens da imagem do gatuno. Descobriu, inclusive, que existia música fazendo apologia a ele, como se fosse um revolucionário ou alguém que lutasse por uma sociedade mais justa. Depois evitou ver postagens de pessoas sem noção e passou a se concentrar em assuntos mais práticos.

***

— Alô, alô – disse Patrick, desta vez de um telefone público para outro.

— Alô, alô o quê, cabeça chata! O que você quer desta vez?

— Vai ter uma exposição aqui no parque e, já que eu estou por aqui, pensei em por que não aproveitar e fazer um extra!

— Não é assim que trabalhamos, e você nunca foi de fazer extra.

— É que, sabe como é, tem uma garota e eu...

— Ah, mas eu sabia, sempre tem um rabo de saia na história.

— É, então...

— E você já beijou ela?

— Ainda não, nem deu...

— Eu vou te falar uma coisa, garoto – disse Cesar, atiçando Patrick –, de tudo fica um pouco, nem que seja de um beijo roubado.

— Está bem, vou me lembrar disso.

— Mande o vídeo que eu vou dar uma olhada.

As aventuras amorosas de Patrick sempre dificultaram os planos e aumentavam ferozmente o risco de serem presos. E, por essa razão, Cesar sempre preparava um plano B.

Sexta-feira, dois dias antes do combinado para o roubo, Patrick chegou ao parque, ligou a câmera e foi dar uma volta de reconhecimento. Na verdade, ele pouco se importava com as mirabolantes estratégias de Cesar, só fazia mesmo o que ele mandava para evitar discussões. Sua preocupação do momento era saber se iria ou não ver Kristine. Cesar planejava tudo com extrema cautela, ao contrário de Patrick, muito confiante, não se intimidava com a polícia. Nem os melhores agentes de segurança eram páreo para ele, com sua insuperável habilidade. A maneira com a qual Patrick zombava da polícia deixava Cesar por demais incomodado. Era dia de festa, o parque estava lotado de pessoas de todos os lugares, havia muitas atrações e brincadeiras. Havia, também, um saguão onde peças raras estavam em exposição. Patrick nem sabia direito o que havia lá dentro. Preparar o terreno e avaliar as mercadorias era da competência de Cesar. Sua tarefa limitava-se à ação de pegar o objeto e fugir. Cauteloso, ele adentrou o saguão andando em círculo para filmar todos os ângulos, conforme tinha sido recomendado por Cesar. No sábado, um dia antes do fim das comemorações, a festa continuou ainda mais acalorada. Era um finzinho de tarde e havia turistas perambulando por todo lado, veio gente de toda a parte. Patrick chegou por volta das seis horas, estava usando a roupa nova que comprara naquele dia. Circulou entre as pessoas olhando por todos os lados, na esperança de ver Kristine. Estava decidido a se aproximar, prometeu a si mesmo que daquele dia não passava, que ia dizer qualquer coisa. À medida que as horas iam passando, a multidão aumentava mais e mais, deixando Patrick cada vez mais ansioso. "Será que ela não vem, logo hoje que eu ia dar uma ideia", pensou. Passou na frente da guarita dos policiais olhando pela janela, mas ela não estava, e, sua amiga, também não. Desanimado, Patrick decidiu voltar outro dia. Ele estava preparando, havia muito tempo, o grande dia do encontro do Negro Gato com a supermulher-gata. Antes de sair, resolveu tomar um refrigerante e, tão logo abriu a lata, viu surgir em sua frente Kristine e Natalia, entrando pelo portão. Havia um carrinho de pipoca parado do seu lado. Atordoado, Patrick voltou para trás do carrinho tossindo. O susto foi tamanho que foi necessário dar um gole no refrigerante para levar o coração de volta para o seu lugar, uma vez que quase lhe saiu pela boca. Quando se refez do susto, Patrick ergueu a cabeça por detrás do carrinho procurando por Kristine. Ela e a amiga estavam paradas a poucos metros. Patrick ajeitou a roupa nova, olhando-se para ver se estava tudo em ordem.

— Vai ser moleza, é só chegar dizer: "Oi, tudo bem?" – dizia ele, tentando criar coragem.

Nesse momento, o senhor com o carrinho que o escondia foi saindo.

— Já vai? – Perguntou Patrick.

— Ah, vou, já está para fechar.

Quando o carrinho saiu, Patrick sentiu um frio na barriga ao ver surgir Kristine em sua frente.

— Agora ferrou – disse ele, coçando a testa, como quem tenta esconder o rosto, observando Kristine meio de lado. Sua coragem e seus títulos de honra ao mérito de nada mais valiam. Uma coisa era roubar a peça de museu super bem-guardada, vigiada vinte e quatro horas por seguranças, câmeras e sistema de alarme antirroubo, outra coisa é estar cara a cara com a musa dos seus sonhos. Agora ela estava ali, dando sopa, linda e corada, como em seus pensamentos, mas com uma diferença: era real, e sua mente não permitia fazer tudo o que queria. Enquanto aguardava a coragem aparecer, algumas pessoas passaram eufóricas, atropelando tudo o que viam pela frente. Ao se voltar para Kristine, ela não estava mais lá. Não podendo acreditar no incidente, Patrick procurou inutilmente em todas as direções. A euforia continuou, mais e mais pessoas corriam na mesma direção. Sem saber o que fazer, Patrick seguiu o fluxo de gente, seria bem provável encontrar Kristine, talvez ela também tivesse ido naquela direção. Havia muita confusão, as ruas do parque eram encobertas de pedriscos. O som dos passos cadenciados se assemelhava ao de um batalhão de infantaria em campo de batalha. Ao sair do corredor das barracas de lanches, deparou-se com um mar de pessoas na ala do parque de diversões. A multidão se aglomerou em torno da roda-gigante. Todos olhavam para cima, apontando e gesticulando, agitadas.

Patrick, sem entender nada, deu uma pescoçada ao redor para ver se encontrava Kristine perdida no meio daquela gente toda. Só então percebeu o desastre iminente, a roda-gigante estava parada e havia uma criança pendurada a uma altura de quase vinte e cinco metros. O lugar estava superlotado e ele tentou abrir espaço ziguezagueando entre os curiosos. Entre empurrões, chegou até a grade de proteção posta na entrada de embarque e desembarque de pessoas. Um segurança pendurado em uma das barras tentava, sem êxito, escalar a imensa estrutura de ferro em formato de estrela. Patrick subiu ligeiro e começou a escalar com destreza, deu um salto elástico e, em duas ou três reviravoltas, alcançou o topo da roda-gigante. Posicionou-se logo abaixo da cabine onde o garoto se sustentava. Já sem forças, o menino não suportava mais segurar o peso do corpo com as mãos. Houve um imenso silêncio refletido nos olhos antenados de toda a plateia, que acompanhava tudo, desconfiada de que não restava nada além de torcer pelo aventureiro desconhecido, única esperança de resgatar o garoto com vida. Patrick cruzou o braço em volta da cintura do menino e os dois foram descendo com cuidado. Ambos desceram sem problemas e logo atingiram o chão, sob os aplausos eufóricos das pessoas. Muitos se aproximaram para tirar fotos ao seu lado. Patrick agradecia aos gracejos, sorridente. Kristine observou toda a cena, bestificada. Foi um desfecho tão inusitado que ela nem se moveu. A única saída que restou foi fazer como todo mundo, concentrar toda sua atenção, pondo o máximo de fé no resgate feito pelo herói anônimo. Disputado pelo grupo que se formou em torno dele, Patrick procurava uma forma de se aproximar de Kristine. Ao observá-la, notou algo de diferente em seu semblante. Um ar amistoso que o

Negro Gato não teve o prazer de contemplar. Estava tão bela e radiante que chegou a achar que ela possuía uma segunda fisionomia especial escondida atrás da fisionomia tradicional e que só seria usada quando fosse despertada por algum tipo de encanto.

Não que estivesse mais bonita que de costume, é que na ocasião havia um charme acompanhado da intensidade de seu olhar, fixo, ameno, penetrante, meigo, indecifrável. Era uma expressão que o deixava encabulado e nervoso. Na primeira vez em que haviam se encontrado, não tinha visto Kristine esboçar um sorriso. Virou-se de costas para ela, olhando para o chão, um tanto confuso, porém feliz e emocionado, e, de tão feliz que ficou, não podia controlar o sorriso. Teve o ímpeto de tornar a olhar para ela, mas se conteve. Não podia se virar sorridente feito bobo. Respirou fundo, desfez o sorriso, passou a mão na testa para limpar o suor. Preparou-se, fez ar de sério, virou sobriamente, olhou nos olhos dela serenamente, como quem olha sem muito interesse. No encontro dos seus olhos, ela fez um gesto quase imperceptível com as sobrancelhas. Patrick percebeu de momento, depois ficou na dúvida se ela fez mesmo um gesto ou se foi coisa da cabeça de homem apaixonado, que busca em qualquer movimento esperança para sua iludida imaginação. Algumas pessoas ainda o cumprimentavam alegres e comovidas, como se cumprimentassem alguém muito importante. Ela permanecia estática, parecendo esperar por alguém que não chegava nunca. Realmente essa hora não chegou e, como o tempo não espera homem indeciso tomar atitude, o parque fechou e ele a perdeu de vez.

***

Patrick concentrou sua atenção no guarda da esquerda, enquanto caminhava disfarçadamente entre os visitantes. Adquiriu esse hábito de partir sempre da esquerda para a direita observando Fred, quando ainda era um menino. Havia muitas obras em exposição, incluindo quadros de Van Gogh e Picasso. Cesar disse que só interessava as peças feitas de bronze de Chaterrau, um escultor francês por quem foi recomendado. Ele atravessou o portão de entrada da ala norte em silêncio, mantendo-se entre os turistas, chegando cauteloso como um verdadeiro gato na hora de dar o bote.

— "O Negro Gato está no parque" – a voz veio do rádio da guarita em que Kristine e Natalia vigiavam pelo lado de fora.

— Deve estar no saguão – disse Natalia, seguindo em direção aos outros policiais. As pessoas nem perceberam o roubo da obra de arte. Alguns notaram a correria por parte da polícia e começaram a se aglomerar em torno da vitrine quebrada, pisando nos cacos de vidro.

— Foi o Negro Gato – disse um homem, parecendo sentir imenso prazer em dar a notícia a um grupo de amigos que vinha chegando. Diversas pessoas murmuravam a aparição do ladrão misterioso com ar de euforia, e logo a notícia se espalhou pelo parque, gerando tumulto na porta do saguão. Algumas pessoas que já estavam tomando o rumo da saída voltaram, curiosas. Muitos queriam tirar fotos da vitrine estilhaçada, alguns procuravam os funcionários para ver uma foto da obra de arte.

— Onde ele está? – perguntou Kristine, quando se juntaram no portão de entrada do parque, em meio ao tumulto que foi se formando.

— Deve estar no meio do povo. Vamos procurá-lo.

— Ele não vai ficar aqui perdendo tempo, já deve estar na rua – disse Kristine a Natalia. – Temos de pensar como pensaria um gato.

Kristine se dispersou do grupo, seguindo pelas ruas. De cima do telhado, o Negro Gato a observou, correndo sozinha na rua em direção ao bairro vizinho.

— É isso aí, garota esperta – ele disse.

Kristine seguiu por uma rua deserta, precisava ficar em um lugar alto para ter uma visão melhor. Para sua surpresa, deparou com o Negro Gato subindo um muro bem na primeira rua que escolheu. Sua exaltação foi tanta que ela parou perplexa, de boca aberta, olhando fixamente para ele, sem saber se aquilo era verdade ou mais um de seus sonhos. E, mesmo com seus dez anos de meditação e técnicas em controle de sonhos, não podia vencer a barreira, diante da perícia daquele que julgava ser um mestre na artimanha de saltar muros.

— Vai ficar aí parada? – Perguntou ele, sorrindo.

Passado o momento de exaltação, ela se mexeu e subiu no muro com força. Era chegada a hora de descobrir se seu corpo estava preparado e se as últimas semanas de intenso treinamento haviam valido de alguma coisa. Os equipamentos por debaixo da roupa estavam ajustados, prontos para a guerra. O Negro Gato, seguido por Kristine, corria no telhado pisando no rumo das cabeças de parafusos, presos às madeiras por debaixo das telhas. Com as passadas, dava para sentir as telhas se rachando. Se havia uma coisa que o Negro Gato conhecia era telhados, e aquele, certamente, não era dos melhores. Talvez tivesse sido um dia, há muito tempo, mas, a essa altura já não aguentava peso algum. Preocupado, ele olhava para trás, na tentativa de avisar Kristine do velho telhado. Ela, absorta e decidida a alcançá-lo, nem notava as telhas se rachando. Ao contrário, pensou que ele estivesse fazendo mais uma de suas pirraças. O Negro Gato, prevendo o eminente perigo e na tentativa de acabar com aquela tresloucada correria, parou um pouco adiante, virou-se para ela gesticulando os braços.

— Parou, parou, tudo bem, eu me entrego – disse ele pondo as mãos para cima.

— Se você estiver com brincadeira, vai se arrepender – disse Kristine sem se importar com as telhas que já iam se quebrando e caindo para dentro do velho galpão abandonado, formando um vão entre eles.

— É melhor você voltar, porque está quebrando tudo, aqui – ele falou, enquanto se preparava para dar um grande salto.

— Não se mexa! – Gritou Kristine, colocando a mão sobre a coronha da pistola, presa ao cinto. Houve um forte estalido de telha se quebrando, embaixo de seus pés. Kristine olhou ao redor, sentiu pavor ao se dar conta do quanto as telhas já haviam se quebrado. Sentiu, também, angústia e raiva em pensar no gatuno fugindo mais uma vez, justo agora que ela estava tão perto. E pensou "será que ele tem tanta sorte ou é o Diabo que o ajuda?".

— Estique sua mão que eu te puxo – disse ele, abaixando-se para adquirir mais firmeza. Sua voz já não tinha um tom sarcástico, ao contrário, parecia um tanto séria.

— Não preciso de sua ajuda, posso me cuidar sozinha – respondeu ela, de supetão.

Ambos fizeram silêncio, reduzindo a respiração na esperança de diminuir o peso dos dois. Lentamente, Kristine foi arrastando o pé que estava à frente para junto do outro, num movimento suave e cauteloso. A essa altura, o Negro Gato já estava arrependido de ter promovido um encontro naquele lugar. A culpa de colocá-la naquela situação era toda dele. Sentiu-se um imbecil por ter causado esse desnecessário risco. Sabia que ela faria de tudo para pegá-lo, sem noção do perigo, colocando sua vida em risco. Ela não se dava conta do perigo que corria, assim como ele, nos tempos de menino, quando começou a escalar telhados atrás do velho companheiro Fred. Agora ela estava bem na sua frente, prestes a se arrebentar lá em baixo e teimando em não aceitar sua ajuda. Patrick já tinha caído daquela altura quando garoto. Fora uma queda e tanto mesmo para ele, cabeça-dura e casco de jacaré. Ainda mais para ela, uma jovem, embora estivesse previamente preparada com equipamentos de proteção. Cair daquela altura poderia lhe causar ferimentos bem sérios. O Negro Gato, diante de Kristine, desesperava-se ao perceber a desgraça iminente, pois o telhado estava em frangalhos. Ao ouvir o estalido de telha se despedaçando, Kristine tentou em vão um salto desesperado.

— Aaaaaaaaaaaaaah!

Foi o som do grito misturado aos destroços, soando forte lá embaixo, como num poço sem fundo.

O Negro Gato assistia à cena aterrorizado e, num sobressalto instintivo, saltou de qualquer jeito no intuito de segurá-la. Mas era tarde. Kristine, em meio aos farrapos demolidos, se espatifava sobre a mesa da velha e abandonada gráfica que antigamente funcionava naquele prédio. Pela claridade que descia do buraco no telhado, ele observava, bestificado, o corpo estatelado de Kristine misturado aos destroços. Como quem segura um obelisco de cristal, o Negro Gato, horrorizado, envolveu em seus braços o corpo desfalecido de Kristine. Entre as ruínas, ele se precipitava ferozmente contra o gigantesco portão de madeira trancado. Tamanha força empregada na pernada fez soltar uma lasca de madeira, abrindo uma fenda por onde se esgueirou, abraçado ao corpo esmorecido de Kristine. Atordoado, ele a deitou, desmaiada, sob uma palmeira, ajeitando seu belo corpo, aprumando com cuidado a cabeça no encosto da raiz da árvore e as pernas com igual carinho. Ele a fez se esticar sobre as folhas secas. O pátio do lugar estava vazio, pois era dia de domingo e não havia ninguém. Observou seu corpo suado, sua respiração, um ferimento na cabeça, os braços esfolados, um corte no cotovelo lhe causava um sangramento. Felizmente, não havia sinal de lesões mais graves, o que o deixou menos preocupado. Ele soltou dois botões da blusa para facilitar-lhe a respiração. Tirou da mochila o pano que cobria a peça roubada e envolveu o cotovelo ferido. Ouviu o barulho do helicóptero, sobrevoando bem distante.

— Eles não têm nem ideia do quão longe estão – comentou, balançando a cabeça.

Aproximou o ouvido do rosto de Kristine para sentir sua respiração. Ela respirava tranquila e serena, parecia dormir um profundo sono de criança. Cautelosamente, colocou a mão sobre a barriga de Kristine, sentindo a pele lisa e macia como a textura do mais puro pêssego silvestre, estava quente e levemente refrescada de suor. Percorreu a mão, arrastando a camisa para cima, apalpando hesitante até a região do pescoço. Parecia imerso em tentação, a boca rosada realçada de palpitação o alucinava de desejo. Pensou, por um instante, se estava mesmo tateando o corpo da moça à procura de ferimentos ou se já tinha se deixado dominar pela alucinação que lhe acometia. "Será certo examinar o corpo todo daquele jeito, já que ela parecia estar bem?" Desistiu, olhou para um lado e para o outro, se sentindo meio aproveitador. "Poderia fugir e deixá-la ali, ela ficaria bem", pensou, "talvez pudesse beijá-la como forma de pagamento por ter a ajudado, ela nem notaria". Lembrou-se das palavras de Cesar: "de tudo fica um pouco, nem que seja de um beijo roubado". A respiração serena e sua boca entreaberta lhe causavam inquietação. Observou a perfeição do seu rosto nos mínimos detalhes, os dois brincos em cada orelha, pequenas sardas embaixo dos olhos, os pelos dourados em torno da boca levemente avermelhada pelo que ainda tinha sobrado do batom, mas que restava ainda vivo em seus lábios. Da forma como estava desmaiada em suave beleza, os lábios irrequietos ora ficavam contraídos, ora revelavam o esboço de sorriso, tornando-se irresistíveis. Não se contendo de desejo, tocou seus lábios nos dela. Recompôs-se ligeiro, engolindo a saliva, estranhando a própria atitude. Mais uma vez olhou de um lado para o outro, respirou. O helicóptero continuava perdido, dando rasantes sem rumo. Voltou novamente os olhos para os aveludados lábios entreabertos, intuitivamente seu instinto masculino foi sendo despertado. Olhou também para o bojo do sutiã. Apenas dois botões não eram suficientes para acomodar seu busto. Foi chegando mais perto e encostou sua boca na boca dela, fechando os olhos para sentir o gosto dos lábios adormecidos, saboreando o adocicado beijo roubado. Ela palpitou parecendo retribuir ao beijo. Aproveitando cada segundo, ele se perdeu ainda mais no contínuo deleite em que estava envolvido. Ela respirava profundamente. Ele se arrumou de joelhos para ficar mais confortável. Ela continuava dormindo. Atônito, ele esfregava os lábios contra os dela, roçando o braço no lado dos seios, e por um instante pensou estar sendo abraçado por ela. Ela despertou num susto. Ele acordou da intrigante opulência de prazer na qual estava mergulhado, caindo para trás envergonhado, arrependido de ter se deixado levar por tamanho devaneio.

— O que está fazendo? – Disse ela esfregando as costas da mão na boca.

— Na... nada... ah, estava vendo se você está bem, você desmaiou, aí eu te trouxe para cá – ele falou, colocando seus óculos de Sol, um tanto embaraçado.

Kristine, sentada debaixo da palmeira, soltou um grunhido de dor, apertando o cotovelo ferido. Ao notar o pano enrolado no braço, lembrou-se do telhado cedendo, e foi então que percebeu o ocorrido. Olhou ao redor para identificar onde estava. Parecia ser o estacionamento de alguma fábrica, havia empilhadeiras e contêineres. Foi difícil, mas teve de aceitar o fato de ter sido salva pelo Negro Gato, ali parado a observando. O Negro Gato, por sua vez, a observava como quem olha a musa dos seus sonhos pela última vez. Não era homem de desistir facilmente, porém cogitou, desde quando estava sobre o telhado, a ideia de abandonar essa empreitada maluca de querer se aventurar justamente com uma policial. Admitindo ser inútil dizer qualquer coisa, levantou-se ajeitando os óculos e se organizou para a fuga, observando o muro por onde deveria fugir para não mais voltar.

— Obrigada – disse Kristine, com certo nó na garganta.

O Negro Gato, ainda envergonhado, nada disse. Fez menção de falar, mas a voz não lhe saiu. Conseguiu apenas esboçar um pequeno gesto com a cabeça. Houve um breve silêncio entre eles, até que Patrick apertou o cinto da mochila nas costas e se preparou para a fuga. Pensou em se despedir, mas não o fez. Nessa hora, ele disparou, majestoso, pulando sobre o muro, apoiando-se em um poste de luz. No parque, a notícia de mais uma fuga do

Negro Gato foi recebida pelos turistas com uivos e vivas eufóricos, alguns gritavam seu nome.

***

Da fachada de três metros da entrada do bar não se podiam vislumbrar seus trinta e poucos metros de fundo. Na entrada, um escuro balcão de mármore. Na prateleira, inúmeras garrafas de bebida disputavam espaço com centenas de copos e taças pendurados. Mais ao centro, na sala escura forrada de camurça, havia uma mesa de centro e sofás rústicos. A parede contemplava quadros em exposição de fotos de aviadores e jogadores de basquete profissional. Ao fundo, uma taverna abrigava três mesas de sinuca, iluminada por um rudimentar lustre pendurado no centro. Os frequentadores vinham de toda a parte. Em sua maioria, hóspedes dos hotéis vizinhos e policiais da delegacia central, situada do outro lado da rua. Patrick descobriu o bar frequentado por policiais.

Kristine e Natalia também iam, às vezes, no meio da semana, após sair do serviço. Por conta dos intensos treinos, ela não tinha ido nem uma vez, naquela semana. Patrick se sentou no banco do balcão, pediu uma cerveja, tirou do bolso uma passagem, deveria viajar no dia seguinte bem cedo. Segundo Cesar, agentes disfarçados estavam em peso na cidade. Não era de se admirar, dois roubos do Negro Gato na mesma cidade, depois de ter desaparecido por tanto tempo. Nessa mesma hora, Natalia e Kristine entraram e foram direto se sentar no fundo do bar. Patrick sabia que ela poderia entrar no bar a qualquer hora, mas não teve como evitar o choque que a aparição dela causou. Seu coração bateu no ritmo de um tufão, seus olhos acompanharam sua silhueta até o fundo do bar, sem piscar nem perder um único gesto. A noite já ia se esvaindo e, cada vez mais, ele perdia a coragem de se aproximar, logo se sentiu mesmo como um tolo, fraco e sem graça. Muito embora passasse por sua cabeça a ideia de fazer cara de homem sério para melhor impressioná-la, resolveu sorrir para ela, e ela sorriu também. As duas se levantaram, Natalia foi ao caixa, ele observou impaciente Kristine saindo sem lhe voltar o rosto nem dar um sinal. Ela parou na porta, parecia estar esperando pela amiga.

— É agora ou nunca – falou em voz baixa. Respirou fundo, bebeu o restante da cerveja que tinha sobrado no fundo do copo, levantou-se, pairou a mão sobre os cabelos da fronte, subiu o zíper da jaqueta, mirou seu olhar, pondo nele, toda sua emoção. Caminhou na direção dela, imaginando o que diria. Deveria dizer algo de interessante que atraísse a atenção daquela mulher. Seria a última tentativa, afinal, como bem dissera, "é agora ou nunca".

— Oi – foi só o que conseguiu dizer.

— Oi – ela respondeu, olhando para ele, e, como nada mais ele disse, ela voltou o olhar para a rua. Houve um momento de silêncio entre eles, enquanto Patrick vasculhava em sua mente algo para dizer que quebrasse o gelo.

— Foi impressionante o que você fez, no parque – ela disse, ainda observando a rua.

— Ah, foi tudo muito rápido, nem sei como fiz aquilo.

— Você pratica esportes radicais?

— É, eu faço *Jump* – respondeu, sem pensar.

— Sério?

— É, você também faz alguma coisa?

— Ah, só um pouco de MMA e *Le Parkour*, às vezes. Bem, eu só fiz algumas vezes, não sou profissional como você.

— Eu também não, só faço quando posso.

— Sei, deu para ver o que você faz.

— Aquilo lá foi outra coisa, era tudo ou nada.

— Foi incrível.

— Eu conheço um lugar muito diferente para praticar, e poderia te levar lá. Já que você gosta das mesmas coisas que eu, podíamos treinar juntos.

— Não sei, não, nem sei o seu nome.

— É Patrick. E o seu?

— Kristine.

— Agora somos amigos, e amigos sempre têm o telefone um do outro.

— Ah, não sei.

— Mas o seu instinto feminino já deve ter feito uma avaliação a meu respeito, e sabe que não ofereço risco.

— Mesmo assim.

— Tudo bem, então. Podemos nos encontrar aqui e tomar uns carboidratos, uns sais minerais, sódio, iodo, potássio, manganês, essas coisas.

— Tudo bem!

— Amanhã, então.

— Amanhã não posso. Depois de amanhã.

— Está bem. Neste mesmo horário?

— Pode ser.

— Então até mais.

— Até mais.

Patrick chegou ao bar quarenta minutos adiantado. Calculou que esse tempo seria suficiente para não chegar atrasado, caso ocorresse algum imprevisto. A vida o tinha ensinado que não se podia deixar uma mulher dessas esperando. Kristine chegou dois minutos antes do combinado, entrou e foi direto se sentar no fundo do bar, em uma mesa para dois. Discretamente, ela o procurou com os olhos e nem o notou tentando se esconder atrás de um grupo de pessoas. Patrick não se aproximou de imediato. Antes, observou, boquiaberto, sua formosura, derretido, apaixonado, absorvido na imagem. Sua beleza se tornava mais exuberante pela graça dos seus gestos, pela doçura do seu olhar e pela simplicidade do seu sorriso. Para a ocasião, Kristine usava apenas calça jeans e uma leve camisa de algodão. Não queria estar elegante nem chamar a atenção. Um batom alaranjado em contraste com os cabelos soltos, partidos ao meio, dava a impressão de mulher sem muita vaidade, não que fosse necessário, mas habilmente a natureza se encarregou de cuidar de todo o resto.

— Desculpe, senhora, está esperando por alguém? – Ele falou puxando uma cadeira, fazendo ar de sério.

Ela o observou, sorridente. Seu traje não era nada comum para a época, estava mais para maquinista de trem da década de 1930. Patrick se vestia com uma calça de sarja creme, uma camisa de mangas compridas erguida até os cotovelos e um chapéu um pouco gasto, comprado em um brechó, mas que lhe atribuía certa elegância, vislumbrando sua aparência de um jovem de vinte e três anos. Quando o garçom se aproximou, Patrick esperou Kristine fazer o pedido para, então, pedir o mesmo. Sua estratégia não funcionou. Ela perguntou o que ele iria beber e, por fim, decidiram pedir duas taças de chope. Com entusiasmo, ela perguntava das atividades e das aventuras de escalar montanhas, curiosa em saber como ele adquirira tanta habilidade. A atenção com que os olhos dela observavam seus gestos o deixava nervoso. Acanhado, ele falou pouco sobre o assunto, procurando evitar olhar no fundo de seus olhos. Com Cesar ele aprendeu que as feiticeiras lançam sua magia pelos olhos e pela dança. A certa altura, ela começou a contar seus dilemas e aventuras involuntárias, explicando os detalhes dos dissabores, achando graça de si mesma. Só então Patrick começou a relaxar um pouco, percebendo que ela era uma mulher como qualquer outra e não havia problema algum em olhar em seus olhos. E considerou-se um idiota por achar que deveria dar crédito aos devaneios de Cesar. Imerso em pensamentos, Patrick procurava, cada vez mais, agradar-lhe com conversas que supunha ser dignas daquela mulher espetacular, que não estava ali propriamente por seus méritos, e, sim, por acaso do destino. Kristine se virou para ouvir melhor a música que começou tocar, era uma de suas preferidas.

Take me out tonight

Because I want to see people

And I want to see lights

Driving in your car

Oh please don't drop me home

Because it's not my home

It's their home

And I'm welcome no more

And if a double-decker bus

Crashes into us

To die by your side

Is such a heavenly way to die

And if a ten-ton truck

Kills the both of us

To die by your side

— Esta música é linda – ela disse, voltando-se para ele.

— Que é isso, só fala de morte.

— Pode ser, mas é romântica, é de uma banda inglesa.

Quando a música acabou, Patrick já havia pensado no que ia dizer, ao ouvir o comentário dela sobre a música romântica porque fala de morte, resolveu se apoiar em uma canção para dizer algo romântico.

— Seu olhar mata! – Ele disse, de repente.

— O quê?

— Seu olhar – repetiu ele – mata mais que bala de carabina, mata mais que veneno, mata mais que acidente de automóvel.

Kristine ouvia Patrick falando meio admirada. Nunca havia escutado nada parecido antes. Já tinha perdido a conta de quantas vezes recebeu elogios sobre o quão bonitos eram seus olhos, e que se pareciam com duas joias do Nilo, ou que eram da cor do céu, entre outros. Mas que matava mais que tiro foi a primeira vez.

— Você é poeta, também? – Ela perguntou fazendo ar de riso.

— Sou, pode crer – ele retaliou, sorrindo. – Não, não sou não, tirei isso de uma música. Você nunca ouviu?

— Não. Como ela é?

— Como é, ah não sei, sei que fala do olhar.

— Cante um pedaço para eu ouvir.

— Não me lembro.

— Lembra sim.

— Está bem, haaaaaaaaaaaaaa.

— O que é isso?

— Estou afinando as cordas vocais.

— Deixa de coisa.

— Está bom. Lá vai. Huuuu, ela é cafona.

— Vai logo.

— É assim:

De tanto levar

Flechadas do seu olhar

Meu peito até

Parece sabe o que

Talba de tiro ao Álvaro

Não tem mais onde furar

Seu olhar mata mais

Que bala de carabina

Que veneno estriquinina

Que peixeira de baiano

Mata mais que bala de revólver

Mata mais que atropelamento de automóvel

— Legal, gostei, onde você ouviu?

— Meu chefe que ouve essas músicas importadas.

— É muito louca, né. Seu chefe deve ser legal.

— É mesmo, o cara é maluco. Ele fala que não se fazem mais músicas como antigamente.

— Não mesmo.

— É.

— E o que você faz, digo, trabalha em quê?

— Sou gerente de um negócio de peças antigas.

— Em que lugar?

— Não tem um local fixo. Onde tiver os produtos, nós vamos ver se compensa fazer negócio.

— Parece legal. Não fica no mesmo lugar.

— Ah é, não enjoa nunca, tem sempre uma boa aventura.

Já ia passando da meia-noite quando Kristine resolveu ir embora. Estava tarde para um dia da semana, e ela tinha treino na manhã seguinte. Fazia um luar magnífico e os dois caminhavam sem nenhuma pressa até o edifício em que Kristine morava. Tomadas por flores derrubadas pelos ventos fortes de verão, as ruas formavam um clarão da aurora, refletindo a luz translúcida da Lua cheia. À medida que caminhavam sobre as pétalas, despertavam o odor místico da dama-da-noite e o meticuloso cheiro do incenso do amor. Uma leve brisa varria as flores do chão, anunciando que vinha chuva. Para atravessar a rua, Patrick se aproximou o máximo que pôde, a ponto de tocarem os cotovelos, e, notando que a ocasião o favorecia, ele aproveitou e agarrou o braço dela para atravessar a rua. Ela fingiu não perceber o argumento do malandro. Sentindo a pele macia quando pegou em seu braço, foi inevitável escorregar a mão até tocar a mão dela. Ao mesmo tempo, as mãos se apertaram e permaneceram grudadas por todo o caminho.

— A Lua está linda, hoje – ela disse, a certa altura.

— As feiticeiras gostam do luar – ele retrucou.

— Feiticeiras – ela repetiu, admirada. – Você acredita em lendas?

— Existem muitas histórias que falam de lindas bruxas que atraem os homens e depois os cozinham em enormes caldeirões.

— E você acha que eu sou uma dessas bruxas?

— Tem perfil, mas acho que não – ele respondeu, sorrindo. – Não vi nenhum rabo, na sua sombra.

— Ah, então você estava reparando se minha sombra tem rabo?

— Só por precaução. O Diabo também se disfarça de uma linda mulher para levar o homem à perdição.

— Então isso é um elogio.

— É claro. As feiticeiras são as mais belas criaturas do mundo.

— Pelo jeito, todo mundo se disfarça de mulher.

— Isso mesmo – disse Patrick, sem saber ao certo o argumento dos demônios.

— E então, passei no teste, ou ainda falta alguma coisa?

— Só falta o último, você me dar um beijo. Aí, se você não se transformar, passou.

— Ah é! Nossa, isso não acaba nunca.

Conversavam tão entusiasmados que nem viram quando passaram da entrada do prédio. Só se deram conta quando já estavam bem adiante. Retornaram dois quarteirões, rindo da distração. Soltaram as mãos um instante para secar o suor, quando pararam na porta do edifício, junto aos degraus de entrada.

— Já vai? – Ele perguntou.

Ela nada respondeu, limitou-se apenas a fazer um gesto exclamativo com os ombros.

— Está bem, então – ele murmurou –, amanhã tenho uns negócios para fazer logo cedo, e parece que vai chover...

— É, eu também – ela emendou.

Acabado o assunto, os dois ficaram parados frente a frente, em silêncio. Sem jeito, ele coçou a nuca, depois a orelha. Ela aguardava uma atitude, fingindo estar distraída apertando entre os dedos um pingente de sua pulseira. Distanciaram-se para dar passagem a um casal de moradores que vinha chegando. O marido carregando bolsas de criança. A esposa arrastando a criança pela mão. Uma mocinha de vestido florido e cabelos em forma de cachinhos, que, ao passar pela entrada, livrou-se da mãe e correu para pegar uma plantinha no jardim.

— Boa-noite – disse o homem.

— Boa-noite – responderam.

— Vem, Nicole – a mulher chamou, impaciente –, pare de mexer na planta, tem espinhos.

Kristine observava a traquinagem da menininha, abrindo um largo sorriso.

— Que gracinha! – Kristine falou, ainda sorrindo.

Sem poder separar o que era real do sonho, Patrick nem notou o que se passava ao seu redor. Estava tão distraído contemplando a beleza de Kristine, que nem notou que alguém passara por eles. Era de se perceber o quanto estava acometido da atração. Observava seus gestos graciosos, completamente encantado, reparando em novos detalhes que seus olhos ainda não tinham notado. E não se cansava de admirar outras belezas do seu corpo muito bem-feito, desde os pés até a cabeça. As coxas eram torneadas, a cintura se juntava aos quadris formando um contorno muito semelhante ao de um vaso de cedro, próprio para carregar água. O busto arredondado que via-se de relance. Realçados, os cabelos louros deixados pender para um lado, o sorriso afetuoso com que se dirigia à criança, a rouquidão da sua voz quase imperceptível, a mania que ela tinha de remexer o pingente da pulseira. A forma de falar e os lábios rosados que atormentaram seu sono desde o dia em que a beijou desmaiada, naquele terrível incidente que quase lhe custou a vida. Agora, sem que ela soubesse, estavam ali, cara a cara, mais uma vez. Depois que o casal tomou distância, ele se aproximou, encarando-a nos olhos. Ela voltou seus olhos para os dele, se desfazendo do sorriso. Ele encurtou a distância fitando sua boca, e ela continuava se fazendo de desentendida. Não contendo seus estímulos, Patrick puxou-a pelos braços e, no encontro dos seus corpos, os lábios se resvalaram. Agora ela olhava para ele com intensidade e lentamente seus lábios se tocaram. Imersos no emaranhado aperto dos seus corpos, eles se beijaram longamente, até serem interrompidos pela chuva quente de verão. E, fugindo da chuva, os dois correram para procurar refúgio debaixo do hall de entrada do edifício. Certificando-se de que estavam a sós, voltaram a se beijar com energia, abraçando-se freneticamente, sem se importarem com os pingos de chuva que batiam nas costas e ricocheteavam nas barras das calças. Nada além do céu escuro, carregado de nuvens, desabando a torrente de água que Deus mandava, estavam os dois amantes, colados, molhados, fumegantes feito os raios que cortavam o céu com seu rastro de luminosidade.

— Agora preciso ir – ela disse, de lábios sorridentes, quando deram uma pausa para respirar.

— Tudo bem – ele respondeu, enquanto ainda estavam abraçados.

— Como você vai nessa chuva?

— Não tem nada não, não sou gato para ter medo de chuva.

— Depois a gente se fala.

— Tudo bem. Até mais.

Precipitadas, as bocas voltaram a se tocar, e se beijaram com ainda mais intensidade, num enlace frenético. De sorte que o muro era alto e forte, se não seria capaz de cair de vez. Kristine, fugindo da chuva, correu saltitando até a escada de entrada, cobrindo a fronte com a mão. Empurrou a porta do saguão de entrada e se virou para um último brado de despedida. Debaixo de chuva, Patrick acenava para ela aguardando a porta se fechar. E, enquanto a porta lentamente se fechava, Kristine acenou de volta. Patrick correu pela rua pulando de poça em poça, uivando feito um coiote em noite de Lua cheia. A chuva, batendo forte em seu rosto, resfriava seu pensamento e servia para ele, naquele momento, tanto quanto um balde de água serve para apagar uma fogueira ardendo em brasas.

***

Em poucos minutos e sem muita dificuldade, chegaram ao topo do monte mais alto. Subiram com muito entusiasmo, sem se preocupar em olhar para trás. Ela seguia obediente todos os seus movimentos, procurando realizá-los com perfeição. Estava tão preocupada em causar boa impressão, que nem se deteve no cenário de rochas cada vez mais íngremes. Ainda que não quisesse dar bandeira, em certas ocasiões, Patrick não perdeu a oportunidade de mostrar suas habilidades de escalador. Mas só quando chegaram ao topo da montanha e olharam para baixo foi que perceberam o quanto estavam alto.

— Nossa, é alto aqui – ela comentou, nervosa.

— É, eu gosto daqui, longe de barulho, de ruídos, de pessoas, e sem ninguém. Posicionaram-se na mais alta rocha. Ela nunca tinha subido num morro tão alto e íngreme dessa maneira. O vento soprava forte naquela altura, dificultando seu equilíbrio.

— Vamos voltar – ela disse, num tom mais sério.

— Não se preocupe, está tudo bem. Esta pedra está aqui há séculos e não é agora que ela vai sair rolando.

— Ela não vai rolar, mas eu vou!

— Relaxa.

— Como você quer que eu relaxe, numa altura dessas?

— É nas adversidades que o homem encontra uma forma de vencer os desafios, e com isso vai evoluindo. Se conseguir relaxar o bastante, poderá encontrar o seu lado oculto, o lado que domina seus pensamentos, negativos e positivos. Só assim você vai controlar seu medo.

Ela permaneceu estática, parecia pensar em suas palavras.

"As conversas doidas de Cesar e Bira serviram para alguma coisa", pensou ele, acreditando ter conseguido convencê-la a se soltar, o que parecia intangível. Escolheu o lugar propício para a ocasião, a ausência de sons e ruídos, o silêncio, a calmaria, tudo ao redor possuía seu poder natural de persuasão.

— Fique tranquila, eu seguro você – ele falou, se colocando por detrás dela. – Até onde eu posso pôr a mão?

— Até aqui.

— Só?

— E já é muito.

— Tenho de pegar aqui, tudo bem? – E apertou seu quadril.

Ela concordou, sorrindo, abrindo as pernas de modo a ganhar mais equilíbrio, parecendo estar mais à vontade e confiante, algo que jamais havia acontecido antes. Não era de se deixar levar por ninguém. A vida a tornou arredia desde muito cedo, ainda mais com aquele homem que conhecia havia tão pouco tempo. Por certo, ao presenciar o modo como ele se arriscou para salvar a criança a fez amolecer, crescendo nela uma acalorada confiança. O Sol do final da tarde refletindo opaco tocava seu rosto. A ausência de sons e o ar entrando em seus pulmões faziam seu corpo sentir uma profunda leveza, livrando sua mente de qualquer esforço físico e mental.

— Agora feche os olhos, respire suave e profundamente, nada pode te fazer mal, só eu – disse ele, rindo.

Ela também riu perdendo a concentração.

— Para, eu estava me concentrando.

— Não, tudo bem, vamos de novo – disse Patrick, dessa vez sem rir. – Olhe bem longe no horizonte, sinta todo esse lugar como algo que faz parte de você. Mesmo as montanhas mais distantes, as árvores, o lago lá embaixo, ouça o canto dos pássaros, da águia voando bem alto, pense só no bem, no aqui e agora. – A essa altura, ele já havia esquecido a regra de pegar nos quadris e já tinha a abraçado de corpo e alma, sentindo o perfume dos seus cabelos, roçando seu rosto contra o dela. Ela se virou e eles se beijaram prolongadamente.

— Então, perdeu o medo de altura? – Ele perguntou, sorrindo, com os braços em torno do pescoço dela. Ela assentiu com a cabeça.

— Você vem sempre aqui? – Perguntou ela.

— Não só aqui, como também vou a outros lugares que me fazem sentir livre, à toa, à deriva do vento, como se estivesse em um barco a vela.

Kristine ouvia sorrindo, como há muito tempo não sorria.

Na segunda vez que subiram o morro, Kristine não conseguiu subir sozinha, parecia exausta. Patrick puxou-a para cima, sorridente.

— Você vai ter de fazer melhor que isso, gatinha! – Disse ele.

Ela ouviu suas palavras como quem leva um choque, virou-se para ele de olhos cerrados, analisando, conhecia aquela voz, ela estava gravada no fundo de sua mente. Fechou os olhos para comparar o seu jeito e, quando os abriu, viu surgir em sua frente a imagem semelhante à do Negro Gato. Só então se deu conta do quanto eram parecidos e de como foi estúpida por não perceber. Indignada, ela apontou o dedo para ele, mordendo os lábios.

— Você – ela disse. Depois, se virou contrariada e, sem dizer uma só palavra, desceu as rochas, sem olhar para trás.

— Você sabia, você sempre soube – ele gritou, enquanto ela descia pelas íngremes encostas do morro, até que desapareceu de sua vista.

Capítulo 2

Como tudo começou

WASHINGTON D.C. ARLINGTON COUNTY, VIRGÍNIA — EUA PENTÁGONO; SALA DE REUNIÃO. AGOSTO DE 1991.

— As verbas foram cortadas! – Anunciou o secretário de Defesa.

— Como assim? Estamos quase concluindo o último teste. Falta muito pouco até que os últimos resultados sejam analisados com mais cuidado – disse o cientista-chefe.

— Estamos esperando essa tal conclusão desde 1950. São quarenta anos de experimentos e, até agora, o que tivemos foram apenas especulações – afirmou o secretário.

— Justamente, são quarenta anos de evolução e agora você vem nos dizer que está tudo acabado! Nós nos dedicamos todos esses anos, dia e noite, para nada! E não são apenas especulações. Na última sessão, dois embriões se mostraram estáveis. Está tudo no relatório – afirmou o cientista.

— Vá explicar ao presidente e ao Congresso. Estão todos irredutíveis. Esse projeto já gastou milhões de dólares dos contribuintes, quase terminou em guerra. Fomos alvos de sabotagem, investigação internacional, da ONU, da Otan, da Rússia. O que mais podemos fazer para driblar tantos incidentes? – Perguntou o secretário.

— Este é um projeto que vem sendo pesquisado há várias gerações. Não podemos parar agora, nunca chegamos tão perto – argumentou o cientista.

Diante do dilema, seu jeito ameno e sua voz compassada pareciam ter desaparecido completamente, e, em seu lugar, tomou forma um gênio frenético que ninguém jamais tinha visto antes. Quem o viu falando poderia jurar ter visto outra pessoa, tamanha a rispidez com que recebeu a notícia do secretário de Defesa da Presidência.

— Então me conte quais foram os resultados obtidos com os trabalhos iniciais dos primeiros idealizadores – pediu o secretário.

— Fizemos os testes na cobaia Z42 e estamos otimistas com os resultados. A mutação já se mostrou compatível. Não tinha dado certo por conta de um erro de incubação – responde o cientista.

— Esqueça. A partir de amanhã, a equipe delegada vai passar a tomar conta. Tudo será arquivado conforme o protocolo – informa o secretário.

— Esperem só mais alguns meses e teremos o resultado da mutação genética. Tenho certeza de que, desta vez, vai dar certo – disse Joseph, tentando se controlar, mesmo sabendo que nada do que dissesse faria diferença agora.

— Sinto muito, mas não sou eu quem decide. O projeto foi suspenso e o laboratório será lacrado até a segunda ordem. A reunião está terminada, estão todos dispensados – disse o secretário.

Alguns membros da equipe murmuravam entre si. Outros permaneciam calados. Todos olhavam para Joseph, num estado de total desconsolo. Muito embora ele tenha permanecido calado, parecia não acreditar no que tinha acabado de ouvir. Pouco a pouco, as pessoas foram deixando a sala. Joseph permaneceu de olho na pasta que continha todas as informações do projeto. Sofia, sentada do outro lado da mesa, também nada disse. Estava pensando em algo para dizer que não piorasse, ainda mais, as coisas.

— O que faremos? – Perguntou ela.

Joseph a fitou indiferente, levou as mãos à cabeça, coçou os cabelos com força, fechou os olhos raivosos, balançando a cabeça. Depois se recompôs, tornou a olhar para Sofia e, desta vez, seu olhar estava menos distante. Pegou um papel, entre tantos outros na pasta, e rabiscou meia dúzia de palavras.

— Vá para casa – disse ele, por fim, entregando-lhe o papel dobrado.

— Você vai ficar bem?

— Sim.

— Tem certeza?

— Tenho. Não se preocupe, conversamos depois.

Joseph F. Milman, o cientista-chefe do projeto BDNAT (Base DNA Transformado), está na equipe desde os testes iniciais conduzidos pelo cientista embrionário nazista remanescente da Segunda Guerra Mundial. Assim que os aliados invadiram Berlim, em 1950, muitos cientistas foram recrutados. Testes para transformar soldados comuns em Supersoldados já estavam sendo estudados em laboratórios de países mais desenvolvidos em material bélico. No entanto, os testes nazistas estavam bem mais avançados, por terem sido feitos em humanos, nos campos de concentração. O sonho de produzir soldados superiores em combate traria a vitória da guerra e o controle do mundo. O cientista alemão membro da SS coronel Stauffenberg Rahner, primeiro no mundo em experimentos genéticos, foi recrutado, sob sigilo, para desenvolver o projeto do governo norte-americano do Supersoldado. Décadas de pesquisa e nunca conseguiram o resultado esperado: criar um guerreiro perfeito por meio de mutação genética. Um combatente de guerra, forte, obediente, que não sentisse dor e dotado de muitas habilidades resultou apenas em medicina de tratamento. Joseph, quando jovem, destacou-se em produzir experimentos em ratos de laboratório. Obteve sucesso em produzir neurônios humanos em ratos. Estava à frente do seu tempo quando foi nomeado para liderar, já no seu terceiro ano de faculdade, experimentos manipulando embriões. Depois de licenciado, passou a fazer parte de uma empresa especializada em células. Antes mesmo de suas pesquisas serem divulgadas, recebeu o irrecusável convite de fazer parte do programa de manipulações genéticas do Pentágono. Empolgado em fazer parte da elite científica, Joseph se enclausurou no projeto a ferro e fogo. Stauffenberg, vendo nele um discípulo à altura e prevendo o próprio fim, resolveu transmitir a ele segredos nunca antes revelados desde que deixara o campo de concentração nazista em Auschwitz, na Polônia. Assim que seu mentor Stauffenberg faleceu, Joseph assumiu o comando do projeto, transformando-se em um daqueles homens obstinados que não se importam com mais nada na vida, além do seu trabalho. Viver, para ele, era fazer avanços na área da genética. Já não sabia mais distinguir o certo do errado, o lícito do ilícito. Sacrificar vidas, para ele, nada mais era que parte do processo, porque precisava chegar ao resultado maior, o bem maior, a corroboração da espécie humana e a evolução científica sem precedentes. A vitória recompensaria todas as perdas, se houvesse, uma vez que a humanidade seria, sem sombra de dúvidas, derrotada em sua trajetória pela Terra. Tudo era feito em sigilo absoluto, poucos membros do Pentágono tinham acesso às informações, a maioria nem imaginava que existisse tal coisa. O presidente acompanhava de perto todos os passos, exigia que qualquer êxito obtido nas experiências lhe fosse imediatamente informado. O sigilo passou a ser questionado quando a imprensa passou a ser monitorada por veicular informações confidenciais. Heróis de revista em quadrinhos eram criados a todo instante, com base nos experimentos científicos e genéticos. Durante a Guerra Fria, os investimentos foram intensificados. Foi uma tentativa de dar resposta ao IURI[1], espião russo infiltrado no país. Nesse tempo, os testes passaram a ser realizados em humanos. O que antes era feito apenas em ratos, passou a ser utilizado em macacos e, por fim, em humanos. Cruzamentos genéticos entre animais e humanos.

1 IURI foi criado na época da Guerra Fria. Ninguém sabe ao certo como a KGB infiltrou um espião ainda criança no pentagono, e ele só ficou sabendo da sua missão depois de adulto. Esse é um dos maiores casos de espionagem da história.

Insatisfeito com os resultados e preocupado com possíveis vazamentos de informação, já que a maioria das pessoas morria ao ser submetida ao programa, o Congresso pressionava o presidente a encerrar o projeto. Assim que foi assinada a proposta de paz entre Estados Unidos e Rússia, pondo fim à Guerra Fria, o programa foi suspenso.

Já era quase meia-noite, e Joseph não havia retornado para casa.

— O que você está aprontando, Joseph? – Sofia se perguntou, lendo mais uma vez o recado no papel.

"Cuide da moça na unidade cinco da ONG, te amo."

Nervosa, Sofia queimou o papel, tentando entender o recado. Cuidar da garota? Por que ele escreveu assim? O que pretende fazer? Será que vai cometer alguma loucura? Sofia tentou afastar os pensamentos negativos se detendo nas últimas palavras: "te amo". Ele nunca disse que a amava. E ficou ainda mais preocupada. Sofia ligou para membros da equipe, mas ninguém sabia de nada. Ela havia pegado no sono quando o telefone tocou, à uma e quinze da madrugada. Era Samuel, avisando que Joseph havia sido preso por colocar fogo no laboratório.

— Ele está bem? – Ela perguntou.

— Sim, creio que sim. Eu fui até lá, mas não me deixaram vê-lo. Ele vai ficar bem, não se preocupe, não houve tantos danos assim. Na verdade, só queimou meia dúzia de papéis e foram apagados alguns registros.

Após seis meses de reclusão, a Corte resolveu dar anistia a Joseph por serviços prestados. Durante o tempo em que ficou enclausurado, aproveitou a estadia para bolar seu plano de cuidar do bebê que, mesmo prematuro, sobrevivia sob os cuidados médicos de Sofia, na UTI da casa de recuperação da unidade beneficente. Depois desse período de repouso, aposentou-se e mudou de cidade com Sofia. Durante alguns anos, foi vigiado por agentes da CIA, para terem certeza de que não daria continuidade às experiências. Depois de três anos, foi abandonado e esquecido. O relatório final da investigação concluiu que ele vive em uma cidade pacata e contribui prestando serviço comunitário a uma entidade beneficente. No dia em que a criança saiu da UTI, Joseph a segurou no colo, emocionado. O bebê, sorridente, segurou os dedos de Joseph com força.

— Você vai ser incrível – ele disse. – Você vai deixar um monte de gente com os cabelos em pé.

Logo que o menino criou força e robustez, foi colocado para a adoção. Joseph não podia mais mantê-lo na entidade, tampouco levá-lo para casa, pois o governo ficaria sabendo, mais cedo ou mais tarde.

Certo dia, um jovem casal adentrou a ONG à procura de uma criança para adotar. Joseph os examinou com cuidado e concluiu que eles eram o casal certo para adotar a criança. A moça enxergava menos de trinta por cento. O rapaz sorridente, de óculos fundo de garrafa, nunca havia segurado uma criança no colo. Para aumentar a simpatia pelo menino, Joseph patrocinou a adoção com uma generosa quantia em dinheiro. Alegando ser parente do menino, que recebera o nome de Patrick, Joseph visitava a criança semanalmente, sempre agradando ao casal e levando doces e chocolates. Não foi difícil descobrir os hábitos alimentares de Tresmonde e Clarice. As prateleiras e a geladeira estavam repletas de alimentos industrializados. Tresmonde estranhava as constantes visitas do doutor, porém seu estômago falava mais alto do que a suspeita, e ele sempre o recebia de sorriso no rosto. Quanto aos papéis da adoção, Joseph cuidou de tudo em casa, imprimiu cinco ou seis folhas, carimbou e assinou. Depois levou aos pais de encomenda. Tresmonde assinou de olho no banquete de comemoração. Havia torta e bolo de sobremesa. Clarice fez um pouco de cerimônia para assinar, involuntária, é claro. Foi difícil achar o campo específico em que deveria rabiscar sua assinatura. Tudo pronto e de papel passado, a vida seguiu nos conformes. No aniversário de sete anos de Patrick, Joseph foi para casa passando mal, depois de ter tentado acompanhar Tresmonde em uma disputa para ver quem comia mais bolo. Chegou em casa azul. Sofia mediu sua pressão. Estava alta. Ela lhe passou a medicação que ele já utilizava em casa havia muito tempo, desde que perdera a saúde em razão da vida insalubre que levava. Sofia ajudou Joseph a se deitar; ele estava tremendo em febre e reclamando de dor nos nervos. Sem ter a quem recorrer, Sofia sentou-se a seu lado, olhando sua expressão de sofrimento, angustiada. E foi com muito pesar que ela lhe deu mais uma dose de remédio para dor, pingando o remédio no copo com os olhos lacrimejando. Sofia sabia muito bem que tudo o que se toma em excesso causa efeito colateral, muitas vezes mais indesejado do que a própria doença. Mas o que se poderia fazer em uma hora dessas... Algumas horas mais tarde, o remédio fez efeito e Joseph pegou no sono.

O Sol chegou de manhã batendo na janela, mas Joseph não se levantou.

O cortejo foi simples. Fora os poucos conhecidos do tempo de estudo, quase ninguém apareceu. Sofia, acompanhada de sua irmã mais nova, seguia o caixão até a cova. O padre leu duas ou três linhas da Bíblia em latim.

— Sua missão foi concluída – disse um cientista amigo, enquanto deixavam o cemitério.

Sofia Reinecke pensou, por um instante, no que acabara de ouvir. Talvez tivesse sido a única coisa com sentido que ouvira durante os últimos dias da vida de Joseph, que outra coisa não fez da vida a não ser lutar para concluir sua missão na Terra. Deu o melhor de si em prol da ciência, na qual depositou toda sua fé. Foi inocente, em certas ocasiões, por achar que do resultado de seu trabalho ninguém tiraria proveito, sem o pudor de levar em consideração o bem comum: a vida.

***

Tresmonde, irreverente e bem-humorado, era conhecido por todos, no bairro onde morava. Por onde passava era sempre cumprimentado. Seu jeito inocente, tentando ser malandro, angariava muitas amizades. Seu aspecto e jeito caricatos, por si só, já o ajudavam a ser cômico. Ele era baixo, gorducho, usava óculos fundo de garrafa e sua respiração ofegante fazia com que sua língua estivesse sempre à mostra, dificultando a fala. Trabalhava no supermercado como empacotador, usando sempre a mesma calça de agasalho e uma camisa regata do time de basquete da cidade. Em casa e na frente de Clarice, ficava sério e mudava o tom de voz. Sua paixão sempre fora a musculação, e seu sonho seria disputar o Mister Olympia ao lado de Ronnie Coleman, o então campeão mundial. Na academia todos riam das poses e da cara de malvado que ele fazia no espelho. Nunca fora diagnosticado, mas era bem possível que, além de tudo, sofresse de gordorexia. De tão roliço, seu braço tinha uma dobrinha igual à de uma bebê gordinha, mas ele, baseado sabe-se lá em que, se achava o fortão. Seu apelido mais comum era leitão, o que ele desconsiderava totalmente. Sua vida mudou completamente no dia em que conheceu Jakson, um bombado da academia que começou a meter coisas na sua cabeça vazia.

— Você toma alguma coisa? – Perguntou Jakson, fazendo ar de riso.

— Não, é tudo natural – respondeu ele, se olhando no espelho da academia.

— Então você não quer ficar grande?

— Quero ficar igual ao Arnold "Chuasnege".

— Então vai ter de tomar muito veneno, porque todos eles tomam.

— O Arnold não toma – retrucou ele, sério.

— Ele mesmo confessou que já usou, pode ver na net.

Irritado, Tresmonde passou a noite pesquisando na Internet e, para sua surpresa, descobriu que todos os *bodybuilders* usavam anabolizantes, inclusive Arnold Schwarzenegger. No dia seguinte, ele correu para academia à procura de Jakson.

— E aí, fortão? – Disse Jakson sempre risonho.

— Beleza.

— Vai treinar o que hoje?

— Nada não, só queria falar com você. Ontem eu olhei na net e queria saber se você arruma alguma coisa pra mim – disse ele, tirando um papel dobrado do bolso, que entregou a Jakson com todo o cuidado, para ninguém notar.

— Primo, Estano, ciclo 6 – Jakson leu, em voz baixa. – Aí sim, quem te passou esse ciclo?

— Foi o que o Arnold tomou.

— Beleza, pode deixar, semana que vem está na mão. Agora vai, hein!

— Agora vai.

Depois de gastar todo o salário do mês, Tresmonde se sentou no vaso do banheiro olhando as embalagens de anabolizantes. Os frascos eram de 2 e 10ml, de procedência duvidosa. Com as mãos trêmulas, preparou a pia do banheiro, acomodando as seringas em cima do vaso. Limpou o ombro com algodão molhado de álcool. Puxou o líquido com a seringa, conforme aprendeu na Internet. Posicionou a agulha apontando para o ombro, chegou bem perto, prendeu a respiração, recuou, chegou perto novamente, a mão tremia ainda mais, desistiu, colocou a seringa em cima da pia. Levantou-se, enxugando o suor do rosto. Ergueu os bíceps de frente para o espelho, deu dois tapas na cara para criar coragem, sentou-se de novo no vaso, pegou a seringa, mandou no ombro sem olhar e sem medir o conteúdo. Levantou-se, olhando no espelho, aliviado.

— Agora vai – disse, sorridente.

Após seis meses, Tresmonde já estava injetando tudo o que encontrava. Jakson trazia qualquer coisa a um bom preço. Disse que tinha chegado um produto novo do Paraguai, bom e barato, e Tresmonde se interessou. Sua meta era disputar o Mister Olympia ainda naquele ano. O produto se chamava Estigor, próprio para aplicar em gado. Possuía 100ml de óleo de oliva, era composto de vitamina A, D e E e nandrolona, um sintetizado de testosterona. A bula dizia que deveria aplicar 5ml em cada boi, uma vez a cada quinze dias, durante seis semanas. Ele aplicou tudo em um mês. No fim do ciclo já não dormia mais, seus olhos estavam vermelhos, suas costas empelotadas de espinhas, seus braços cada vez mais roliços. Andava arrotando e bufando batata-doce o dia inteiro. Clarice reclamava dos peidos, mas, generosa e boazinha do jeito que era, apoiava o marido em seu sonho.

***

Tresmonde, enfurecido, recebeu o gato miúdo no amigo-secreto de fim de ano, promovido pelo chefe da seção. As pessoas riram da cara de bravo que ele fez quando abriu a caixa de sapatos com o gato dentro. De início, nem assimilou que aquilo se tratava de um presente. Colocou a caixa de sapatos num canto qualquer e, na hora de ir embora, tentou esquecê-lo. Alguém o lembrou, sorridente:

— Não vá esquecer o seu novo companheiro.

— Vai se *fuuuu*... – disse, com os dentes cerrados.

No caminho de casa, estudou o lugar ideal para depositar a caixa, de preferência um abrigo. O tempo estava fechando, e parecia que viria chuva.

"Ali está ótimo", pensou, ao ver a fachada da farmácia.

Com caixa embaixo do braço, aproximou-se em silêncio. Não queria que ninguém o visse se desfazendo do pobre animal indefeso. Colocou o bichano em cima da bancada, olhando em todas as direções, certificando-se de que ninguém o observava.

— Amanhã alguém que queira ter um gato te encontra e vai ficar tudo bem – disse. Depois, deu duas palmas, como quem se livra do pecado, e se virou, triunfante.

— Ei, rapazinho – uma voz às suas costas parecia chamá-lo. Uma senhora, moradora da casa ao lado, ouviu as palmas e veio atender.

— Você chamou aqui? – A idosa de cabelos grisalhos perguntou.

— Na-não... – respondeu ele, embaraçado.

— O que você tem, nesta caixa? – perguntou a velhinha, tirando a tampa. – Ai, minha nossa – esbravejou ela. – Tira já isso daqui, que eu não quero gato nesta casa.

Tresmonde, contrariado, agarrou a caixa e saiu apressado sob os berros da velha. Mais adiante, encontrou um depósito, lugar ainda melhor que o anterior. Enfiou-se, ofegante, debaixo de uma sacada; os pingos de chuva gotejavam forte. Deu uma rápida olhada ao redor, para não ser mais uma vez surpreendido. Ainda não tinha se refeito da imagem da velhinha berrando às suas costas. Colocou a caixa no canto, levantou-se, erguendo a calça, que insistia em deixar o cofrinho de fora. Não estava usando a calça de agasalho por causa da festa de fim de ano. O estrondo de um trovão soou forte. O gato se mexeu na caixa. A chuva aumentava. O gato miava. As goteiras aumentavam, molhando a caixa. Ele a empurrou com o pé. O gato se virava na caixa, tentando se proteger dos respingos que entravam pelos buracos para entrada de ar feitos por seu honorário amigo-secreto. A chuva, ainda mais forte, soprou, molhando a barra da calça, e Tresmonde pulou para trás, esbarrando na caixa. O gato se encolheu, assustado e, gelado. Uma torrente de água desceu pelo muro, arrastando a caixa. Tresmonde acudiu, afobado, tirando a caixa do chão. Enquanto secava a caixa com a camisa, assistia à chuva, inconformado.

"Se não fosse essa chuva maldita, esse gato do inferno, aquela velha desgraçada... Se não fosse o corno que teve essa ideia, amigo da onça."

Depois de muito esbravejar, pegou a caixa e a colocou debaixo de braço.

— Vai ficar pra amanhã – disse, se preparando para correr. Chegou em casa ensopado. Colocou a caixa sobre o sofá.

— O que é isso? – Perguntou Patrick.

— Um gato – respondeu, com a língua para fora da boca, cansado.

— Que gato? Onde? – Perguntou Clarice.

— Do serviço.

— Ele vai ficar?

— Não – respondeu ele, rispidamente.

— Por que não?

— Porque não pode.

O aturdido bichano saltou no chão, sacudindo a água do corpo, lambeu-se, observou o lugar e o menino. De olhos arregalados, eles se estudaram, desconfiados, e concluíram que não eram perigosos, nem inimigos. Pelo contrário, pareciam bem familiares. O menino baixo, cabeçudo, as mãos grossas e peludas. O pescoço curto, peludo. O rosto avermelhado, redondo, também peludo. O gato sôfrego, espichado, magro, trêmulo. Malhado de cinza-claro e cinza mais escuro. Cheirando a mofo. Os dois, feios de dar dó.

Na manhã seguinte, Tresmonde acordou antes da hora. Correu para pegar a caixa, e o gato não estava lá. Chamou pelo garoto, que também não encontrava em lugar algum. Procurou, afobado, por todos os cantos, debaixo da cama, do sofá, dentro do armário.

— Agora vai – resmungou, coçando a fronte. E assim se sucedeu por semanas, até que desistiu de vez.

***

Patrick e o gato se comunicaram de imediato e, a partir daí, tornaram-se companheiros, de tal modo que pareciam se conhecer havia séculos. Tão logo fizeram amizade, saíram, os dois, a compartilhar o terreno. Matreiro, o jovem gato tomou a frente, saltando sobre o telhado. Rompeu o primeiro obstáculo sem muito esforço. Esticou o corpo esguio entre as rampas, sacudindo o rabo malhado no ar, e se dirigia para onde as orelhas giravam. Patrick observou, organizando-se. Apalpou os primeiros ramos de telhas, experimentando com cuidado. Em seguida, apertou o passo, ainda cauteloso, seguindo os rastros do gato malvado que pulava leve de casa em casa, dando saltos elásticos e caindo sob medida, sem fazer barulho. De olhos antenados, o garoto se esforçava para não ficar para trás. Caindo e levantando, rolando e se pendurando, ele não se deixou intimidar, mesmo sentindo dores agudas pelo corpo quando precisava pular de grandes alturas. Foi sofrido, porém, após alguns meses, ele já não se machucava tanto, tinha fortalecido as articulações, principalmente as dos joelhos e tornozelos. Às vezes, ao se deitar, sentia algumas ardências incômodas, dependendo de como tinha sido o dia. Era interessante a façanha de os dois partirem juntos pelos telhados, descobrindo as aventuras de viver em um mundo só deles e cheio de surpresas, onde passavam as melhores horas do dia, desconhecido pela maioria dos jovens daquela idade. Juntos, percorriam os telhados dia e noite. O garoto entendia que eram parceiros; o gato entendia que o garoto não ia desistir nunca de segui-lo, e acabou aceitando os fatos. Quem os visse passar correndo pelas telhas podia jurar ter visto dois gatos, um cinzento e um negro. Patrick acreditava poder diferenciar os miados, calculou ele que as variações eram três ou quatro, nada mais que isso, e significavam apenas quatro coisas. Se o miado fosse alto, a coisa estava mal; se levasse uma pancada qualquer, o miado era mais semelhante a um berro; se estivesse com fome, cansado ou com sono, o miado era bem baixo. Essas deduções eram suficientes para se consolidar um diálogo entre eles, monossilábico, porém produtivo, na maioria das vezes. Patrick aprendeu que gato era bicho de pouca conversa e, todavia, de muitas aventuras. Sabendo disso, falava pouco com o amigo, pois muita conversa se fazia desnecessária. Certo dia, quando eles atravessavam o telhado do vizinho, Fred, nome pelo qual chamava o gato, parou um instante correndo a língua pela boca, ao olhar pela vidraça. Patrick chegou na sequência, olhando curioso pela janela. Se Fred estava parado lambendo os beiços, era sinal de que tinha visto alguma coisa.

— Um frango assado – sussurrou ele.

Fred continuava imóvel. O dia fora difícil, não haviam conseguido nada. Os dois estavam com fome.

— Como vamos entrar? – Perguntou ele, forçando a janela. – Está aberta.

Fred pulou na frente, e Patrick foi atrás. Era uma tarde de fim de ano, e o suculento peru estava na bandeja em cima da mesa. Ambos agarraram, como puderam, uma coxa do peru, e saíram puxando cada qual para um lado. Engoliram rápido e tornaram a atacar, desta vez puxando as asas. De tão eufóricos, nem perceberam a aproximação do proprietário da casa, com uma vassoura na mão.

— Eu te mato, gato desgraçado!

Patrick pulou num susto, Fred foi parar num canto. O homem, furioso, esbravejava, ameaçando Fred, encurralando-o debaixo da mesa. Patrick pulou nas costas do agressor, defendendo o amigo. Rodopiando e berrando, o homem jogou Patrick contra a prateleira. Fred miou feroz, intimidando o oponente. Aproveitando a distração, Patrick saltou pela janela e os dois fugiram.

— Eu mato vocês, seus gatos malditos! – Berrou o homem, fora de si.

Assustados, eles entraram em casa pisando macio, para não serem vistos. Cada um se organizou em seu abrigo, contendo a respiração. A partir desse dia, os dois passaram a se aventurar com mais cautela. E era natural que se unissem e se tornassem companheiros inseparáveis. O mundo oferecia muitos riscos para quem não tinha um companheiro, quando precisasse se defender.

***

Tresmonde chegou em casa e foi direto colocar a chave no cabide de chaves. Não conseguiu na primeira, nem na segunda tentativa, o pequeno gancho encurvado realmente dificultava a vida de qualquer um com pouca destreza, ainda mais para ele, desajeitado, nervoso e segurando uma bolsa com a mão direita, sua mão boa.

— *Patrick!* – Berrou ele, com sua voz engasgada.

— Oi – respondeu o menino, correndo.

Tresmonde disse alguma coisa inaudível, e arremessou uma sacola de plástico com algo dentro.

— O que é? – Ele perguntou, rasgando a sacola.

Tresmonde, ainda irritado com o episódio cotidiano do cabide de chaves, nada disse. Ajeitou os óculos no rosto, respirou fundo e, então, depositou a chave no cabide.

— Droga de chaves – resmungou ele.

— É um urso de pelúcia? – Perguntou o garoto.

— É uma mochila – Tresmonde berrou da cozinha, pondo batatas-doces no fogo.

— Parece um sapo.

— É uma mochila de sapo – disse Clarice, abrindo o zíper.

— Ele tem nome?

— Claro que não. Mochilas não têm nome.

— Mas não é só uma mochila. É também um sapo. – Fred puxou a alça da mochila, arremessando-a no chão, deu um bote e ambos saíram rolando pelo chão da sala.

— Não faça isso, gato nojento – Clarice gritou atirando uma almofada.

Patrick, vendo o duelo entre os dois, correu para apartar. Os três rolaram, se engalfinharam e açoitaram a pobre mochila contra os móveis. De tanto que esfregaram a mochila no chão, arrebentaram-se as pregas, abrindo-lhe o ventre, deixando as bolinhas de isopor se espalhar pelo chão. Diante do ocorrido, Patrick deu um tabefe no focinho de Fred.

— Pare com isso, o sapo é pequeno. Você não sabe brincar.

No dia seguinte, ao ver Patrick chegar da escola, Fred saltou para o telhado.

— Espera aí, já estou indo – e passou a mão no braço da mochila, levando-a nas costas.

Fred deu um miado baixo e curto – padrão desconfiado–, que parecia dizer: "O que significa isso?".

— Não se preocupe, não. Reginaldo não vai dar trabalho, eu garanto. Se ele fizer alguma coisa errada, não vem mais. Você ouviu, né, Reginaldo?

— Miau – fez Fred, sacudindo a cabeça, como quem diz: "Era só o que me faltava!".

***

Todos os dias, ao sair da escola, Patrick tinha de fugir da zombaria dos alunos, que, em certas ocasiões, corriam atrás dele pelas ruas. Naquele dia, Marcos, o malvado da escola, estava em uma roda de amigos quando Patrick saiu pelo portão. Era um garoto bem desenvolvido para a sua idade, ao contrário de Patrick, que só achava grandes os seus pelos.

— E aí, Chewbacca, cadê o Han Solo? – Perguntou Marcos, ao ver Patrick.

Sabendo de quem se tratava, Patrick nada disse e continuou andando cabisbaixo e agarrado à mochila colegial. Só a voz de Marcos já o deixava apavorado. Diziam que ele já havia quebrado o braço de um garoto de dezoito anos em luta de jiu-jitsu. Marcos, acompanhado de mais três colegas, passou a seguir Patrick, que apertava o passo.

— Qual é, lobisomem, está com medo?

Patrick começou a correr em direção às casas do bairro, onde poderia se esconder, seguido pelos quatro garotos em fila indiana. Reinaldo, o mais veloz dos garotos, seguia na frente.

— Não deixe ele alcançar o muro – gritava Marcos, sabendo bem que, se Patrick chegasse ao muro, eles o perderiam, como em outras vezes.

Patrick saltou no muro, era alto e não foi possível atingir o topo. Encravou a ponta dos dedos entre um tijolo e outro, tentou pegar impulso com os pés, escorregou, o bico do tênis era largo e não entrou no vão dos tijolos. Ficou pendurado, fez força com os dedos fincados na parede, sentiu as unhas latejando ao erguer seu peso sem a ajuda dos pés. Reinaldo, o primeiro garoto, pulou, agarrando as pernas de Patrick e o derrubando no chão.

— Não conseguiu fugir, né, macaco de circo – disse Marcos, ofegante, demonstrando claramente ser o líder do grupo.

Um dos garotos deu um tabefe na cabeça de Patrick, que lhe lançou um olhar furioso, rangendo os dentes cerrados, fazendo chiado da mesma forma que Fred fazia, ao disputar o amor de uma fêmea.

— Agora você me paga – disse Marcos, com ar de riso.

— Não te devo nada – exclamou Patrick, franzindo a testa. Estava com medo, mas a resignação por ser reincidentemente ofendido pelos garotos da escola o fez criar certa coragem, como um último recurso de afugentar os inimigos, uma vez que não tinha mais para onde fugir. Estava preso em um beco sem saída, como um lobo acuado por caçadores. A única saída seria tentar se defender lutando. Já estava cansado de correr, mas, dessa vez, se fosse agredido, revidaria.

— Dê-me aqui essa bolsa – Marcos disse, puxando a mochila. Patrick não desgrudou da alça da mochila, segurando firme com uma das mãos. Marcos empurrou o rosto de Patrick contra a parede com a palma da mão.

— Solta, chimpanzé, quer que eu arranque o seu couro?

Na tentativa de se proteger, Patrick deu um soco, atingindo o rosto de Marcos e o jogando para trás. Os outros três grudaram em Patrick, dois por trás e um pela frente. Debatendo-se feito um cão afugentado, Patrick rasgou a orelha de um dos garotos. Do modo como se debateu, rodopiando e dando solavancos, derrubou os outros dois, que ficaram se contorcendo no chão. Ao se dar conta do ocorrido, Patrick percebeu os garotos caídos e Marcos cobrindo o rosto para conter o sangue que lhe escorria do nariz, entregando-lhe a mochila e dizendo algo inaudível, mas que dava a entender ter sido aquilo tudo um tremendo mal-entendido. Patrick, incomodado, pegou a mochila e foi saindo de fininho. Desceu a rua rápido. Estava nervoso, foi a primeira vez que reagiu contra os alunos da escola. Toda a vida recebera instrução para não agredir ninguém. Ao entrar em uma rua pequena e sem movimento, avistou uma viatura dobrando a esquina. Apavorado, precipitou-se para dentro da loja mais próxima, escondendo-se entre as estantes repletas de objetos antiquados.

— O que você está fazendo aí, seu peste? – Gritou o dono da loja, apontando a muleta que usava ao garoto que, de verde, passou a amarelo, de tanto medo.

— Nada, estava vendo um brinquedo e, ah... já...

— Aqui não tem brinquedo nenhum, você não vê que...

O homem conteve a fala ao perceber a viatura passar lentamente lá fora. Olho vivo que era, percebeu também o menino se esgueirando atrás da prateleira, para não ser notado. "Se o menino estava se escondendo da polícia, ambos tinham alguma coisa em comum e, sendo assim, era certo que, como ele, tratava-se de boa gente", pensou ele.

— Sobe aqui, garoto!

— Bem, eu tenho de ir, sabe...

— Que foi, por acaso você viu um fantasma? Deixe de ser medroso, que eu vou te mostrar uma coisa.

Patrick subiu os quatros degraus da divisória da sala, correndo a vista pelas prateleiras amontoadas de todo tipo de coisa. Observou o anfitrião pelo rabo do olho. Ele tinha uma aparência assustadora. O estranho também cuidou de analisar a forma com a qual o jovem rapaz caminhava, pisando leve, seu olhar atentando para qualquer sinal de perigo, as orelhas antenadas programadas para ouvir qualquer ruído, por menor que fosse. As mangas compridas não impediam de deixar notar os pelos das mãos e a estranha barba mal raspada, incomum para um jovem daquela idade.

— Tombou um caminhão de gilete ali embaixo – brincou o homem. Patrick nada respondeu. Talvez não tivesse entendido a piada.

— Meu rapaz, diga-me, você está fugindo de quê?

— De nada.

— Ah, fala sério, eu conheço bem essa sua cara de assustado aí. Não venha querer enganar o velhote aqui, fui expulso da escola por malandragem.

— Os moleques da escola ficam me colocando apelido.

— Ah, sei, ficam te azucrinando. E te chamam de quê?

— De lobisomem, de Chewbacca...

— E você, o que faz?

— Hoje eu revidei...

— Muito bem – disse o homem de supetão, dando um tapa na mesa como quem comemora um gol marcado no futebol –, e foi a primeira vez que reagiu?

— Foi.

— Isso merece uma comemoração. – O senhor magro e alto, apoiando-se na bengalinha preta, pegou dois copos e os encheu na máquina de chope.

— Obrigado, mas eu não bebo.

— Você nunca bebeu antes?

— Nunca.

— E hoje não foi a primeira vez que reagiu?

— Foi.

— Então, vai virar homem ou vai permitir que o medo te domine para sempre? – disse ele, erguendo um dos copos.

Patrick suspendeu o copo, dando um toque no daquele homem estranho. Antes de beber, deu uma pequena pausa, observando a espuma estourando dentro do copo, depois virou na boca, fechando os olhos.

— Como se chama?

— Patrick.

— Muito prazer, sou Cesar. Parabéns, hoje você deu um salto no seu destino. E te digo mais: o Sol nasce para todos, só não sabe quem não quer, e, quando ele vier bater à sua porta, não fique olhando e esperando feito espantalho. Agarre-o, pois, se você ficar olhando muito, ele pode cegar suas vistas. – Patrick, sentado na cadeira com os cotovelos sobre o balcão, ouvia em silêncio Cesar falar.

— A propósito, você sabe quem foi Chewbacca? – Perguntou Cesar, a fim de puxar assunto, enfiando as mãos no bolso da amarrotada calça de linho.

— Ah, um macaco gigante!

— Seria uma honra para mim ser comparado ao grande Chewbacca, poderoso guerreiro, um dos últimos de sua espécie. – Cesar vociferava, num tom melodramático, quase poético, de olhos fixos no velho e enferrujado lustre pendurado no meio da loja.

O jovem o observava, desconfiado. "Sujeito mais esquisito" pensou.

— Venha aqui que eu vou lhe mostrar o que prometi.

E subiu três degraus de uma sala para outra, puxando a perna e se apoiando na bengala. Alguma coisa lhe dizia que aquele garoto tinha algo de especial que poderia ser utilizado, mesmo diante de sua aparente inutilidade. Sua intuição sussurrava em seu ouvido que algo de novo estava surgindo, e, talvez quem sabe, juntos eles iriam fazer muito barulho. E não custava nada apostar na intuição. Afinal, ele havia lutado contra quatro garotos.

— Senta aí – ele disse, apontando para a velha poltrona de couro.

Colocou uma toalha sobre os ombros do garoto. Tirou da caixa de papelão um saco plástico contendo alguma coisa. Abriu o saco: era uma curiosa máquina de barbear de quatro pontos. Encaixou um suporte de corte, passou a máquina no rosto e na cabeça do garoto. Depois mudou o nível para zero. Deslizou pelo rosto num movimento circular. O garoto fez riso de cócegas.

— Não mexa não, quer que eu corte um pedaço da sua orelha? – O refinado barbeiro concluiu o serviço, retirando dos seus ombros o pano branco. Quando se contemplou no espelho, Patrick fez uma cara de admiração, apalpando o topete.

— E aí, o que achou? – Cesar perguntou, arrumando as coisas.

— Bom, muito bom – respondeu Patrick, com um sorriso no rosto.

— Onde arrumou essa máquina?

— Por aí, garoto, você nunca viu uma dessas? – Respondeu com uma pergunta.

— Não.

— Pode ficar. É sua, e você pode ter muitas outras coisas, se quiser. Basta perder o medo e libertar o ser vivente que está dentro de você. Vamos trabalhar juntos. Assim como Han e Chewbacca, podemos ser imbatíveis – Patrick observou a caixa, curioso e pensativo.

Cesar era o tipo pessoa que não se pode dizer, ao certo, se é boa ou ruim, inteligente ou idiota, se quando morrer vai para o céu ou para o inferno. Passou a vida toda se recordando com angústia de quando era criança, uma mistura de ódio, frustração e dor; de como era humilhante sair à rua usando a roupa dada de esmola e ter um pai inútil, digno de dó, mais um bêbado miserável, e só. Sua antipatia pelo trabalho teve início no primeiro emprego. Quando se encontrava com colegas para beber, a conversa era sempre a mesma, que não suportava mais o trabalho. Costumava dizer que, na língua espanhola, a palavra trabalho era derivada da palavra latina "tri palium", que significava algo semelhante a um objeto de três paus usado pelos romanos para torturar as pessoas. Portanto, concluiu que, na íntegra, a palavra trabalho significava tortura. E começou a odiar tudo. A vida que levava, as bobagens dos colegas, a falta do que fazer. E se irritava consigo mesmo por se deixar levar pela vida serena, pacata, sem graça, sem amor, sem raiva, entediante, melancólica, sem ação, sem vibração ou prazer. E, a cada dia que passava, se sentia mais detestável por não ter coragem de mudar esse jeito de viver. Quatro anos inteiros haviam se passado, e não houve um dia sequer que seus olhos não deixassem de se consternar com a triste agonia de viver como verdadeiro condenado dentro daquela fábrica. A certa altura, questionou a si mesmo se era isso o que realmente queria para sua vida: ter a certeza de viver trancado ou o risco de levar uma vida excitante e cheia de aventuras?

Se havia ainda alguma esperança de se livrar do calvário, aquela seria a hora mais propícia. Se na sua mente estava clara a sua condição de homem digno de receber um soldo pela vida toda. Não era nem de longe o que escolhera para terminar sua jornada. Não lhe restava outra coisa a fazer senão se jogar na perdição, na esperança de um dia, quem sabe, encontrar a tal felicidade que fora subtraída da humanidade, a qual aceitou seu suplício. E não cabia a ele, nem a ninguém, render-se a ela com o argumento de redenção e obediência. Certa vez, um colega de trabalho o chamou para participar de um esquema para ganhar dinheiro fácil. Cesar trabalhou durante todo o dia pensando, preocupado, na proposta feita pelo antigo colega de escola. E teve medo, muito medo de tudo dar errado e acabar na prisão, muito embora já se considerasse em tais condições dentro da fábrica de linhas. A tecelagem toda fechada o deixava soturno. Durante o turno de serviço, não parava um minuto de olhar as vitrines embaçadas, que não permitiam entrar a luz do dia. Mal dava para saber se era dia ou noite, e ele tinha a impressão de estar dentro de um presídio. Mais que isso, a falta de liberdade de poder sair ou voltar quando quisesse. Seis horas já haviam se passado, enquanto as linhas iam se agrupando nos rolos.

— Não aguento mais essa porcaria – disse, balançando a cabeça, desanimado. Depois tirou as luvas, nervoso, desatou o avental e colocou-o de qualquer maneira sobre o balcão.

— O que está fazendo? – Perguntou um dos colegas.

— Cansei dessas malditas linhas! – Respondeu.

— Se o chefe o vir, vai ser despedido.

— Não esquenta, não, no bosque tem um monte de ovelhas, eles pegam uma e a colocam no meu lugar.

Depois de pensar na melhor solução, resolveu deixar o acaso resolver seu futuro. Decidiu que estava farto de sentir medo, e saiu empurrando a porta de plástico de cabeça erguida, sem olhar para trás, resolvido a nunca mais voltar. Ao atingir a rua, respirou aliviado, a liberdade tinha um preço, e ele estava disposto a pagar, se fosse o caso. Mas não era hora de pensar naquilo. Era a hora da recompensa. E, por mais cara que fosse a sua dívida, ele ainda se considerava no lucro. Afinal, a liberdade não tem preço. Aliviado, aproveitou o fim da tarde para ver o Sol desaparecendo por trás dos prédios. Era uma quarta-feira ensolarada, e Cesar andava despreocupado no meio das pessoas como se tivesse, de repente, se tornado um turista estrangeiro no meio da cidade. E não deixou de reparar nas pessoas indo e vindo apressadas. Pareciam sempre estar correndo, preocupadas com sabe-se lá o quê. E percebeu-se em um mundo de gente vivendo em conjunto, mas, na verdade, solitárias, presas aos seus mundos fechados. Aceitou a proposta do tal colega sem pestanejar. Com um aparelho de bolso, eles davam um choque nas máquinas de jogos e conseguiam retirar o prêmio. Daí por diante se envolveu em todos os esquemas ilícitos que apareceram. Assim começou sua carreira de contrabandista. Com o passar do tempo, foi ficando conhecido e muito requisitado. Podia conseguir qualquer coisa que lhe pedissem, de estimulantes da libido a quadros clonados, desde que, é claro, fosse ilegal. As pessoas falavam dele como sendo alguém capaz de fazer milagres. Se lhe perguntassem se podia conseguir qualquer coisa, ele respondia: "Só não faço chover, guerreiro. O resto a gente arruma". Acabou sendo preso e cumpriu três anos por contrabando. Na cadeia, aprendeu mais sobre o submundo do crime. Quando cumpriu o período determinado na prisão, começou a lidar com objetos um pouco mais caros, joias e peças de museu. Fez dinheiro, viajou pelo mundo, adquiriu bens, só não agregou mais coisas porque gastava mais do que ganhava. Até ser preso novamente, dessa vez pelo FBI, quando cumpriu pena de oito anos por formação de quadrilha, roubo de joias e posse ilegal de arma. Na prisão, ficou sabendo ter sido traído por seus comparsas sendo entregue de bandeja ao FBI. Para se livrar da prisão, seus colegas fizeram um acordo com a polícia. Enquanto esteve preso, fez amizade com Tomas Berengue, ex-agente da CIA, preso, acusado de manter contato com terroristas. Com Tomas, aprendeu o que faltava para completar o restante do quebra-cabeça, tornando-se expert em cabritagem. Depois de cumprir pena, já aos quarenta anos, continuou a exercer a função que lhe causava tanta comoção e alegria. Desde então, passou a ser monitorado pelo FBI e pela polícia. Em uma dessas transações, quase foi preso. Conseguiu escapar, mas se feriu gravemente em um acidente de carro, que lhe causou algumas sequelas. Inclusive passou a andar de muletas. Então, comprou um antiquário a fim de despistar o FBI, sem, contudo, largar o ramo da pirataria. Com a saúde debilitada, foi sendo abandonado pelos negociantes e compradores de joias, que se referiam a ele como se já estivesse morto, e não demorou muito até ser finalmente deixado de lado pelo FBI. Esquecido e com a grana acabando, afogou as mágoas na bebida, as bebidas antigas que ele contrabandeava e agora ele mesmo consumia. Rancoroso e revoltado, passava o dia maldizendo tudo. Justificava seus erros dizendo que, no fundo, ninguém era santo. Sonhava com o dia em que daria o troco à polícia pelos anos de prisão e por ter ficado inutilizado. Sentia falta da vida intensa e agitada dos tempos das vacas gordas. No tempo em que gastava boas quantias de dinheiro comprando roupas para ficar elegante em festas e bares noturnos. Não possuía requinte, contudo, considerava-se um cavalheiro. Sua aventura, agora, não passava de um clique no controle remoto da televisão. Chegou ao ponto de esquecer pequenos hábitos de higiene, até mesmo de tomar banho e escovar os dentes. Misturado a tanta bagunça, passava o dia sentado na velha poltrona, mudando de canal em canal, comendo pipoca, bebendo vinho, que lhe escorria pela barba, vendo o tempo passar sem nada fazer, diante de tão longa e tediosa calmaria.

***

No dia seguinte, Patrick entrou no pátio da escola sob o olhar admirado dos alunos. Seu aspecto havia mudado, a fisionomia alterada, os cabelos cortados. As roupas também mudaram, o temperamento, a postura. Seu olhar esnobe transbordava uma atitude menos condescendente. A rodinha do grupo de Marcos logo se desfez. Um de olho roxo, o outro enfaixado, cada um com um sintoma diferente.

— Nossa, como você está diferente, lobisomem! Eu nem te reconheci – disse David, um grandalhão com o rosto cheio de espinhas.

Patrick nada disse. Rispidamente virou o garoto de costas, enfiou a mão nas calças dele, ergueu a cueca até a altura da nuca. David gritou assustado, e os meninos riram da forma como ele saiu saltitando. Patrick balançou a cabeça.

— Bando de trouxas! – Disse.

A mudança repentina de Patrick causou repercussão imediata, e os alunos, amedrontados, o evitavam. Patrick encarou aquilo com tremendo alívio. Durante meses, Cesar recebeu a visita esporádica e sem prévio aviso de Patrick. O garoto se acostumara a beber cerveja e a beliscar tira-gosto, ouvindo filosofia e histórias de aventura da vida de fora da lei daquele homem excêntrico que, pouco a pouco, foi se tornando amistoso. Era verdade que possuía aspectos totalmente diversos de todas as demais pessoas com as quais ele havia feito contato. Cesar, por outro lado, contava suas aventuras se lembrando das façanhas que há muito haviam desaparecido de sua memória e, então, ressurgiam, revigorando seus dias e fazendo-o rir de si mesmo, não só das partes que lhe eram favoráveis, como, também, das do outro lado da moeda, aquelas das quais ninguém gosta de falar.

— Você já pegou algo, digo, já roubou, alguma vez? – Perguntou Cesar a certa altura.

— Sim, claro, muitas vezes. Aprendi com Fred – respondeu Patrick.

— Quem é Fred? Eu gostaria de conhecê-lo.

— Claro. É meu gato. Você vai gostar dele.

— O que você disse, um gato?

— É. Ele é muito esperto.

— Hum, entendi – Cesar tossiu. – Não, deixa, eu tenho alergia a gatos.

— Que pena.

— Então, como eu ia dizendo, vocês fazem o quê, exatamente?

— Muitas coisas. Nós entramos nas casas, nos mercados, onde quisermos.

— E como fazem isso?

— Pelo telhado – o garoto respondeu, apontando para o teto.

— Vocês entram e saem pelos telhados? – Cesar perguntou, olhando para o velho telhado da loja. – E você consegue fazer isso, aqui?

— Fácil.

— Então mostre.

O jovem pulou o balcão, apoiou-se com os pés sobre a quina do armário, pendurou-se no forro do teto, sustentou-se com uma mão e abriu a telha, saiu pela fenda, deu a volta e desceu pelo outro lado, sem fazer o menor esforço.

— Muito bom – disse Cesar. – Você foge de qualquer lugar, e até da polícia?

— Sim, de qualquer lugar e da polícia, também. Já fugimos uma vez.

— Tudo bem, vamos ver o que podemos fazer.

***

Uma tarde Tresmonde chegou em casa louco da vida. As inscrições para o Mister Olympia já haviam se esgotado, e ele não conseguiu se inscrever. Faltou ao serviço em vão, passou no pronto-socorro se fazendo de doente para pegar um atestado. Não foi difícil. O médico, vendo seus olhos e sua boca roxa, passou uma série de remédios para o fígado e uma bateria de exames. Apressado, ele saiu do hospital jogando a receita no lixo. Depois foi até a Confederação de Fisiculturismo e esperou o dia todo para ser atendido. Pacientemente, o funcionário da repartição explicou que os atletas amadores deveriam começar em competições para estreantes, que seriam realizadas no ano seguinte. Decepcionado, o rapaz voltou para casa com o panfleto do campeonato no bolso. Sentou-se no sofá, segurando uma garrafa de vinho que sobrara do Natal, abriu o panfleto, olhou a foto de Ronnie Coliman fazendo pose sorridente com a medalha no peito. Virou a garrafa na boca, fez careta, não era de beber e, em menos de dez minutos, já estava bêbado.

— Droga de vida – disse – tanto trabalho para nada. E agora, o que eu faço?

Depois de beber metade da garrafa, se levantou, foi até o armário cambaleando, revirou a gaveta, pegou os frascos de anabolizantes que haviam sobrado. Estavam vencidos. Quebrou três ampolas e misturou na seringa. Mal podendo enxergar aplicou tudo no braço, foi até o banheiro, olhou os bíceps no espelho.

— Agora eu quero ver se não vou ganhar do Coleman – falou, mal podendo se manter de pé.

Começou, então, a passar mal, e vomitou no vaso. Levantou-se, sentindo calafrios, e vomitou mais uma vez e, depois, mais outra. Não tendo mais nada no estômago, começou a vomitar a bile.

— O Hulk também passou mal quando tomou a fórmula – resmungou ele, caído no chão do banheiro, babando, mijado, de cara no vaso, uivando feito um porco velho antes de ser abatido.

As convulsões pioraram. Apoiou-se na pia, na tentativa de se levantar, mas escorregou e caiu de cara no azulejo. Começou a ter convulsões, e morreu de ataque cardíaco ali mesmo. A agulha atingiu a veia, e a sua fórmula mágica foi direto ao coração. E a única coisa que se assemelhava ao Hulk era a cor da bile: verde-abacate. O impacto da morte de Tresmonde na vida de garoto foi pouco substancial. Tanto foi sem efeito que, certa vez, um carteiro procurou Tresmonde em casa. Patrick atendeu.

— O seu pai está em casa? – Preciso da assinatura dele para entregar uma correspondência.

— Tudo bem. Vou chamar – no meio do caminho, o garoto se lembrou e voltou para trás.

— Não está, morreu – ele disse.

Aparentemente, apenas Clarice parecia ter sofrido com a perda. Suas falas se tornaram evasivas, sem sentido, ninguém parecia compreendê-la. Aos poucos, ela se distanciava de tudo, dos vizinhos, dos amigos. A família, preocupada, levou-a para um lar de recuperação, e lá ela permaneceu. A vida de Patrick mudou drasticamente. Sem parentes, sem família, ele passou a sobreviver do que conseguia com Fred e do que recebia de Cesar, quando lhe prestava alguns serviços.

Patrick falava por si e por Fred; quase sempre perguntava e respondia. Conversava, entusiasmado, como se Fred entendesse alguma coisa, tornando-se uma espécie de confidente. Admitia ser Fred um tanto calado e confuso. Um burro, propriamente dito. Se podiam entrar onde bem entendessem e dispunham do conforto de escolher o que iriam comer, a qualquer hora e em qualquer lugar, por que, então, Fred insistia em vasculhar o lixo? Falava dos problemas com os garotos da escola, da chatice das aulas, comentando sempre com muito exagero as partes que lhe agradavam, querendo causar inveja em Fred, que não frequentava a escola, nem tinha aprendido a ler. Mas as últimas conversas eram sempre as mesmas, sobre a menina nova, cheia de sardas, com quem fizera amizade por acaso, depois de os bobalhões da sala terem escondido o estojo dela e Patrick, não gostando da brincadeira, ter devolvido os pertences escolares a ela, causando boa impressão e unindo os dois.

Riana, inteligente e esperta nas notas, sentava-se toda empinadinha na primeira carteira da sala de aula. Odiava quando faziam piadas na classe e citavam os CDFs da turma como exemplo. Era ruivinha e cheia de sardas, que se misturavam com as espinhas, coisa de menina dessa idade. Os óculos enormes que ganhou, não se sabe de quem, escondiam sua beleza, mas, para quem sabia ver um rosto bonito por detrás dos óculos, veria bem que ela era bonita.

— Oi – disse Riana, ao ver Patrick andando pelo pátio, na hora do intervalo.

— Oi – respondeu ele.

— Você não tem muitos amigos, não é?

— Tenho sim.

— É? E cadê eles?

— Por aí, nos telhados.

— Ah é, são trabalhadores de manutenção?

— Não, são gatos.

— Ah, entendi. Os gatos são bons amigos?

— São, sim. Eles não querem saber o que você tem ou de quem você é filho.

Em geral, enquanto os meninos se reuniam para contar suas histórias, Patrick se isolava no jardim, onde podia observar os pássaros realizarem suas tarefas cotidianas. Ao chegar acompanhado de Riana ao seu lugar de refúgio, Patrick ordenou que um grupo de moleques se retirasse. Todos saíram sem olhar para trás.

— Nossa, você acha certo tratá-los assim?

— Não trato todo mundo assim, esses aí merecem. Não se iluda com as caras de coitados deles. Se pudessem, fariam você de tapete para limpar os pés.

Riana gostou da resposta daquele garoto sem muitos amigos. Assim como ela, ele parecia ter suas razões para evitar brincadeiras. Sem contar que, então, poderia ficar mais tranquila. Tendo ele como amigo, não precisaria se preocupar em ser incomodada por meninos mal-educados.

— Não liga, não. É um bando de trouxas – ele disse.

— São todos tapados, devem ter puxado aos pais – ela falou, séria, depois fez uma pausa e, em seguida, tornou a fazer um ar mais alegre.

Os dois ficavam horas na calçada da casa de Riana, a ponto de se deitarem no chão, aguardado alguma estrela perdida. Ela conhecia muitas estrelas. Ele não conhecia nenhuma.

— Olha, uma estrela cadente – disse Patrick. – Faça um pedido!

— Em primeiro lugar, estrela não é gênio da lâmpada para conceder desejos; em segundo lugar, essa luz aí que você viu é um meteoro, que, ao entrar na atmosfera, pega fogo e por isso tem esse brilho. Você já pensou se fosse estrela mesmo? Imagina uma bola de hidrogênio igual ou maior que o Sol pegando fogo e caindo por aí...

— É, as coisas iam ficar quentes por aqui – completou Patrick. – Como você sabe disso?

— Se você lesse os livros que a professora manda, talvez saberia de alguma coisa. Você não lê, por isso não sabe de nada.

— Sei, sim!

— Não sabe, não!

— Mas, mesmo assim, eu fiz um pedido para a estrela cadente, estrela que nem é estrela.

— E pediu o quê?

— Um beijo.

— Só isso? Você imagina que o Sol sai voando por aí, a ponto de destruir toda a galáxia como um ciclone devastando a cidade, e só pede isso?

— É. Cesar disse que a gente tem de conquistar as coisas gradualmente. Primeiro um beijo, segundo um abraço, e... vai indo.

— Lá vem você de novo falar desse seu amigo "esquisitoide".

— Não é "esquisitoide", é só esquisito.

— Tanto faz, é tudo a mesma coisa.

— Não é, não. "Esquisitoide" é mais feio que "esquisito"; assim como "maloqueiro" é mais feio que "malandro"; e "puta" é mais feio que "prostituta". Como você preferiria ser chamada, de prostituta ou puta?

— De nenhum, seu maloqueiro.

— Maloqueiro, não. Sou malandro.

— Como você é tapado, Petrus.

— Você me chamou de quê?

— Petrus, que significa pedra em latim.

— E você acha que eu tenho cara de pedra?

— Cara não, mas fala e age como se fosse.

— Pedra não fala nada nem faz nada. Se falasse, não seria pedra. Seria gente.

— Não fique chateado, não. Afinal, ser uma pedra não é tão ruim assim.

— Para que serve uma pedra, senão para atirar no rio?

— Serve para outras coisas! Serve para fazer concreto. As pessoas que não olham para o chão, tropeçam e machucam o dedão do pé. Você nem sabe, mas Jesus chamava os discípulos dele de pedra.

— E chamava por quê?

— Porque são tapados, como todo mundo.

***

Fred adoecera e, sem cuidados, a situação se agravava a cada dia. Patrick, gastando seu tempo perambulando, nem percebeu. Ainda mais então, que suas atenções se voltavam exclusivamente para Riana, a quem procurava, a todo custo, satisfazer as vontades. O grande acrobata e marujo dos telhados, destemido e temido por roedores e pombos, vertia-se esquecido num canto do cafofo, contemplando a façanha da vida tecendo seu curso. Tinha secado as carnes do corpo, os pelos caíram em vários pontos, deixando buracos na pele rachada. Encolhido no velho tapete de limpar os pés, Fred comprimia a cabeça contra o peito esfarrapado. As costelas estavam aparentes; a pele cheia de fissuras e manchas. A cauda murcha escondida entre as pernas, colada na barriga. O rabo que, em outros tempos, gesticulava demonstrando a destreza do felino, agora se via em carne viva, sem penugem, seco na ponta. Pequenos mosquitinhos se acomodavam por todo seu corpo, enquanto moscas maiores davam belos rasantes em torno das orelhas feridas e esturricadas, com sangue vertendo. Quando sentiu que ia morrer, Fred soergueu-se, molenga, fazendo um bocado de força para levantar o tronco. O esforço medonho fez o couro tremer. Um olho cerrado, o outro esguichado: era a imagem do passageiro só de ida. Pulou a janela da sala para o corredor de fora, utilizando um último recurso felino. Patrick o seguiu, preocupado. De cima do telhado, Fred percebeu Patrick o seguindo. Desta vez, preferia estar sozinho, não estava atrás de aventuras. Era o fim, para ele. Como todo felino, Fred procurava um lugar para terminar sua jornada, gesto comum entre os gatos. Da ponta do telhado, Patrick observou calado, enquanto Fred cambaleava sobre o telhado. Teve ímpetos de segui-lo, mas se conteve. Não sabia ao certo se ia ou se ficava. Antes de desaparecer no horizonte ondulado das telhas, Fred olhou para trás, num gesto exclamativo. Miou sem forças, parecendo dizer adeus. Mesmo assim, Patrick finalmente pareceu entender que Fred queria ficar só. Não entendia, ao certo, como a vida funcionava. Sentiu uma profunda tristeza, um nó na garganta, parecia prever o pior. Voltou para dentro de casa, sentou-se num canto, a cabeça entre as pernas. Pegou a bolinha vermelha dele e de Fred, rolou-a de um lado para o outro.

— Você vai ficar bem, Fred, você vai ficar bem – falou, querendo acreditar que aquilo tudo fosse um terrível pesadelo que ia passar logo.

Três dias se passaram, e nada de Fred aparecer. Patrick procurou em todos os lugares possíveis, por duas ou três vezes, e nada. Nem um sinal. As esperanças iam diminuindo a cada dia. Da amizade de anos, das aventuras desde criança, das dificuldades superadas juntos nada restou, além da imagem moribunda do velho amigo e fiel companheiro olhando para trás, em cima do telhado. Um olhar repentino, fatigado, sem nenhuma explicação cabível, senão pela mente romântica de que teria sido um aclamado pedido de agradecimento por todos esses anos de dedicação e carinho. Ou, então, fosse um mero gesto evasivo, sem escolha. Preferiu a explicação mais óbvia e confortante de que era, de fato, um gesto evasivo, mas aquele gesto incongruente, sem graça, tratava-se mesmo de um adeus. Um adeus de gato.

***

Patrick e Riana voltavam juntos da escola. Ao passar pelas ruas por onde estava habituado a perambular, Patrick teve a ideia de levá-la a um lugar que havia conhecido por acaso e que passou a servir de esconderijo. Chegaram a uma velha casa abandonada coberta por trepadeiras. Patrick empurrou a porta de entrada com jeitinho, de modo que abriu uma passagem grande o bastante para passar uma pessoa de médio porte. Olhou de um lado para o outro para ter certeza de que ninguém os observava, exagerando no movimento. Por um instante, ocorreu estar sendo vigiado por Cesar. Por isso mesmo observou com cautela todos os parâmetros necessários para nunca ser surpreendido. Depois de estar certo de que ninguém os via, entrou, se espremendo. Riana hesitou por um instante.

— Vem cá ver uma coisa.

— Que lugar é esse? – Ela perguntou, olhando as paredes descascadas, as janelas trancadas e as antigas molduras em madeira rústica estilo gótico, dando a impressão de estar diante de um museu ou um asilo abandonado. O lugar não lhe agradava, muito embora o estilo antiquado lhe atribuísse um aspecto formidável. Desconfiada de que Patrick pudesse estar brincando com assombração, resolveu pedir que fossem embora, afinal, com essas coisas não se brincam. Com medo, mas curiosa, Riana tentava ver pela passagem da porta o que havia do lado de dentro.

— Vem logo – disse ele, já impaciente.

— Ver o quê?

— Deixa de ser medrosa e entra logo – Patrick, cansado de esperar, esticou-se pela fresta e puxou Riana pelo braço.

— O que foi? Está com medo de fantasma? – Perguntou ele, nervoso por ela estar dando bandeira na porta da casa, o que deveria ser feito depressa para ninguém ver.

Com a mochila, ela cobriu a cabeça para se proteger de pequenos destroços de reboco que caíam do forro. Riana entrou, observando o estado de ruínas da sala de entrada. Estava bem iluminada, pois o teto tinha cedido em parte, por onde entrava a luz da tarde. Com cuidado, eles entraram por entre os escombros de alguns velhos móveis abandonados, cobertos por lençóis brancos. Riana começou a perceber os detalhes da sala de entrada, e logo notou os papéis de parede e muitas molduras polidas e bem trabalhadas, vislumbrando tudo de bom grado, e elogiou o bom gosto na escolha da decoração. A aparência lúgubre, mas com um belo interior, ainda que amarelado e parcialmente sobrepujado pela intolerância do tempo, não deixou de esconder o encanto que um dia fora aquela casa.

— O que está fazendo aí, seu maluco?

— Venha aqui perto que você vai ver.

Na parede havia um pequeno canudo transparente, por onde abelhinhas entravam e saíam.

— O que é isso?

— É uma casa de abelha jataí.

— E como você achou isso aí?

— Foi um dia em que eu estava passando por aqui... – disse o garoto, encostando o ouvido na parede.

— Vem cá para você ouvir.

— Eu não! Vou levar uma picada.

— Aqui está cheio de mel.

E bateu com pedaço de tijolo na parede, fazendo um buraco, e foi batendo até abrir um bom espaço, por onde enfiou a mão, arrancando um favo borbulhando mel.

— As abelhas vão ferroar a gente!

— Não se preocupe, elas não têm ferrão. – Riana sentiu uma coceirinha na mão e nas pernas.

— Mas tem uma me picando – disse ela, tentando dispersar as miúdas abelhas.

— Segura aqui – disse Patrick, lambendo as mãos, das quais escorria mel até os cotovelos.

— Você está destruindo a casa delas!

— Não, eu tirei só a parte que tem mel. Agora é só fechar o buraco, que elas constroem outro favo.

— Como você sabe?

— Eu vi na televisão. Agora experimente para você ver.

— Como se come isso?

— É só morder.

Riana mordeu o favo, esticando o pescoço para a frente para proteger a roupa. Fez bem, porque o mel transbordou, escorrendo do canto da boca e pingando nos dedos dos pés.

— E aí, está bom?

— Hum-hum – Riana tentou falar, mas não pôde, de tanto que a boca estava cheia.

— Sua vez. Segure firme. – Patrick deu uma gostosa mordida no favo, enchendo a boca do viscoso mel, que lhe escorreu pelo queixo até o pescoço.

— Hummmmmm... delicioso. Já pensou se for verdade que no paraíso tem um rio de mel?

— Não fale de boca cheia, é feio – Riana disse, não podendo conter o riso.

— O que eu posso fazer? Dê-me isso aqui.

— Sou eu, agora.

E ambos morderam o favo, fechando os olhos para melhor sentir aquele maravilhoso gosto de mel cheirando a flores e frutas silvestres. E o mel, de tão viscoso e macio, descia esquentando a garganta, e era tão saboroso que imaginaram nunca ter provado nada semelhante. Tomar mel direto do favo é uma sensação inigualável. Seus olhos lacrimejaram, tornando o corpo esmorecido a ponto de se sentarem escorados na parede. Enquanto Riana se aprumava, quase adormecida no ombro de Patrick, ele aproveitou para lhe dar um beijo lambuzado.

— Pare com isso, você está sujando toda a minha blusa.

— Deixa que eu limpo. Levanta o braço.

Os dois tentavam limpar o mel lambendo as mãos e os braços. Patrick colocou um pedaço do favo na lancheira, porque já não aguentava mais tomar mel, e saíram dando gargalhadas, com mel até nos cabelos.

— Não está adiantando, cara de marmelo.

— Está sim, formiga.

No dia seguinte, ao sair da escola, Riana chamou Patrick para ir até a casa abandonada para ver como as abelhas estavam se saindo com a construção da nova casa.

— Será que elas já fizeram outra casa? – Indagou Patrick.

— Claro que não, né, você acha que é assim? Isso leva tempo, elas passam todo o verão trabalhando e fazendo mel para terem o que comer no inverno.

— Nossa, então neste inverno elas vão fazer regime, hein.

Riana foi quem entrou primeiro, saindo do corredor da velha casa, dando para a parede onde as abelhas tinham feito sua morada dentro de um bloco que cabia na palma da mão, de tão pequena. Ao chegarem, foram surpreendidos com o restante do favo caído no chão encoberto por milhares de formigas. Algumas abelhinhas, em vão, tentavam resistir, lutando para recuperar o pouco que restava. Mas nada mais podia ser feito. Estava tudo aniquilado, nada restara, nem os ovos resistiram, tudo caíra por terra. Pequenas abelhinhas saqueadoras também se aproveitavam do pouco que restava. A colônia fora completamente destruída. Riana assistia à cena aterrorizada. Tal era o seu ressentimento que mal podia respirar. Até aquele momento não tinha se deparado com uma selvageria tamanha, ainda mais sabendo ter sido ela, ao lado de Patrick, responsável pela degradação alheia.

— Você não falou que elas iam construir outra casa, seu mentiroso? – Disse Riana.

— É, mas essas formigas acabaram com tudo – respondeu Patrick, pisoteando ferozmente as saqueadoras formigas que carregavam tudo o que viam pela frente. – Morram, suas desgraçadas.

— A culpa é toda nossa, nós as deixamos vulneráveis – gritou Riana, correndo em direção à rua.

Patrick andava apressado, tentando alcançar Riana, que aumentava cada vez mais o passo.

— Espere aí, Riana! Vamos conversar.

— Não fale comigo – e bateu a porta de sua casa sem olhar para trás.

— Ai, ai, ai, era só o que me faltava agora. Maldita a hora em que fui mexer naquelas abelhas. Riana nunca vai me perdoar.

Nervosa, Riana entrou no quarto e fechou a porta. Mas, controlada e detalhista do jeito que era, não saiu praguejando nem tirando a roupa de qualquer jeito. Antes, porém, sentou-se em frente à penteadeira, escovou os cabelos, tirou os sapatos, um após o outro, e os pôs no canto do armário, colocando as meias, dobradas, no seu interior. Depois, trocou de roupa e se deitou na cama, olhando o céu pela janela. Não demorou muito até a imagem da cidade abelha completamente destroçada e reduzida a farrapos aparecer em sua mente. A pequenina abelha mordendo sua mão com toda a força, tentando defender sua casa. O que mais lhe doía era a forma como as abelhas se defendiam sem demonstrar nenhum gesto de ódio. Se atacaram, foi no intuito de se defender, nada mais. Não se conformava por ter feito aquilo que mais repudiava: a degradação da natureza. Sentiu-se desprezível, um ser capaz de tirar o que é dos outros sem o menor remorso. Seu desejo era de que as abelhas tivessem um ferrão bem doloroso, igual ao de um marimbondo. A inimiga das abelhas e da natureza, justo ela que nunca mais comeu carne depois de ter visto, na Internet, um vídeo do açougueiro matando um leitãozinho! "Por que tanta selvageria?", foi uma incógnita que pensou jamais obter resposta. E, então, ela estava no meio do bolo, tudo para suprir um prazer momentâneo, usufruindo do exaustivo trabalho de um ser vivo que luta uma guerra real, honesta e honrada de construir suprimentos para subsidiar sua existência sem danificar nem tirar nada de ninguém.

Patrick chegou em casa pulando a janela, como de costume. Arremessou a bolsa num canto, deitou-se na cama, tirou os tênis com a ponta dos pés e pôs-se a reclamar da vida, feito gente grande.

— Por que as coisas têm de ser assim? – Resmungou, lamentando-se. – Será possível que nada dá certo nesta vida? Se pelo menos Fred estivesse aqui, ele me entenderia, com certeza – falou sozinho, deixando a lamúria de lado por um instante ao se recordar do tempo em que conhecera Fred, quando ainda era uma criança, e sorriu ao se lembrar da cara de assustado do gato mirrado dos olhos remelentos. Como era diferente a vida, naquele tempo. As horas passavam voando quando os dois saíam, de telhado em telhado, à procura de aventura. Desde então, estabelecera-se a amizade entre ambos, e daí em diante passaram a trocar confissões. Patrick sempre com os pesares da turma da escola e Fred reclamando acerca da inimizade com outros gatos.

— Droga de vida – disse, impaciente, ao voltar à realidade. – E o que já tive? E minha família? Quantas pessoas eu tive em minha família: minha mãe, meu pai, Fred, Cesar, Reginaldo, Riana. Seis pessoas, sem contar que Reginaldo é uma mochila e vale por meio, meu pai também, então foram cinco, e agora não sobrou ninguém, nem Riana! Bem que Cesar disse que desta vida não se leva nada.

***

Ao ver Patrick subindo os degraus que dividiam a sala de entrada do escritório de fachada, Cesar levantou da poltrona com entusiasmo.

— E aí, excelentíssimo senhor, mestre das escaladas e das fugas, como tem passado?

— Ah, está embaçado.

— O que foi, brigou com a ruivinha? Como é mesmo o nome dela... Raissa, Rayane... – enquanto falava, enchia duas canecas de chope da máquina.

— Riana – completou Patrick, desanimado.

— Riana! – Repetiu Cesar, no seu conhecido tom de filósofo embargado feito anjo caído. — O que foi?

— Ela está magoada por causa de uma casinha de abelhas.

— Casinha de abelhas? Que papo furado é esse?

— É, eu peguei o mel no favo e destruí tudo por lá.

— Ah, entendi.

— Você nunca foi casado? – perguntou Patrick, pela primeira vez, sobre a vida particular de Cesar.

— Não. Tive algumas paixões, mas já faz algum tempo. Não deram certo até o fim, mas tenho consciência de quem sou, e prefiro assim. Sou solitário, alugo algumas garotas, de vez em quando, gosto delas, é tudo o que posso fazer. Sou um ser vivente neste mundo derrocado de desespero e dor, e acho até que está tudo bem. Não sou alegre nem sou triste. Tenho você, apenas. Você trouxe alegria e vida para mim. Antes eu sobrevivia. Acordava, lia o jornal sem interesse, tomava um café sem gosto que eu pedia lá na lanchonete. À tarde, a televisão e suas atrações desastrosas me chamavam. Sem ter ao que recorrer, rendia-me a ela. Depois das muitas horas, me deitava, e isso era tudo. Nem sonhar eu me permitia mais. No seu caso, o melhor a fazer é dar tempo ao tempo, e ela acabará esquecendo – completou Cesar.

— Não sei não, ela está tão brava...

— É claro que um presentinho sempre ajuda a esquecer mais rápido, né.

— Ah é, e que tipo de presente?

— Joia. Mulher sempre gosta de joia. Quando eu era garoto, a gente dava um brinco para ganhar um beijo da amada. Hoje em dia, não se fazem mais essas coisas saudáveis e elegantes. Só se vê porcaria pela Internet. O mundo não é mais o mesmo. Está tudo mudado, e para pior, é claro.

— Um brinco? – Repetiu Patrick, um pouco mais animado, parecendo claramente ter gostado da ideia de que, além de presentear a namorada, ainda poderia fazer mais uma boa traquinagem. – E como arrumamos um?

— Não vamos conseguir apenas um brinco, meu amigo. Vamos conseguir vários, e os melhores e mais elegantes. Ela vai ficar louca, você vai ver – e levantou o braço, erguendo a caneca de cerveja. Patrick brindou sorrindo e, depois de darem um longo gole, ambos caíram na risada.

***

Encostado no muro da escola, Patrick observava Riana entrar pelo portão de entrada agarrada à mochila, de cabeça erguida e cara fechada, sem direcionar o olhar para nada, nem ninguém. Parecia alheia a qualquer coisa, do jeito dela de ser, de poucos amigos e pouca conversa. Quando questionada sobre o porquê de ela falar pouco, costumava dizer que este mundo não precisa de gente que fala, e, sim, de gente que pensa. Apenas ele pertencia ao mundo dela, ninguém mais tinha o privilégio de estar ao seu lado, de ouvir suas conversas e de seus conflitos de menina inteligente com ar de adulta desvendando o mundo. Uma estranha sensação lhe causou mal-estar ao pensar em não poder mais estar ao lado dela durante os intervalos, nas horas vagas, de não compartilhar mais bilhetinhos. Naquela tarde, o tempo pareceu-lhe fechado. Intimamente sentiu um vazio, mal podia respirar profundamente. Caminhou encurvado até a entrada, subiu as escadas com dificuldade, seu corpo todo doía como se não lhe restasse nem uma gota de energia. Parecia ter levado uma bela surra. Quando chegou à sala de aula, Riana estava sentada na primeira carteira, com a cara enfiada em um de seus livros. Patrick respirou com força. "Quando passar por ela, vou falar alguma coisa para ver o que ela diz", pensou. Ao se aproximar, prendeu a respiração, passou ao lado dela olhando com o canto do olho. Ela nem se moveu, continuou lendo o livro. Patrick se sentou na carteira de trás, desorientado.

— Ela nem olhou, por isso não disse nada – disse para si mesmo.

Um milhão de pensamentos permeava sua cabeça de menino que perdeu a primeira namorada. E a imagem dela olhando os malditos livros não lhe saiu da cabeça durante toda a aula.

— Pela cara dela, deve estar com muita raiva – murmurou, aflito. – Cesar disse que é para dar tempo ao tempo.

E a estranha sensação de desânimo continuava.

"Será que é no estômago que o amor nasce?" – pensou, apertando a barriga, com a estranha sensação de desânimo persistindo.

Na hora do intervalo, Patrick caminhou até o canto do pátio, se camuflando debaixo da sombra do grande pé de ameixa. Ao redor da raiz havia um pequeno muro de tijolos em que ele e Riana ficavam sentados sozinhos, de bobeira, esperando o sinal para voltar à sala de aula. Ao olhar ao redor e não ver a figura mal-humorada com cara de madame sabe-tudo da ruivinha, ele sentiu novo tormento. Ele estava sozinho de novo. A única pessoa que se aventurara a ter sua amizade e que ele se alegrava em ver estava magoada, e, pior, poderia não mais voltar a ter a companhia dela. Sentado de cabeça baixa, Patrick remexia as folhas secas com os pés. Sua percepção aguçada notou um vulto vindo em sua direção. Sem levantar a cabeça, ele fez uma rápida análise para identificar o possível oponente. Pelas delicadas passadas, avaliou que não sofria nenhuma ameaça. Fingindo não perceber, Patrick continuou remexendo as folhas caídas.

— O que está fazendo aí, seu renegado? Está rezando? – Perguntou Riana, com seu ar impetuoso.

— Nada, estava tentando entender o sentido da vida.

— E o que descobriu?

— Que não faz nenhum sentido pensar na vida como algo que tem sentido.

— E descobriu isso aí sozinho, ou foi aquele seu amigo louco que anda metendo essas coisas na sua cabeça oca?

— Mais ou menos. Mas frequentar botecos ajuda um pouco.

Na hora em que o sinal de voltar para a sala tocou, Patrick sentiu um frio na barriga. Não só pelo fato de odiar as aulas, mas também por não sobrar tempo para falar tudo o que queria. Pensou em pedir desculpas, falar da sua promessa de nunca mais tomar mel. Entretanto, achou melhor não dizer nada. Ela não tocou no assunto, provavelmente queria esquecer, e relembrar tudo poderia ser pior. Naquela tarde transcorreu tudo bem, pouco falaram e, mesmo assim, ficou claro que as mágoas estavam, de certa forma, esquecidas. Na mente de Patrick faltava uma coisa para enterrar de vez as tristezas: um belo par de brincos.

***

Enquanto Patrick vivia sua nova experiência de vida e suas contundências de namoro, Cesar passava o dia inteiro no computador fazendo contatos e investigando as joalherias, tentando descobrir seus pontos fracos e, também, os fortes. Ter sucesso no trabalho passou a ser sua meta de vida e, para tanto, dedicou-se de corpo e alma. Para substituir a bebida, começou a beber suco de uva. Não gostava de misturar bebidas com serviço, uma questão de disciplina e saúde. Foi bem pensado, pois, aos poucos, foi deixando de lado os analgésicos para as dores de estômago. Assim é que ele ia se moldando aos costumes e também aos novos jeitos de encarar as coisas. Os equipamentos eletrônicos de última geração, tudo havia, de um jeito ou de outro, sofrido algum tipo de mudança, uns para melhor e outros para pior. Os computadores e os celulares, os carros modernos, esses apetrechos deveriam ser minuciosamente estudados para se ter completo domínio. Ele sabia muito bem que o FBI dispunha dos melhores e mais modernos equipamentos, e de maneira alguma poderiam ficar para trás. Se precisasse pesquisar sobre um museu, uma joia, hotéis, viagens, tudo se podia encontrar na Internet. É claro que alguns detalhes deveriam ser investigados de outra forma. Para esses detalhes é que seus anos de experiência prevaleciam sobre os demais grupos de contrabandistas.

Em plena segunda-feira, os dois assistiram à televisão durante toda a tarde. Cesar encomendou duas pizzas por telefone. Patrick comeu metade da pizza de *mussarela* e seis pedaços da outra, portuguesa, sua preferida. Cesar comeu apenas três pedaços, e ainda rejeitou as bordas. Do vinho, bebeu duas taças. Patrick tomou um pouco de vinho para acompanhar, depois se enfiou no refrigerante sem miséria. Da garrafa de dois litros não sobrou mais que um quarto. O controle da televisão, em cima da mesa de centro, ficava dividido entre os dois. Bastava a mínima distração para o outro trocar de canal, sem aviso nem prévia anuência do outro. Cesar queria ver a partida de tênis, não se sabe se por capricho ou por ostentação, porque nem as regras ele entendia. Assistia, também, a programas que traziam pessoas com problemas conjugais para tratá-los ao vivo. Da mesma forma, não se pode afirmar que ele gostasse desses programas, pois, no final, ficava estressado e consentia que Patrick mudasse para desenho animado. Patrick assistia aos desenhos da Liga da Justiça, queria ver o Batman, ouvia com atenção o mais inteligente dos heróis desvendar os planos dos vilões. Já estava escuro quando os dois resolveram tomar seus rumos. Combinaram de se encontrar no dia seguinte, bem cedo, para traçar o plano da joalheria do shopping, aquele que seria o primeiro de muitos, até que ambos juntassem dinheiro de sobra para gastar como quisessem. Cesar sugeriu que saíssem às sete horas; Patrick sugeriu às nove. decidiram, então, sair às oito, assim ninguém sairia perdendo.

Na manhã seguinte, Patrick chegou em cima da hora. Era uma manhã ensolarada, e Cesar já estava pronto havia muito tempo. Saíram os dois pelas ruas para fazer o reconhecimento do local. Já fazia algum tempo que Cesar não colocava os pés fora da loja, e ambos saíram se olhando, rindo um do outro. Cada qual se vestiu com a melhor de suas roupas. Patrick vestia calça jeans, camisa azul-claro e um tênis que jamais vira água fora das temporadas de chuva. Cesar estava muito à vontade na sua calça de sarja bege e camisa de mangas compridas dobradas até os cotovelos. Além da bengala, também estava perfumado. Patrick se esqueceu do detalhe do perfume. Lado a lado, como dois amigos que se juntam para procurar o primeiro emprego, os dois desciam a rua, cada um no seu jeito, Cesar arrumando as mangas da camisa, Patrick esticando o topete. No caminho até o shopping, os dois se distraíram com tudo, pelo caminho, cada um com suas preferências. Cesar deu os primeiros passos na calçada do centro, admirado com a evolução nas roupas das mulheres. Desconfiou ter voltado ao passado, as roupas modernas pareciam ser as mesmas que as mulheres usavam na sua época de rapaz, sob outro aspecto e com pouca diferença. Admirou-se da quantidade de pessoas indo e vindo, e pôde notar a mudança no aspecto físico. Fez um cálculo rápido e concluiu que, de modo geral, as pessoas estavam trinta por cento mais gordas, e até os manequins das vitrines se incluíam na mudança. Os manequins masculinos, mais fortes, e os manequins femininos mais malhados, sem nenhuma discriminação de raça ou cor, havia manequim amarelo, preto, prata, azul. Nesse instante, passou por sua cabeça um vago pensamento de que, se os fabricantes de manequins fossem acompanhar a evolução no aspecto físico das pessoas, daí a dez ou vinte anos ele não estaria vivo para ver, mas os mais novos veriam manequins com certa saliência na barriga.

Patrick, por outro lado, não reparava em nada, andava despreocupado, esbarrando e gesticulando à vontade, parando, de vez em quando, diante das lojas de *games*. Cesar, ao contrário, ficava sempre para trás, no seu andar calculado, tentando observar cada pessoa que passava ao seu lado, dando passagem a todos, cumprimentando alguns. No seu trajeto, foi ignorado por todos e sentiu-se isolado, tendo apenas Patrick como companheiro. "As pessoas de hoje em dia são mais ocupadas", pensou consigo mesmo. "Elas falam sozinhas nesses fones de ouvido o tempo todo."

Além da televisão, a única maneira de Cesar manter contato com seu semelhante era quando alguém, por acaso, se perdia e entrava na sua loja à procura de algum objeto de decoração. E levou até algum tempo para assimilar que ninguém o notava.

Parecia, por um momento, ter se tornado invisível e como se todos os seus antecedentes criminais tivessem sido apagados. Ficou admirado de ter perdido tanto tempo enclausurado em meio àquelas mobílias velhas. E, naturalmente, ninguém o conheceria, afinal de contas, as pessoas da sua geração já não circulavam pelas ruas atrás de aventura, a maioria já devia ter se casado ou até mesmo ter passado para o outro lado. Estava até gostando. Seu cérebro se comportava como o de um adolescente descobrindo o mundo. Estava de volta ao trabalho depois de longas férias. Seu desejo de afrontar a polícia e a sociedade era o que mais o motivava. Nada, no momento, o intimidava. Tinha se livrado para sempre do determinismo imposto aos cidadãos desde o nascimento, da escravidão das aparências e dos atributos petrificados da honestidade. Sua mente solta tudo podia, tudo se permitia. Agora estava muito mais experiente e tinha um discípulo com quem dividir as tarefas. Discípulo esse que, em menos de cinco quarteirões de caminhada, já havia comido um saco de pipoca doce, um sorvete e um pacote de bolachas.

— Você tem hipoglicemia? – Perguntou Cesar, a certa altura.

— Hipo... o quê? – Perguntou o garoto, de boca cheia.

— Nada não, esquece. Você sabe do que é feito o homem? – Prosseguiu.

— Não, por quê?

— Porque é imprescindível conhecer a nossa natureza. Só assim seremos capazes de saber os limites de nossas habilidades. Muitas pessoas acreditam que somos feitos de carne e espírito, mas não é disso que estou falando. Refiro-me ao poder da força interna de cada um, às maiores virtudes que um homem pode ter, e elas são basicamente duas: a inteligência e a coragem. Não falo da existência ou da criação. Seja lá quem fez o homem o dotou desse extraordinário poder. Todos temos um pouco de cada coisa, em maior ou menor grau. Agora explorar, saber usar, ser capaz de dominar esses sentidos é algo em que ainda estamos engatinhando. Sabemos que eles existem, contudo ainda estamos longe de ter domínio completo dos nossos próprios poderes. Poucas pessoas atingiram tal evolução. Elas estão por aí, mudando e marcando épocas. Todos acham que eles são doidos, semideuses ou até de outro mundo. São os verdadeiros heróis cujas façanhas nem sempre são reconhecidas, ainda mais pela vaidade dos falsos líderes que, por efeito, se fazem excelentes sem ao menos ter uma fagulha de coragem, tampouco de inteligência. Guarde as palavras que eu te digo agora e não se esqueça: os grandes homens da humanidade, reis, imperadores, gladiadores, espirituosos ladrões cheios de habilidades, vencedores de guerras e batalhas, todos eles, sem exceção, caíram diante do encantamento da feiticeira.

— Da feiticeira?

— Exatamente!

— E onde vivem as feiticeiras?

— Em toda a parte, fazendo-se de mulher. Mas não se engane quando perceber alguma delas jogando seu feitiço. Não a encare nos olhos, porque é pela dança e pelo olhar que elas atraem suas vítimas. E seus finos lábios de mel são venenosos como os cogumelos do pântano do vale da morte. Assim também sua voz macia como as andanças da melodia dos arpejos dos querubins, elas podem te levar para o mais profundo abismo da intolerância nos confins da terra, e embaixo da terra sua alma será despojada. Não se deixe levar pela graça dos seus cabelos caídos sobre os ombros, pela pele que atiça suas entranhas, nem pela silhueta dos quadris. Porque estes artifícios atrativos arrancaram o homem do paraíso para viver à míngua do seu suor nas fábricas de linho. - Você conhece a história em que Eva entregou a Adão a fruta proibida do conhecimento do bem e do mal?

— Sei. Ela deu a maçã!

— Não era uma maçã. Aquilo foi uma metáfora.

— O que é uma metáfora?

— Metáfora é quando uma palavra de certo sentido é empregada em outra coisa, de outro sentido, para mascarar aquele primeiro sentido de forma que nem todas as pessoas entendam o sentido que lhe foi atribuído. Entendeu?

— Mais ou menos.

— Por fim, a fruta que ela ofereceu é bem outra, e não foi de graça.

— E qual é essa fruta?

— A que aí está diante dos teus olhos, em toda a parte, te rondando. A arte da sedução, da paixão. E as bruxas fazem uso delas para perseguir o homem na noite de Lua cheia, como a serpente cerca sua presa com o guizo da morte.

— E a cobra, não foi ela que deu a maçã, digo, a fruta?

— Aquilo era um suvenir como os que hoje você encontra nessas lojas de *sex shop*, e a maçã ficou de sobremesa.

No botão da blusa, Cesar carregava uma câmera para gravar as ruas e as saídas da loja, para, depois, avaliar com mais cautela, em casa.

— Tudo deve ser minuciosamente organizado, sem nenhum vacilo, porque é nas besteiras que a gente tropeça – dizia ao aprendiz, que ouvia tudo sério, sem dizer uma só palavra.

Patrick não entendia quase nada, nem fazia questão de aprender. Como todo jovem, demonstrava interesse apenas para não fazer desfeita.

— Quem você vai ser? – Perguntou o rapaz, no momento em que Cesar deu uma pausa em suas explicações.

— Quem eu vou o quê? Do que você está falando?

— Eu vou ser o Batman, e você vai ser quem? – Cesar demorou um momento para descobrir sobre o que Patrick estava falando. Depois que conseguiu entender, pensou um pouco, antes de falar.

— Que é isso! O Batman não sai por aí roubando coisa nenhuma, ele é o mocinho, nós somos os vilões.

— Não acho que somos vilões.

— Também acho que não, mais pode apostar que somos.

— Tá bom. Eu vou ser o Robin Hood, então.

— Está bem. Então eu sou o Lex Luthor, a mente brilhante de intelecto nível cinco.

— Lex Luthor – repetiu Patrick, observando Cesar com o canto do olho. – Lex Luthor é careca, você está mais para Alfred. Não, não, já sei: você parece o Gandalf.

— Legal, e você está mais para Robin, o garoto prodígio. Não, não, você parece o Hobbit, o ladrãozinho de anel.

***

— Já fiz os meus contatos, está tudo esquematizado. E aí, está preparado? – Perguntou Cesar.

— Opa. Agora? – Perguntou Patrick.

— Muito bem, é só seguir o que eu te disse, e não terá problemas. Vista isso.

— Que roupa é essa? Não vou colocar isso aí não.

— Deixe de ser besta e põe logo. Você não quer ficar parecido com o Batman? Está aí, é igual. Além do que, essa roupa é feita de um material especial e vai te proteger. Não se preocupe, que você não está indo para um encontro com a magrela.

— E esses óculos, vão servir para quê?

— Para esconder essa cara feia, ou você quer sair na foto para o mundo todo ver?

Patrick saiu para a rua, desconfortável. A roupa o incomodava um pouco, principalmente nas partes de baixo. Também não gostou do visual, não queria parecer metaleiro. O *kit* completo incluía luvas, botas especiais de esportes de escalada, óculos escuros de visão noturna, boné de alpinista com dispositivo de aderência capaz de suportar trinta quilos de impacto, e uma leve jaqueta de motoqueiro grudada ao corpo, preparada para resistir a quedas. Olhando para os lados, desconfiado de que zombassem dele, fez uma tremenda cara de malvado. Percebendo que ninguém se importava, relaxou um pouco a ponto até de começar a gostar do tal uniforme, e passou a sugerir a si mesmo que deveria fazer alguns ajustes, quando voltasse.

No caminho foi tudo bem, ninguém o notou. Chegou um pouco antes da hora combinada. Patrick desfez o sorriso quando adentrou o shopping. Repensou todo o plano enquanto andava camuflado entre as pessoas. A loja, situada no térreo, possuía três andares que subiam até o teto do salão. Cesar distrairia os funcionários, se passando por cliente, enquanto ele teria de pular o balcão, andar abaixado até um armário trancado onde as joias mais valiosas estavam guardadas. Cesar clonou a chave quando fez a visita de reconhecimento, por meio de um sistema de filmagem que possibilitava captar todos os pontos negativos, para, então, fazer uma cópia semelhante. Cesar frisou bem que não adiantava pegar qualquer tipo de joia. A maioria delas nem compensava o trabalho. Só interessavam as do armário trancado. Depois, ele subiria para o teto e fugiria pulando de telhado em telhado.

Parado no meio do salão, de frente para a loja, Patrick procurou não levantar suspeita pondo os olhos no guarda do lado esquerdo do saguão, um moreno magro de boa estatura, de semblante alerta, possivelmente bom de corrida. Antes de entrar na loja, olhou desconfiado através do vidro pelo lado de fora, trêmulo por dentro. "Agora não dava mais para voltar atrás", pensou. Cesar alterou a voz ao ver Patrick entrar pela porta de vidro, querendo chamar a atenção para distrair o atendente. Patrick se debruçou sobre o balcão, fingindo olhar os anéis e, sem que ninguém percebesse, pulou para trás do balcão, se agachando entre as prateleiras. Andou agachado por entre os corredores das estantes, que mediam não mais que um metro de altura. Foi parar de frente para um armário cinza trancado a chave. Tirou a chave do bolso e tentou abrir o armário. A chave não girou, parecia emperrada. Tentou de novo, tomando o máximo de cuidado para não quebrar a chave dentro, e novamente não abriu.

— Droga, está errada – resmungou.

Nervoso, tentou girar mais uma vez, e, dessa vez, abriu. Freneticamente, começou a jogar tudo o que tinha dentro do armário na mochila. Inúmeras correntes, pulseiras, brincos, anéis, tudo de ouro, ornamentado com pedras de diamantes.

— O que você está fazendo aí? – perguntou um funcionário da loja, parado a uma distância de pelo menos dois metros.

Patrick permaneceu calado, petrificado. Entendendo o que se passava, o homem correu para apertar o alarme. O barulho da sirene soou forte na loja, chamando a atenção dos seguranças. Outros funcionários correram, assustados. Patrick se ergueu num salto. Os seguranças correram pela loja de cassetete na mão. Três se adiantaram por fora do balcão e dois tentaram cercá-lo pelo lado de dentro. Uma mulher gritou, histérica, derrubando uma xícara de café. Encurralado, Patrick pulou pelo balcão para os fundos do corredor. No fundo da loja havia uma sala com uma janela que dava para outra loja. Se atingisse a janela teria andado meio caminho para a rua, mas ela estava trancada. Patrick recuou, tentando fechar a porta, mas os seguranças o impediram, fazendo força para empurrá-la pelo lado de fora. Do seu lado, Patrick se segurava como podia, mas não adiantou. Vendo que o esforço era inútil, Patrick saltou contra a janela, arrebentando a tranca, caindo do outro lado. Os seguranças, um a um, pularam também.

Patrick correu por dentro da outra loja até sair de volta no meio do saguão. Outros seguranças correram em sua direção. Sem muito pensar, ele correu e se pendurou em uma pilastra posta no meio do salão, escalando com facilidade. Os seguranças, num total de quinze, cercaram a pilastra, formando um círculo. Quando atingiu o teto, pendurou-se na estrutura de madeira do telhado, empurrando uma das telhas com ajuda dos pés. Antes de desaparecer, fez questão de olhar para baixo para dar um sinal de até breve, e não pôde deixar de observar as pessoas se aglomerando. Impressionado com a multidão que havia se formado para ver o espetáculo, desistiu de acenar.

Cesar saiu disfarçadamente da loja, admirado com a confusão que havia se formado. Observando a movimentação das viaturas de polícia pelas ruas e as sirenes soando por todo lado, ele sentiu um arrepio e começou a achar que tinha cometido um grave equívoco. "E se pegarem o garoto e ele delatar sua influência?", pensou. "Poderia ser preso por participação no furto, corrupção de menores." Prevendo o pior, Cesar apertou o passo. Quando chegasse em casa, arrumaria uma mala e sairia às pressas até descobrir o ocorrido.

Ao subir os degraus de entrada, deparou com o rapaz sentado confortavelmente em sua poltrona, rodando no dedo uma bela correntinha de ouro. Cesar olhou surpreso, e, mais que isso, ficou impressionado com a rapidez do garoto.

— Isso foi muito bom – ele disse, remexendo algumas joias dentro da mochila. – O que achou do seu primeiro trabalho?

— Foi legal. Meio fácil, mas foi legal – ele respondeu, tentando deixar claro que era o cara certo para o serviço.

Na manhã seguinte, Cesar lia em voz alta a notícia do roubo da loja de joias do shopping. O jornal colocou em destaque, estampando na primeira página a foto do ladrão todo de preto escalando a torre no meio do saguão, reverenciando a habilidade com que fugiu de um grupo de seguranças. Patrick ouvia desinteressado. Tinha uma missão a cumprir, ainda mais difícil: fazer a ruivinha voltar a mostrar seu sorriso. Para isso, escolheu dois brincos de ouro ornamentados com duas lindas pedras verdes, que combinariam com os olhos dela. E, no bolso, uma quantia em dinheiro que jamais tinha visto em toda a sua vida.

Encontraram-se, então, na praça da cidade. Riana já o tinha perdoado, mas achou melhor não rir à toa para não deixar Patrick mal-acostumado. Patrick, por outro lado, ensaiava o melhor momento para dar os brincos da cor dos olhos da garota, que ele escolheu com cuidado, certo de que receberia um afável sorriso, talvez um beijo, para deixar as coisas como estavam.

— Você anda muito ocupado, onde esteve ontem o dia todo? – Ela perguntou.

— Trabalhando. Todo mundo não fala que é bom trabalhar?

— Com o seu amigo doido da loja?

— É isso aí.

— Você viu o roubo do shopping? Passou na televisão.

— Vi. Mas por que você não vai tomar sorvete? – Perguntou, para mudar de assunto.

— Porque não tem proteínas, não tem vitaminas, só engorda e faz mal para a saúde.

— Tudo bem. Agora feche os olhos que eu tenho um presente para te dar, e esse não tem carboidratos.

Riana obedeceu de imediato, espalmando a mão. Patrick riu da cara que ela fez, espalmando a mão mesmo antes de saber o que ganharia. "Como será que ela adivinhou?", Patrick pensou, admirado. "Mulher tem dessas coisas. Deve ser sexto sentido."

Riana abriu os olhos quando sentiu o peso da embalagem sobre a mão.

— O que é? – Ela perguntou, abrindo a caixinha de camurça preta. – Nossa, são muito bonitos! – Ela disse, ao ver os dois brincos com duas esmeraldas verdes em forma de espiral. – Como conseguiu?

— Cesar me pagou com elas. Você gostou?

— Claro, são muito bonitos, mas é muito estranho esse seu amigo.

— Eu consegui vender umas coisas lá, aí ele gostou muito e me contratou como gerente.

Depois de certo tempo, ela perguntou se havia perigo.

— Não, claro que não – ele respondeu, de imediato.

Riana deu de ombros, contrariando sua expectativa, uma vez que imaginava que ela desaprovaria veementemente.

— Já que é assim, tudo bem. Eu aceito.

— Coloca logo. Quero ver como fica.

— Nossa, são muito lindos. Como estou?

— Ficaram bem em você, combinaram com seus olhos.Ele sorriu. – Agora, meu beijo.

— Que beijo?

— O que você me deve! Eu tive de trabalhar uma semana para ganhá-los.

Durante seus dezessete anos de vida, Patrick nunca tinha tido um momento de inteira felicidade. Até aquele ponto, fora tudo irremediavelmente sem graça. Depois da morte de Fred, o astral caiu a zero. O desânimo foi tanto que deixou de pular nos telhados. O que lhe restava eram as lembranças das aventuras vividas ao lado do amigo gato. Na verdade, a vida surgiu para ele no instante em que conheceu Riana, mas, ainda assim, não havia dado a atenção que a ocasião pedia. Foi relapso, desatencioso, agiu sem presteza, ainda mais sabendo da condição geniosa da pessoinha por detrás dos livros de filosofia da era dos filósofos da Grécia antiga. Para ele, o tempo em que haviam ficado afastados fora de muita importância, servira-lhe de estopim para sair do casulo e acordar para a vida. Fora difícil, mas valeu a pena. Talvez não teria se dado conta, se não tivessem brigado. Foi a primeira lição, e ele aprendeu na raça.

Reconciliaram-se em uma segunda-feira e, daquele dia em diante, os dois passaram a passear pelas ruas como se fossem dois jovens arqueólogos desvendando os sarcófagos enterrados nas pirâmides do Egito. Tudo passou a ter uma nova cara, como se tivessem se livrado de óculos fictícios que impediam de enxergar o brilho das cores e da vida. As ruas tornaram-se mais bonitas, as árvores, mais floridas, os parques, mais belos. De repente, as pessoas ficaram mais simpáticas, até mesmo aquelas que não tinham uma fisionomia alegre passaram a ter um aspecto engraçado. Os lugares por onde passavam, no geral, eram basicamente os mesmos, mas com um detalhe: tudo se tornava diferente a cada dia. As lojas que antes pareciam sem atração passaram a ter um misterioso estímulo, e, com muita euforia, eles se aventuravam em todas, gesticulando e apontando o dedo para as vitrines.

E foi com muita excitação que decidiram entrar em uma casa de umbanda. Amedrontados, entraram sem fazer barulho, quase na ponta dos pés. A visita seria rápida e não queriam incomodar. Patrick na frente, Riana atrás, segurando as mãos. Não deixaram de observar o decoro das lendas, pois, segundo a crença popular, esses lugares são carregados de coisas ruins e qualquer brincadeira poderia ser interpretada como falta de respeito. Por essa razão, enfiaram na sacola os tabletes de chocolate que vinham comendo pelo caminho. Observaram, primeiramente, as coisas penduradas. Cordão de amendoim, velas vermelhas, pretas, brancas, compridas, curtas. Medalhas com inscrições em latim de São Pedro, São Jorge. Os castiçais cheios de moedas antigas, vaso de flores, a carranca, o preto velho de cachimbo, bode velho, Afrodite, Santa Maria, apache vermelho, fumo de corda, semente de sucupira, cachimbos, capeta, sereia. Galinha morta. Presépio do Menino Jesus na manjedoura cercado por bezerros e reis magos. Cristo pregado na cruz, os joelhos esfolados, o lado furado, a coroa de espinhos. São Miguel Arcanjo em contenda com o Diabo na disputa pelo corpo de Moisés. Bíblia Sagrada aberta. Todos os santos – Matheus, Marcos, Lucas, Judas, Tadeu, Pedro, Paulo, João. E os mais assustadores de todos, os demônios – Azazel, Leviatã, Lúcifer, Belphegor, Belzebu, Asmodeus, Mammon, Satanás. Diante da primeira estátua, Patrick parou de repente, e Riana, que vinha grudada, esbarrou em suas costas, olhando assustada por cima dos ombros. O cheiro de incenso que vinha de um obelisco embrulhou o estômago. Enquanto observavam perplexos as imagens, uma voz vinda dos fundos pareceu-lhes terrivelmente ameaçadora.

— Desejam alguma coisa?

Sem saber de onde vinha a voz, num susto, dispararam os dois de mãos dadas sem olhar para trás. Só pararam de correr quando estavam muito longe, e riram da cara de medo que fizeram.

— Deixa de ser medrosa, não tem nada lá.

— Então por que você correu?

— Porque você correu primeiro!

Para o almoço, escolheram o restaurante depois de ver, pela porta de vidro, um banquete posto sobre a imensa mesa forrada de toalhas brancas bordadas. Sentaram-se, os dois, na melhor das mesas, cada qual de um lado. O prato de entrada foi devorado num piscar de olhos. Nem bem o garçom deu as costas, teve de retornar com o prato principal. Outros aperitivos foram degustados entre uma refeição e outra. O garçom servia tudo admirado do estômago dilatado dos dois adolescentes miúdos. Saíram em marcha lenta, mal podendo falar. Depois de terminada a refeição, ainda conseguiram enfiar uma taça de sorvete coberto de chantilly e morango. No fim da tarde, exaustos, precisavam parar de quando em quando para melhor acomodar as sacolas, repletas de roupas e presentes.

***

A informação era de que a loja teria negociado uma boa quantia de diamantes por vinte mil dólares. Cesar aceitou pagar dez mil antes e dez mil depois de concluído o roubo. Segundo o informante, ex-funcionário da loja, não seria difícil pegar os diamantes. Eles não tiveram tempo de transportar para um local mais seguro e acabaram os mantendo em um cofre dentro da própria loja, escondido embaixo do balcão. Em posse do código do cofre, só faltava pegar a chave que estava sendo guardada na gaveta da mesa do gerente próximo ao cofre. O plano de Cesar era simples. Patrick atingiria o rosto do funcionário com um espargidor e, sem que nenhum outro funcionário percebesse, pularia o balcão, pegaria a chave, abriria o cofre, roubaria os diamantes e fugiria pelo teto, como no caso do shopping.

Havia alguns funcionários, cada um com sua mesa, duas mulheres, um homem e o gerente. Patrick ficou dando voltas em torno da porta, esperando o momento oportuno. Se tivesse de jogar gás no rosto de alguém, que fosse de um homem. Na hora em que o homem terminou de atender um cliente, Patrick caminhou em sua direção. Ao se encostar no balcão, uma senhora de preto veio atendê-lo, deixando-o contrariado. Estava esperando ser atendido pelo homem careca e gordo, sentado, olhando o monitor do computador.

— Posso ajudar? – Ela perguntou.

— É claro – ele disse, desviando o olhar.

— Você procura alguma coisa específica ou não sabe ainda?

— Hum... não sei ainda – respondeu, tossindo.

— É um presente para a namorada, a noiva, uma amiga?

"O gerente saiu. Esta é a hora", Cesar falou, no fone de ouvido. Patrick olhou para a senhora engolindo em seco, segurando o espargidor no bolso. Ela aguardava uma resposta para sua pergunta. Ele apertava o espargidor com as mãos suadas. A mulher tinha idade para ser sua mãe. Ele respirou fundo, tentando criar coragem. "Por que tinha de ser uma mulher!", pensou, aflito.

— Está esperando o quê? – Cesar perguntou, impaciente. A cada vez que olhava para aquela mulher tentando ser prestativa, crescia ainda mais seu desconforto.

— *"Agoooooora!"* – Berrou Cesar. – Contraindo os olhos, Patrick despejou um jato no rosto da mulher, arremessando-a para trás.

— Desculpe, senhora.

— Vai logo, diabo! – Disse Cesar.

Patrick rolou sobre o balcão, pegou a chave na gaveta, foi até o cofre que estava dentro do balcão, ao lado da mesa do gerente, girou o relógio do cofre usando a numeração anotada no braço. Cesar fez questão de que Patrick anotasse no braço, pois sabia que ele não decoraria a senha; não tinha decorado nem a tabuada do dois! O homem que estava mexendo no computador não percebeu nada. Quando estava saindo, a mulher gritou de dor ao tentar abrir os olhos. O homem gordo se assustou, sem entender nada, e Patrick saiu sem correr. Quando os funcionários se deram conta, ele já estava subindo as escadas rumo ao teto da galeria. Os seguranças foram alertados. Quando atingiu o último andar, Patrick percebeu a movimentação no andar de baixo. Seguranças subiam correndo as escadas, esbarrando nas pessoas. No saguão de cima havia três corredores. Um deles dava para a saída de emergência que levaria ao teto.

— Peguem o homem de preto, é o homem-gato – um segurança gritou, e Patrick correu pelo corredor, seguido por três seguranças armados de bastão.

— Qual é o corredor?

— O do meio – Cesar informou.

Patrick correu pelo corredor do meio, seguindo a orientação de Cesar. No fim do corredor havia uma sala de limpeza com um alçapão, por onde ele sairia para o telhado. Antes, teria de passar por um segurança sisudo vestindo terno e gravata. Do jeito que veio correndo, Patrick deu um salto apoiando as mãos nos ombros do segurança, caiu de frente para a sala e desapareceu pelo telhado. Os seguranças se reuniram, tentando entender o ocorrido.

O sentimento de remorso veio o remoendo no mesmo instante em que Patrick colocou a cabeça no travesseiro. A cena da mulher cobrindo o rosto o deixou muito impressionado. A simples lembrança daquele rosto afável o fez acordar à noite inúmeras vezes, com vergonha de si mesmo. Nada havia lhe causado insônia até aquele momento, nem o dia em que brigara com Riana, nem a perda o amigo Fred, e muito menos o dia da morte do pai. Ao contrário, na ocasião dormiu mais que de costume. Talvez tenha sido, até mesmo, uma forma que seu cérebro encontrou para se livrar da realidade. A sensação, nesse momento, não foi como das outras vezes. Ele deu causa a tudo aquilo, sem nenhuma necessidade. Certo de que não dormiria, levantou-se apressado e foi até a casa de Cesar. Queria conversar a respeito dos roubos. Estava decidido a dizer que não faria mais coisas daquele tipo. Chegou à frente ao portão, olhou pelo vão do ferro, não havia nenhuma luz acesa. Olhou no relógio, e já passava das três. Resolveu não chamar. Voltaria no outro dia. Então saiu andando pelas ruas com as mãos metidas no bolso da calça, sem rumo, aturdido e de cabeça baixa. Parou em uma taverna qualquer, pessoas riam, mulheres bêbadas falavam alto. Entrou no bar, pediu uma cerveja, bebeu sem gosto, pagou e foi-se embora. Voltou para casa. Deitou na cama, fechou os olhos e se lembrou, angustiado, da pobre senhora.

Na manhã seguinte, tão logo o dia amanheceu, Cesar se levantou, abrindo as cortinas, caminhou em passos rasos até a cozinha, passou um café de cafeteira, cortou duas tiras de pão sovado, colocou na bandeja de teflon e levou ao fogo para dourá-las. Ao passar da cozinha para a sala, encontrou Patrick largado na poltrona.

— Opa, acordou cedo.

— É, quero falar com você.

— Vai beber o quê? Um café forte saiu agora.

— Pode ser.

— É isso aí, já gastou todo o dinheiro? Eu ainda não fiz o negócio.

— Não é dinheiro. Foi o roubo da galeria. Não gostei do que fiz com a mulher, não vou mais fazer aquilo.

Essa atitude não impressionou Cesar, era algo que ele já previa.

— Não, tudo bem, não vai mais acontecer, vamos agir de outra forma. Mais alguma coisa? – Patrick pensou por um momento.

— Tudo bem. É só isso.

A imagem da mulher o afligiu ainda por algumas semanas. A sensação se fez tão incômoda que teve dor de barriga por mais de um dia. A notícia da ousadia do ladrão que fez tudo aquilo sozinho causou inquietação na delegacia de polícia, ainda mais com o apresentador do canal de televisão da região dando a notícia dos roubos com entusiasmo. Sua alegria aumentava a cada episódio de fuga. Para tanto, convidava ao programa testemunhas que presenciaram a atuação do ladrão misterioso, descrevendo-o como sendo um homem ágil como um gato, vestido de roupa preta. Seu sensacionalismo eufórico causava a ira na equipe encarregada de investigar os crimes.

***

Sobre a mesa do escritório, Cesar organizou pilhas de dólares. Um balde de plástico de lavanderia serviu para colocar gelo e uma garrafa de espumante. O negócio foi lucrativo e, em menos de uma semana, ele já havia despachado as joias. Naquele dia, Cesar estava tão feliz que andou sem a muleta. O peso que carregava como um pêndulo se desfez como numa mágica vinda de um hemisfério desconhecido.

— Vamos comemorar, malandro – dizia ele. – Vamos beber.

Daí em diante, passaram a comemorar em prostíbulos os bem-sucedidos negócios de família. Era assim que ele se referia aos roubos de joias. Na primeira vez que Patrick foi ao cabaré, não se sentiu muito à vontade com aquelas pessoas esquisitas bebendo e rindo, falando alto, gesticulando. Teve vontade de dizer a Cesar que tinha um assunto a tratar e precisava ir embora. Até que Cesar, já alterado, aproximou-se abraçado a uma mulher supermaquiada, de cílios pintados, anéis e pulseiras de ouro, brincos brilhantes em forma de gota, que inclusive se pareciam muito com um dos que ele havia surrupiado havia alguns dias. Ela usava um perfume tão intenso que Patrick chegou a ficar meio zonzo, ainda mais depois de ter bebido tudo o que lhe ofereceram.

— Afilhado, quero que você conheça Leila, uma das maiores personalidades da nossa cidade.

— Oi – disse Patrick.

— Como vai, menino? Seja bem-vindo à minha casa – Leila disse, sorridente.

— Obrigado.

— Leiiiiila – Cesar falou, bem alto – quero que você traga para meu amigo a gata mais gata que tiver no meio das gatas.

— Helena – disse ela. – Chegou ontem à cidade.

— Chame Helena – falou Cesar, com a voz enrolada.

Leila fez um discreto sinal, e logo uma moça surgiu do meio da fumaça. Tinha a pele morena clara, de cabelos ondulados e compridos, com cachinhos nas pontas. Helena postou-se de cotovelos sobre o balcão do bar, ao lado de Patrick.

— E aí – disse ela.

— Tudo bem – ele respondeu, encabulado, admirando o traje da madame.

Ela usava minissaia, miniblusa, tamanco, meia-calça, tudo preto para combinar, não só com a roupa, como também com o contorno sutil e arrojado das pernas, desde o tornozelo até as coxas. A barriga era delicada e lisa. Sutiã não usava, mas não precisava, porque os seios eram firmes nos seus vinte anos. Na parte de trás da cintura havia uma formidável curvatura do alto do zíper até o centro da saia. Sua roupa, apropriada para esse tipo de trabalho, não deixaria de impressionar nenhum filho de Deus. Seus olhos pintados, as sobrancelhas pintadas, o rosto pintado, as bochechas pintadas, os lábios finos pintados, as unhas pintadas, o corpo tatuado. Era uma pintura só. Se não fosse pelo uniforme de prostituta, ela poderia se passar facilmente por garota de família, do tipo que se pode passear de mãos dadas em qualquer lugar, tudo isso sem levantar a menor suspeita de que se tratava de mulher guerreira.

— Tudo muito bem – adiantou-se Cesar, exagerando na cordialidade. – Você é mesmo uma graça, hein! Caramba, parece que meu amigo aqui gostou de você. Ele não tira os olhos. E como eu não sou de cobiçar mulher de amigo meu, vou procurar outra.

Passando o momentâneo estado de cordialidade, Cesar perguntou:

— Mas me diga, quanto é o serviço?

— É oitenta.

— É, mas meu amigo gosta de bater, algum problema?

— Ah, meu bem, para levar porrada não vou não. Não apanhei nem de papai, mas a Renata vai.

— Chame a Renata.

Depois de quinze minutos, chegou Renata, soltando fumaça, dez anos de cabaré, usando um vestido curto grudado ao corpo e coberto por um sobretudo preto.

— E aí? – disse ela.

— Diga-me uma coisa – Cesar indagou –, quanto é o negócio?

— É oitenta.

— Mas eu gosto de bater, algum problema?

— Ah, meu bem, para levar porrada só vou por quinhentos.

— Vai mesmo?

— Ah vou, porque quinhentos é quinhentos.

Entre risos e gargalhadas, Cesar se levantou para abraçar um velho conhecido que ia chegando.

— Afilhado, quero que você conheça meu amigo Bira, meu amigo de copo, meu amigo de cachaça.

Bira era um sujeito de cinquenta e poucos anos, engenheiro aposentado, freguês assíduo dos cabarés. Era o único que gozava do privilégio de fazer um programa fiado. Como Cesar, Bira não se sujeitava ao domínio de nada nem ninguém. A aquela altura da vida, já tinha se livrado da escravidão da coerência, das boas condutas legadas a ele desde o nascimento. Conheceu Cesar por acaso e, em pouco tempo, podia descrever todas as suas atividades sem que Cesar tivesse dito uma só palavra sobre seus assuntos. Não só sabia dos negócios ilegais, como o aprovava em tudo, e estava disposto a ajudá-lo, se fosse necessário. Não por dinheiro, mas, sim, por uma simples questão filosófica de ajudar alguém a corroborar um pouco de algazarra na mente dos doutrinadores invulneráveis por suas próprias leis. O que lhe ocorria, no fundo, era um pouco de inveja, no bom sentido, por Cesar se aventurar na vida. Ambos davam a impressão de total descontração. Juntos, pareciam dois irmãos. Não que se parecessem fisicamente, pelo contrário. Cesar tinha o rosto comprido; Bira, redondo. Cesar era alto e moreno; Bira era baixo e claro, um pouco acinzentado, com cara de boteco. Tratavam-se como se fossem parentes, aparentemente eram quase da mesma idade, e compartilhavam dos mesmos pensamentos e, entre eles, o mais crucial de todos, que nunca deixava de surgir em suas conversas, era o irremediável fato de que da vida não se leva nada para o túmulo. Portanto, guardar dinheiro e fazer fortuna era coisa para os loucos de espírito. Feito Parmênides, o filósofo do ser, e Heráclito, o filósofo do vir a ser, os dois discutiam e discordavam em conflitos de ideias tanto quanto os filósofos deixaram para sempre suas marcas naquelas que ficaram conhecidas como as primeiras discussões acaloradas, como num choque de ideias contrárias. De maneira nenhuma podiam ficar de fora das discussões suas conclusões acerca das entidades eclesiásticas e políticas. Sem separar uma da outra, uma vez que há milhares de anos tanto fariseus quanto saduceus se misturavam aos conflitos de crença tanto quanto se fizesse de sua conveniência, discutindo leis divinas e estatutos da ordem e da boa conduta. Acredite se quiser, em botequim se fala mais em Deus que em certas igrejas, e de graça.

Nesse dia, Bira abraçou Patrick muito embriagado e contando mais uma de suas filosofias.

— Jovem – disse ele – o prostíbulo é a maior universidade do mundo. Nesse estabelecimento você vai ver e ouvir de tudo. São incontáveis os cursos aqui oferecidos. Se quiser discutir Astronomia, vai ter um maluco para te ouvir; se preferir Física, vai ter outro. Em uma única noite você passa por médico, psicólogo, advogado, político, detetive, pastor. Isso aqui é uma das maiores faculdades de infectologias que eu já vi. Você vai aprender fácil o que é gonorreia, estafilococos, grãos aeróbicos, grãos positivos, grãos negativos, bacilo de duplê...

Bira explicava como perdeu parte da visão do olho esquerdo. Quando uma prostituta passara a seu lado, ele passou a mão embaixo da saia dela, coçou o olho, cegou na hora. Ali fora catarata de terceiro grau. Em pouco tempo, Patrick estava totalmente à vontade nos prostíbulos. Quando Cesar não decidia fazer um roteiro pelas ruas da noite, ele mesmo se adiantava. Rodopiavam à deriva, de bar em bar, de boate em boate, gastando e bebendo.

— Dinheiro é assim – Cesar dizia –, ou você gasta com bobagens ou gasta pagando contas e impostos. Por isso eu digo: vamos gastar enquanto a gente pode.

Mas de todos os cabarés, o preferido de Patrick era o cabaré da Leila. Se pudesse, iria todas as noites ver Helena. Por sua vez, Helena podia estar fazendo o que fosse que, quando Patrick chegava, ela largava e ia ter com ele. Já não se tratava mais de uma simples noite, era algo muito maior. Ao lado dele as horas voavam. Tinham, além da química, uma cumplicidade esotérica. Aos meses que se seguiam, Helena lhe oferecia um mundo novo de prazer. Patrick, por outro lado, podia retribuir-lhe dando tudo o que quisesse, muito mais do que jamais imaginou receber de alguém, ainda mais vindo dele, que, além de generoso e cavalheiro, era gastador. E, pelo que parecia, dinheiro não lhe faltava. Muito pelo contrário, sobrava. Até mesmo Cesar, que há muito tempo tinha abandonado a capacidade de amar, ficava admirado do jeito faceiro e dengoso de Helena. Pelas ruas os homens tentavam, em vão, disfarçar as olhadas para o corpo sinuoso da mulher. Seus gestos meticulosamente tramados deixavam qualquer um de queixo caído. Sem nenhum resquício de remorso, ela usava, ainda que inconscientemente, tudo o que a natureza, sem economia, lhe ofereceu.

Cesar os considerava dois animais famintos. Enquanto ele se contentava com uma taça de vinho e alguns aperitivos, os dois, juntos, pareciam dois dragões alucinados devorando tudo pelo caminho, por onde passavam. Não eram de fazer desfeita, comiam de tudo, até mesmo o que não era para se comer. Churrasco e cerveja, salgado, doces, guloseimas, comida japonesa, italiana, mexicana, chinesa. Chocolate ao leite, amargo, meio amargo, recheado, trufado. A comida podia estar quente, fria, mal passada, torrada, não tinha tempo ruim para fazer uma boquinha. Dava vergonha andar junto dos dois. Na feira, degustavam uma fruta em cada barraca, nada passava em branco pelos dois. Se tinha uma coisa que Cesar não compreendia em Patrick, além da indiscutível habilidade de escapar da polícia, era essa fome louca. "Será que eu também era assim quando garoto?", questionou a si mesmo. A ruindade era tanta que não engordavam. Quando se hospedavam em hotéis, os dois esganados comiam tudo o que tinha no frigobar e nas prateleiras. Foi numa dessas que Helena mastigou uma camisinha sabor morango. De carro novo e com muito dinheiro no bolso, os três rodavam a noite inteira, entrando e saindo de danceterias, bares e cassinos, gastando tudo o que podiam.

— Hoje eu vou tomar o vinho mais caro da casa – disse Cesar, sentado na área VIP de uma boate.

— Para quê? É tudo a mesma coisa, só muda o preço – disse Helena.

— A mesma coisa, não – disse Patrick. – Os mais caros são os piores.

— Vocês não sabem de nada. Pobre é assim mesmo, sem estilo, sem elegância, só sabem sonhar.

— Meu sonho é ficar em uma ilha deserta. Vamos para uma qualquer dia desses? – Perguntou Helena, se dirigindo a Patrick.

— Se vocês dois ficarem sozinhos em uma ilha, vão causar um desequilíbrio na cadeia alimentar da selva.

— Você está exagerando – disse Helena.

— Eu estou exagerando? Você comeu uma camisinha porque era de morango, e eu estou exagerando?

— Eu só estava experimentando.

— Ah, sei, você é a primeira mulher que eu vejo trazer uma camisinha na barriga. É o que, um novo método anticoncepcional? Não se preocupe, porque não é pela boca que se engravida.

***

— Vem aqui para o fundo, que eu tenho uma coisa para te mostrar. Segure isso aqui.

— Para que esse monte de tralha? – Perguntou Patrick, vendo uma caixa de vidro e uma marreta apoiada nela.

— Para financiar a mudança na rotina fatigada desse jovem conquistador e suas duas amantes. Vamos largar aquelas lojas sem prosperidade, sem querer cuspir no prato que comemos, é claro, mas a pegada agora é outra. Somos profissionais e, assim sendo, devemos nos dar um pouco mais de valor. Já está mais que na hora de nos nivelarmos aos mestres do crime. Conheci um colecionador, no submundo do crime, que paga uma boa nota por joias de alto valor. Daí que o museu central agrega uma espécie rara de joia de valor inestimável, que poderá fazer de nós pessoas sensivelmente afortunadas de riqueza.

— Que joia é essa e como vamos fazer para pegá-la?

— Um diamante vermelho de cento e vinte quilates. Se conseguirmos vendê-lo por um terço do seu valor, já basta para tirar boas férias viajando e se hospedando nos melhores hotéis do mundo.

— E quanto custa esse diamante?

— Chutando por baixo, eu diria que qualquer coisa em torno de três milhões de dólares.

— É muito dinheiro, não é mesmo?

— Se é. Dá para você gastar à vontade sem pensar em custos. Se bem que com aquelas duas garotas com quem você anda, não vai dar para um mês. - disse Cesar. - Eu já te disse para não se deter em mulher nenhuma. A cobiça te faz perder o juízo e seus lábios de mel te enlouquecem e roubam sua alma. Como a serpente enfeitiça sua presa, a feiticeira, se passando por cordeiro, lança sua magia pelo beijo e pela dança, deixando-o aturdido. E, quando você estiver reduzido a farrapos, ela te enxota para longe. E, uma vez retorcido à miséria, nunca mais você será lembrado. Mesmo aqueles aos quais você deu a mão em memoráveis filantropias se afastarão, afugentados como quem se depara com um leproso saindo da masmorra à procura de esmola. Os olhos são o espelho da alma. A feiticeira rondando a terra, em tempos de Lua cheia, conhece os mistérios da ciência do bem e do mal.

Patrick, sentado num canto, aguardava Cesar proferir seu monólogo discurso de amor quebrantado. Era melhor não interrompê-lo, porque, se desse corda àquela hora, a conversa não acabaria, e ele tinha deixado o carro para lavar porque sairia com Riana à deriva pela cidade, no começo da noite.

— Para que a caixa e o martelão? - Patrick perguntou, no momento em que Cesar fez uma pausa na lúgubre conversa sobre anjos e demônios.

— Não é martelão, é marreta. E a caixa de vidro é blindada, como as que o museu usa para guardar o nosso diamante.

— Eu vou ter de quebrar a caixa com o martelão? Vai ser moleza - Patrick se adiantou.

— Não pense você que é simples assim. Esta caixa é feita de quatro camadas de vidro altamente resistentes, separadas por três materiais sintéticos diferentes. A primeira é de polivinil; a segunda, de poliuretano; e a terceira, de policarbonato. Depois de unidas, elas são levadas para um forno à temperatura de cento e vinte graus, por cerca de sete horas. O material abrasivo usado é capaz de neutralizar qualquer tipo de impacto, atuando como um tipo de amortecedor, deformando a ponta de um projétil, por exemplo. Os fabricantes explicam que elas são capazes de resistir a impactos de mais de uma ou duas toneladas, se os impactos forem intercalados. Temos uma chance. Se você conseguir atingir duzentos e cinquenta quilos em uma marretada, então bastará oito ou nove, no máximo, para arrebentar a caixa.

— Entendi. Agora sai da frente que lá vai...

— Espere aí, não é assim. Até para bater a marreta precisa ter técnica. Eu vi na Internet que um lenhador experiente consegue atingir os 200 quilos com uma marreta de um quilo, no cabo de madeira maciça.

— Quer apostar que eu quebro esse recorde!

— Tomara que quebre mesmo. Só que, para isso, você tem de se apoiar com um pé na frente, o outro mais atrás, a distância do ombro, flexionando os joelhos. Vai, faça aí do jeito que eu estou falando.

— Não preciso dessa frescura toda.

— Vai logo e deixa de ser mané – Patrick se arrumou, impaciente.

— Que mais?

— Agora segure com a mão direita na ponta do cabo e com a esquerda no meio.

— Pronto. E aí, posso bater?

— Agora vem a parte ruim.

— O que agora?

— Você vai ter de usar esta máscara.

— Para quê?

— Quando você der o primeiro golpe, vai ser disparado, automaticamente, um sistema que libera um gás.

— Era só o que faltava.

— Depois, você terá cinco minutos para dar os outros golpes e dar o fora de lá, antes que a polícia chegue. Eu vou cronometrar e, quando eu disser já, você começa.

— Ok.

— E não se esqueça de que tem de acertar bem no meio, porque, se pegar do lado, não produz o mesmo efeito – Cesar explicou, colocando o abafador de ruído. – Vou cronometrar o tempo. Depois da primeira marretada, não pare até estilhaçar o vidro completamente.

— Preparado? Quando eu disser já. Um, dois, três, já.

Patrick ergueu a marreta e bateu com força. Bateu a segunda ainda mais forte, a primeira foi só para aquecer. Na terceira batida, o cabo da marreta trincou de cima a baixo. Os dois correram para olhar a caixa, que permanecia intacta.

— *Que bosta!* – Cesar gritou, indignado. – Aquele maldito me enganou, falou que esse cabo era o melhor, mas ele me paga.

— É, resolve aí, porque agora eu preciso ir – disse Patrick, apressado para sair com a namorada.

— Tá bom. Volte amanhã que eu vou resolver isso ainda hoje.

***

— Está tudo certo – disse Cesar, entregando uma foto do diamante. – Arrumei um jeito de desligar o sistema de alarme principal. Você vai entrar sem problemas.

— Então é só colocar o detonador no teto, fazer um buraco e entrar pelo telhado – disse Patrick, confirmando o plano.

— Exatamente.

— E a patrulha? Você falou da patrulha externa.

— Não é párea para você. São homens comuns tentando ganhar seu dinheiro honestamente para levar o pão para casa. — Não tem como dar errado. Vamos conseguir.

— Obrigado pelo "vamos", mas quem vai entrar lá sou eu.

— Alguém tem de fazer o serviço sujo, e alguém tem de fazer o burocrático. Você é o cara certo, na hora certa. Nasceu e foi treinado para isso. Eu sei, sempre soube, desde a primeira vez que te vi entrar com a cara assustada pela porta da loja. Lembra?

— Lembro.

— E mesmo que você queira parar agora, eu ficarei grato eternamente. Só você pode fazer esse serviço. Você é superior a tudo, não é como muitos que recebem honras e glórias sentados atrás da mesa, fingindo ser o que nunca serão. Você é extraordinário, não se pode deixar um dom desse na obscuridade, o mundo tem de contemplar Sua Majestade, o Rei dos Gatos – completou seu discurso, observando se suas palavras tinham surtido efeito.

Patrick não se sentia nada corajoso, não nesse momento de planejamento do crime perfeito. Não se tratava de uma simples joalheria com aberturas para todo lado. Aquilo era completamente diferente de tudo o que tinha visto até então.

— Comigo aconteceu a mesma coisa, só que de modo um pouco diferente, é claro. Eu nunca cheguei perto de ser como você. Quando eu tinha a sua idade e estava começando nesse ramo de negócio, comecei a ter essas experiências, embora de outra forma, mas no fundo eu sei como se sente. Pode deixar na minha mão, que você não se arrependerá. Não devemos fugir do nosso destino. Quem desiste de fazer aquilo para o que foi criado já está derrotado – continuou Cesar, agora num tom mais brando, para relaxar, percebendo a tensão nos olhos de Patrick. – Olhe em torno de si. Você sabe o que as pessoas são capazes de fazer para ganhar dinheiro? O que fazemos é completamente diferente. Não arriscamos a vida de ninguém, não temos de fazer média, nem devemos nada a vigarista nenhum. Somos autônomos. Vamos ganhar dinheiro de verdade desta vez. E muito mais: você vai ganhar experiência, além do conhecimento que vai adquirir.

Patrick não estava nem um pouco interessado em conhecimento, não naquele momento. A filosofia de Cesar não o convencia de todo, mas servia como incentivo, fazia com que esquecesse o medo e afastava a ideia do fracasso. E fazer prognósticos dos detalhes do plano era sempre a pior parte. Tudo estava bem enquanto tinha Cesar para cuidar desses detalhes. Com ele no comando, não precisava se preocupar com os detalhes do plano para o roubo. Confiava nas suas estratégias. Cesar era, para ele, o mentor das manobras de invasão e fuga. Cesar teve tempo de sobra para alcançar esse status de perito criminal, ao estudar todos os passos da organização policial. Conhecia perfeitamente cada ponto fraco e a hora certa de atuar. Confiante, Patrick levantou sua taça.

— Viva! – Comemorou ele, mais sorridente do que nunca.

— Viva! Wohuuuuu!

***

Flocos de neve brilhavam ao encontrar as luzes da savana, única fonte de claridade na escuridão da noite. Um vulto escuro se refugiava da luz, avançando cauteloso como uma sombra solitária. O Negro Gato atingiu o interior da sala do museu saltando pelo teto. Caiu sem fazer barulho, mesmo não havendo necessidade de tal cautela. Cesar cuidara de desligar o sistema que disparava o alarme de intrusão. Até aí estava fácil. O difícil estava por vir.

A joia em exposição, um raríssimo diamante vermelho de seis centímetros, escavado nas trincheiras de Cabo Frio, no sul da África. Era mantido dentro de uma caixa de vidro temperado da mais alta tecnologia de blindagem, capaz de resistir a brocas de aço de alta pressão, temperaturas acima de duzentos graus Celsius, impactos de uma tonelada. Não havia cadeado. Seu sistema de tranca por controle remoto só poderia ser desbloqueado com a autorização da central de segurança do museu, e, ainda, um código emitido pela empresa responsável pelo transporte. Dentro do museu, uma equipe de três guardas se revezava nas rondas e o monitoramento com câmeras, sem, contudo, adentrar a sala em que as joias eram mantidas. Ela possuía como fonte de acesso apenas uma porta de ferro, com um vidro blindado recortado na porta na altura dos olhos. Os seguranças observavam o interior da sala com o auxílio de uma lanterna.

Patrick andou pela sala e não demorou muito para identificar a mais bonita das joias. Contemplou por um instante sua rara beleza. Era algo que ele realmente nunca havia visto antes. Seu brilho intenso e cativante fez lágrimas encherem os seus olhos. Passado o momento hipnótico, Patrick sacou da mochila uma marreta e dois canos de aço que Cesar encomendou na serralheria. Primeiro encaixou um cabo no outro e, por último, a marreta. Depois do incidente com o cabo de madeira, Cesar preferiu não correr o risco de quebrar bem na hora que precisasse.

Patrick prendeu a respiração, colocando a máscara com cuidado. As joias pertenciam a colecionadores, por isso, ficavam nessa sala separada, bem no centro do saguão do museu. Pelo lado de fora da sala, um guarda descansava na poltrona, depois de ter cumprido sua ronda. Com a cabeça apoiada na mão, ele se equilibrava para não cair de lado no banco.

Segurando o cabo da marreta, uma mão na ponta e a outra mais à frente, Patrick se preparou para golpear a caixa blindada, afixada à mesa de ferro fundido. Respirou fundo, se concentrando. Teria de bater com toda a força para atingir o impacto de, pelo menos, duzentos e cinquenta quilos. Na caixa blindada que servira de cobaia, foram necessários sete golpes, três com o primeiro cabo, que se partiu e quatro golpes com o novo cabo de aço.

Patrick levou a marreta até a caixa para medir a distância, mirou bem no centro, levantou a marreta o máximo que pôde. Olhou de relance para o guarda do lado de fora, que parecia ainda mais sonolento que antes. Voltou a olhar para a caixa, pondo toda sua raiva no golpe. A primeira marretada seria a mais importante, pois da segunda em diante ficaria mais difícil por conta da nuvem de gás.

Foi tanta a força empregada no golpe, que seus pés se elevaram do chão em quase um palmo. Papéis se espalharam pela sala com a energia cinética desprendida pela violência do impacto.

O barulho estridente fez o guarda saltar do banco, como se tivesse levado um choque. A sirene soou forte, causando eco pelo salão, as luzes vermelhas girando intermitentes dificultaram a visão. Patrick então deu as outras pancadas. Naquele momento, John Makley, o guarda que vigiava o saguão, recuperou-se do choque inicial e ajustou o rádio para melhorar a transmissão. Ainda assustado, procurava saber de onde vinha o barulho. Depois da segunda pancada foi que percebeu que o barulho vinha da sala. Pelo vidro blindado da porta, ele viu a escura figura de um homem socando a caixa com uma grande marreta.

— O que está acontecendo aí? – Perguntou o guarda do monitoramento, pelo radiotransmissor.

— O Negro Gato! O gato negro está quebrando tudo, lá dentro – Makley berrou no rádio, de frente para a porta, olhando pelo vidro blindado.

— Mantenha sua posição, o reforço está a caminho.

— Que sejam rápidos! – Ele gritou.

O forte estrondo das pancadas pareciam badaladas de sinos, fazendo o chão tremer sob os pés do guarda, que, ainda mais apavorado, corria pelos corredores de um lado ao outro.

— É o gato negro, eu sei – ele balbuciava. A fumaça começou a se espalhar pela sala, dificultando a visão; as luzes vermelhas giravam ao som da sirene.

— E aí, como está indo? – Cesar chamou, no fone.

— Já dei sete pancadas e, até agora, nada – Patrick batia sem ver direito onde estava batendo.

— Bata mais forte. Não é homem, não?

— Esta caixa é mais dura que a sua – respondeu ele, se preparando para mais um golpe.

— Eu comprei de um camelô amigo meu. Não reclama, não, porque me custou duzentos dólares.

A sétima marretada veio com a força de um canhão. A marreta pegou de lado, a mesa veio abaixo com tudo, a caixa caiu, batendo no chão. Ele correu para pegá-la, e ela ainda estava inteira. Perdido no meio da bagunça, ele posicionou a caixa chutando os papéis de lado. Pegou a marreta, ergueu na direção da caixa. O tempo estava se esgotando. Foi aí que se deu conta que a marreta havia saltado para fora do cabo.

— Agora ferrou de vez – ele disse, roçando os dedos na ponta do cabo.

— O que aconteceu aí, conseguiu? Que barulho foi esse?

Inconformado com a própria sorte, Patrick sacudiu a caixa e o diamante rolou por dentro. De repente, ele parou um instante, imóvel. "Como você é tapado, Petrus!" Uma voz conhecida pareceu falar ao seu ouvido. Perplexo com a própria ignorância, fez menção de rir, mas não riu. Não havia tempo para isso. O som alto da sirene o fez se mover. Pegou a mochila apressado e enfiou a caixa em seu interior. Ela entrou apertada, o zíper não queria fechar. Ele fez força e, por fim, fechou, espremida.

— O que está acontecendo aí, por que está demorando tanto?

— Não esquenta, estou com o diamante.

Cesar saltou da poltrona erguendo as mãos para o céu.

— Que bênção! Até que enfim o Senhor olhou por nós. Deus ajuda tanta gente imprestável, por que não me ajudaria também?

Uma forte luz iluminava o telhado por onde Patrick saiu. Um helicóptero pairava sobre sua cabeça. As viaturas, pouco a pouco, iam chegando. Homens vasculhavam os arredores, à procura do ladrão de joias. O local estava cercado.

— Ali embaixo! – Gritou um homem no helicóptero.

Pedaços de telha se espatifavam enquanto o atirador disparava rajadas de metralhadora. O Negro Gato saltou de qualquer maneira pelos telhados, fugindo dos tiros.

— Não deixem que ele escape!

— Vai dar tudo certo, vamos conseguir, você vai adquirir mais conhecimento – resmungou Patrick, escondido dentro de uma garagem.

— Dá o fora daí, que esse pessoal não parece ser da polícia – disse Cesar.

— O que acha que estou tentando fazer?

— Ele não está aqui, vasculhem tudo! – Afirmou um homem de terno e gravata, com uma metralhadora debaixo do braço.

— Não esquenta, a gente segue o rastro dele – disse outro.

***

— É, as coisas esquentaram por lá – disse Cesar, ao ver Patrick pular o muro e aproximar-se de si.

— Hoje eles não estavam para brincadeira.

— Mas isso não é atitude de polícia. Acho que sei quem são.

— E quem são aqueles caras?

— São homens contratados para proteger objetos de colecionadores. Não são de brincadeira e fazem o serviço a todo custo. – Cesar disse, e começou a rir ao ver Patrick tirar a caixa da mochila. Nossa, o que é isso? Você trouxe o diamante com caixa e tudo...

— É, tive de improvisar.

— Você é mole, mesmo! Se eu tivesse metade da sua força... — Cesar falou, examinando a caixa rachada em todos os ângulos. As trincas não haviam sido suficientes para conseguir extrair o diamante. — Me dá aqui que eu cuido disso.

Cesar arrumou a caixa sobre o balcão e começou a bater com um martelo. Depois de quinze marteladas, Cesar parecia ter saído de uma briga de gato, e a caixa não sofrera nenhuma alteração visível. Empunhando o martelo com apenas uma mão, Patrick bateu na caixa. Ela estilhaçou, porém os cacos permaneceram grudados no plástico de vinil. Utilizando uma faca de cozinha, Cesar rasgou o plástico, afoito. Terminada a tarefa, ele retirou a joia com cuidado, quase carinhosamente.

— Este pedaço de natureza é rodeado de mistério e luxo. Homens mataram e morreram por paixão a ela. Desejosas, as mulheres foram capazes de realizar atos infames para possuí-la – ele disse, emocionado, admirando o brilho magnífico de cento e vinte faces finamente lapidadas.

— Deixe eu ver. É bonita, mesmo. Riana ia gostar dela.

— Ah é, não brinca. – Você já viu uma dessas antes? – Perguntou Patrick.

— Vi, mas não canso de me maravilhar. Olha só sua pureza, a cor exótica, a limpidez!

— Que barulho foi esse? – Perguntou Patrick, correndo o olhar para a janela, quando seus ouvidos captaram o barulho de um motor.

— O que foi? – Perguntou Cesar.

— Tem um carro preto parando do outro lado da rua – ele disse. – Quatro homens desceram e estão vindo para cá. Você está esperando alguém?

— Não, lógico que não. Será que alguém te seguiu?

— Claro que não. Quem poderia?

— A caixa – disse Cesar – deve ter rastreador. Vamos sair rápido. Pegue a caixa.

Quando o portão automático da garagem se abriu, Patrick pisou fundo no acelerador do carro que Cesar havia preparado para casos como aquele. Os dois fugiram sob uma chuva de balas. Os quatro homens dispararam rajadas de metralhadora. Os tiros estilhaçaram o vidro traseiro.

— *Acelera, maluco!* – Gritou Cesar.

— *Esse carro não é blindado?* – Gritou Patrick.

— Semiblindado – respondeu Cesar.

— Qual é a diferença?

— Gostaria de saber – respondeu Cesar, se arrumando no banco.

Um segundo carro, vindo em alta velocidade, chocou-se contra a traseira deles. Cesar descarregou sua pistola. O carro tomou distância. Patrick raspou a lateral em carros estacionados, na tentativa de fuga.

— Onde você aprendeu a dirigir? Quer matar a gente?

— Não esquenta, está tudo sob controle.

— Não parece!

— Despistamos eles, por enquanto – Cesar disse, quando não viu mais os faróis dos carros. – Pare ali na frente. Eu fico com o diamante. Despiste-os enquanto eu vou para o outro lado. Pegue a caixa e jogue-a em algum lugar.

— Tem certeza?

— Eu ficarei bem. Eles vão atrás de você.

Patrick correu pelas ruas escuras, seguido pelos homens armados. Outros dois, que chegaram no segundo carro, passaram por Cesar correndo. Nem o notaram.

— Ele foi por ali! – Um deles indicou – está com a joia!

Cesar prosseguiu, sorridente, apoiando-se em sua bengala. O diamante estava no bolso da calça, envolto em uma flanela.

— Bando de trouxas. Nunca vão pegá-lo.

***

Os tempos fáceis para Cesar e Patrick terminaram no dia em que puseram as mãos na valiosa pedra. Até o momento, tratavam-se de crimes de competência do Estado. Desse dia em diante, virou caso Federal, e o FBI assumiu o controle das investigações. Quando o roubo do diamante de cento e vinte quilates dominou as manchetes, naquela sexta-feira de manhã, Nelson, o diretor do FBI, ligou para o agente especial J. Roberto. Conversaram pouco e marcaram uma reunião para discutir estratégias para o caso.

O primeiro passo do Departamento Federal foi deslocar uma equipe de dois investigadores para as cidades onde os furtos ocorreram. As polícias locais se mobilizaram para dar suporte e colaborar em todos os sentidos, uma vez que já estavam fartos de ser deixados para trás.

Foram realizadas minuciosas diligências e, após um mês de investigação, o agente Bilmore emitiu um memorando contendo as informações dos modos operantes, do que ele descreveu como "uma quadrilha organizada".

Destacou que se tratava de um grupo formado por, pelo menos, quatro homens altamente treinados, guerrilheiros possivelmente, utilizando-se de sofisticados equipamentos de guerrilha, inclusive roupas especiais de camuflagem capazes de desaparecer no escuro. Foi a primeira vez que o departamento recebeu a notícia de que se tratava de um grupo organizado. Até o momento, tanto a imprensa quanto as testemunhas referiam-se a ele como sendo um homem de extraordinária habilidade, trabalhando sozinho, vestindo roupas escuras, usando algum tipo de máscara para esconder o rosto.

A notícia não foi de todo ruim. Poderia até servir de justificativa pela demora na prisão. Por isso o diretor tratou rapidamente de divulgar na imprensa a informação de que se tratava de uma quadrilha organizada. Eles estudaram cada detalhe dos relatórios, fizeram diagnósticos, cálculos de probabilidade com auxílio de outros setores do governo. O diretor Nelson formou um grupo especial de doze homens para cuidar do que eles chamaram de "quadrilha Negro Gato", e nomeou J. Roberto para liderar a equipe. Muito bem recomendado para liderar o grupo, ele passava dia e noite buscando conhecimento e técnicas especiais que pudessem, de alguma forma, ajudá-los. Para ele, esse caso estava com cara de que daria um imenso trabalho, muito mais do que o diretor parecia querer entender.

Com ajuda de testemunhas, foi emitida uma ordem de prisão contra o Negro Gato. Um retrato falado, com as indicações das características físicas foi feito, com a inscrição "procura-se", em letras amplas e visíveis. Havia um telefone de contato e a recompensa de 10 mil dólares a quem desse pistas verdadeiras.

Patrick riu, quando viu a cara feia do retrato falado do jornal da tarde, aberto na primeira página sobre a escrivaninha da sala de trabalho de Cesar.

— Eu não sou assim!

— Ficou igualzinho – Cesar disse, rindo, enquanto virava hambúrgueres na frigideira.

— Estão dizendo que somos uma quadrilha – disse Patrick.

— E não somos? Você come por três, suas duas namoradas comem por quatro, no total somos uma quadrilha de oito e, se você não tomar cuidado com essas minas aí, esse número pode subir para dez.

Em meio ao calor escaldante daquele verão, os agentes foram chegando de dois em dois ao escritório. Com suas malas e os ternos pendurados no braço, eles foram se acomodando na residência alugada para sediar toda a equipe escolhida. J. Roberto consultou os agentes, e decidiram ficar em uma casa, ainda que a academia do FBI fosse na cidade.

Por volta das 15 horas, o grupo estava completo. Dez homens foram designados para compor o quadro da equipe. Exaustos da viagem e do calor que fazia naquela época do ano, todos pareciam ter saído de uma partida de futebol. Vestidos de terno, chamavam a atenção de quem passasse pelo local. Em menos de uma hora, Cesar já sabia da presença dos agentes e para o que haviam vindo. Não era de se esperar coisa diferente. Haviam vindo para dar apoio aos policiais locais. J. Roberto e os dois primeiros agentes, Bilmore e Edgar, os aguardavam. Reuniram-se em círculo e J. Roberto fez as apresentações, sendo que alguns já haviam trabalhado com ele em outros casos.

Sem perder tempo, ele informou que havia várias denúncias para serem averiguadas, e eles ainda teriam algum tempo para se acomodar e se refazer da viagem. Os outros dois agentes foram na frente para avaliar a veracidade de uma nova denúncia, uma vez que já era a terceira em menos de quinze dias desde que fora divulgado o retrato falado. E, até o momento, nenhuma tinha dado uma boa pista que levasse ao paradeiro do homem tido como gato. Boa parte da população já havia se afeiçoado à sua habilidade em driblar a polícia e aparecer do nada quando ninguém esperava. Não demorou muito até que o agente Bilmore ligasse dizendo que a denúncia possuía as características exigidas para ser levada a sério. Em casos como aqueles, era comum as pessoas se confundirem, e mobilizar toda a equipe nem sempre era uma tarefa fácil de se realizar.

Assim que desligou o telefone, J. Roberto e mais oito dos doze homens entraram correndo nos carros. Só tiveram tempo de pegar os blazers para camuflar as armas debaixo do braço. O carro saiu cantando pneu e, em menos de duas horas, chegaram ao endereço da denúncia.

Um bonito hotel, localizado à Leste do centro da pequena cidade litorânea de Atlantic City, em New Jersey. Lugar preferido de Patrick para se hospedar com Helena nos fins de semana e aproveitar o clima, tomando coquetéis de fruta à beira da enorme piscina com cascata. Cesar apresentou o hotel a Patrick, o proprietário era um conhecido de longa data. O clima quente do verão atraía muitos turistas, vindos de todas as cidades, para curtir o calor e a calmaria das cidades pacatas. Local ideal para se camuflar entre os hóspedes.

Quatro veículos escuros cercaram a entradado hotel. Bilmore e Edgar se juntaram ao esquadrão. Quatro dos agentes tomaram posição nas esquinas, e seis subiram, junto de J. Roberto.

— FBI – ele disse ao balconista, apresentando o distintivo – quero a chave do apartamento 33!

Sem pestanejar, o funcionário da portaria entregou a chave, explicando o melhor caminho pelas escadas de emergência.

— O que faremos? – Perguntou Patrick, quando percebeu os carros parados, olhando da sacada do último dos quatro andares do hotel.

— Eu vou sair e pegar o carro. Se alguém me parar, digo que nunca te vi antes. Já falamos sobre isso! – Disse Helena, pondo a bolsa em torno do pescoço. – Agora você vai ter de se virar para conseguir escapar.

— É, vou ter de esticar as pernas, mas garanto que chego lá no quiosque do calçadão primeiro que você.

— Ah! Quero ver!

— Então está apostado. Quem chegar por último paga o lanche.

Dois agentes acompanharam, com os olhos, o andado matreiro de Helena até entrar no carro esporte, estacionado na rua do hotel, um pouco adiante da entrada de pedestres. Ela usava óculos escuros, um short curto e florido muito bem modelado no seu corpo bronzeado. Na parte de cima, apenas a parte de cima do biquíni, também florido, acomodava outras bonitezas da sua magnífica silhueta. Com destreza em encantar e atrair os olhares dos homens, utilizou-se da cara de madame e um inevitável toque de "periguete". Ela andou bastante à vontade, desceu as escadas da entrada sem levantar nenhuma suspeita, atravessou a rua e saiu com o carro. Por um instante, os dois agentes deixaram de observar se algum homem semelhante ao homem gato tentava fuga. Só quando o carro de Helena fez a curva na esquina é que os homens se deram conta do corre-corre no hotel.

— Vocês viram alguma coisa? – J. Roberto perguntou, quando se reuniram na rua, de frente para a entrada do hotel.

— Não, não vimos nada – eles responderam, ofegantes. – Ele não estava no apartamento? – Perguntou Edgar, para mudar de assunto.

— Estava, mas saiu pouco antes de a gente entrar. Deve estar por aí. Procurem nas ruas próximas. De acordo com o funcionário da recepção, havia uma moça de cabelos negros vestindo um short curto, com ele. Se a encontrarmos, levaremos para ser interrogada. Vamos procurar, começaremos da entrada para fora e faremos uma varredura em todos os cantos. – Os dois agentes se olharam com a cara pálida, arqueando as sobrancelhas, como quem diz: "que vacilada!".

— Quem são esses caras? Não são da polícia – perguntou Helena, sentada na cadeira de balcão do quiosque, onde eles haviam combinado de se encontrar.

— São do FBI. Chegaram à cidade há um mês. Não é nada, logo vão embora.

— E o que vocês fizeram para eles estarem atrás de você? Se são do FBI, não vão desistir tão facilmente.

— Nada, estão me confundindo com o gato negro.

— Então você acha que eu não sei o que você anda aprontando?

— Não esquenta, que eu não posso falar dessas coisas com mulher. Vocês não têm controle da língua e, por isso mesmo, não guardam segredos. E não me enrola, não, porque eu cheguei aqui primeiro e você vai pagar o lanche. No hotel, J. Roberto andava, irritado, à frente dos outros agentes.

— Não podemos chegar assim à porta do local da denúncia, temos de mudar a estratégia. Na verdade, precisamos ter uma estratégia, isso foi um erro de iniciante – desabafou J. Roberto, enquanto os homens ouviam, calados. – Nós o subestimamos, e perdemos uma boa chance. Não devemos achar que os policiais da cidade não o prenderam por pura incompetência. Hoje pudemos sentir na pele o que eles já vinham sentindo. De agora em diante, averiguaremos as denúncias e bolaremos um plano. A situação requer uma boa estratégia. Esqueceremos o incidente de hoje e faremos o melhor daqui em diante. Afinal, somos do FBI e temos um nome a zelar. Conto com os senhores.

— É claro, senhor – o agente Bilmore disse, sério.

Em entrevista ao jornal da região, J. Roberto confirmou os rumores de que o Negro Gato teria escapado mais uma vez. E, mais à vontade, o agente especial pediu aos cidadãos que os ajudassem denunciando o ladrão, caso suspeitassem de alguma coisa. Sobre a especulação de que uma garota fazia parte da quadrilha, ele não deixou claro, mas não negou a presença de uma mulher jovem e bonita no apartamento em que fizeram a batida.

***

— Como escapou com a garota? – Perguntou Cesar, como quem faz uma intimação.

— Foi fácil – respondeu Patrick. – Enquanto dois homens estavam distraídos olhando Helena sair, eu pulei o muro e saí do outro lado.

— Muito boa a ideia de usar a garota. Qualquer homem cai nessa antiga estratégia, só não cai quem não gosta de mulher. Agora temos de tomar mais cuidado. Isso foi alguma denúncia anônima, e não podemos aparecer em qualquer lugar. Eu sei como esses caras são. Não desistem nunca.

— Foi o que Helena disse.

— Ela sabe muito bem.

No dia seguinte, não se sabe como, o jornal divulgou a notícia de mais uma fuga do Negro Gato. Desta vez, os desafortunados não foram os policiais estaduais, mas sim o Departamento de Investigação Federal.

As mirabolantes fugas do Negro Gato caíram no gosto do público. A cada episódio, jornais e revistas destacavam as notícias com caricaturas engraçadas das perseguições. Um programa de televisão extremamente sensacionalista batizou o episódio de "gato e rato".

Todos os dias, novas denúncias chegavam ao escritório, a atendente as anotava e repassava a J. Roberto, que fazia uma primeira seleção e mandava uma dupla averiguar. Na maioria das vezes, os agentes voltavam irritados, informando que nenhum dos homens investigados correspondia à descrição do homem gato. Qualquer característica que não indicasse um rapaz entre vinte e trinta anos, um metro e oitenta de altura, porte físico médio, branco e de cabelos negros, era imediatamente deixada de lado para arquivo.

Durante a semana inteira, J. Roberto trabalhou até tarde, avaliando os relatórios da polícia, tentando entender onde eles haviam errado. Em sua carreira no departamento nunca havia recebido uma tarefa tão complicada e notória aos olhos públicos. A missão de capturar o Negro Gato se tornou um assunto internacional. Até o presidente se pronunciou em rede nacional, afirmando que se empenharia, ao máximo, em capturá-lo o quanto antes.

Bebericando coquetéis e comendo frutos do mar, os ladrões passavam dia e noite em hospedarias. Deitando-se em toalhas postas nas areias quentes, Patrick e Helena se acomodavam debaixo de guarda-sóis, mastigando o que serviam os garçons dos melhores hotéis à beira-mar. Se perguntassem o que deveriam servir, o primeiro pedido que vinha à mente de Patrick era lagosta assada, seu prato preferido, e pudim de leite, sua sobremesa predileta.

Aproveitando o clima quente e o bolso cheio, Patrick rodava pela cidade com cara de dono, como se fosse um príncipe. Ora andava com seu carro novo, de modo mais elegante, ao lado de Riana, apreciando a boa culinária dos restaurantes mais requintados; ora visitando teatros e museus de arte, aprendendo, com ela, a sutileza dos trabalhos artísticos, o encantamento e a magia das artes plásticas em seus detalhes mais profundos. De livraria gostava pouco e, enquanto Riana se perdia entre os corredores de prateleiras à procura de seus autores preferidos, ele se entretinha com máquinas de games.

Com Helena, se divertia comprando roupas e tudo o mais que ela desejasse. À noite saíam de bar em bar, em casas de games, em pistas de dança. Voltavam tarde da noite, espalhando o som da risada pelos corredores dos hotéis.

Três semanas após o incidente no hotel em que quase haviam sido capturados, os agentes voltaram a vigiá-los, desta vez em outro hotel, em Virgínia

Beach. Não havia casas próximas entre si, no local, nem hotéis ou estabelecimentos que pudessem servir de posto de observação. O cenário compreendia apenas antigas casas térreas, muito bem separadas por imensos jardins, que dividiam as propriedades. Estacionados nas esquinas, ao longo da costa do mar, os agentes fizeram rodízio em turnos para observar o local de dentro dos automóveis. Os carros equipados de vidros escuros e ar-condicionado serviam de posto de observação. Fora o melhor que conseguiram.

Outra equipe vigiava a loja de Cesar. Até o momento, ninguém podia afirmar que ele tinha algum envolvimento com o Negro Gato, mas, por precaução, os homens do FBI o mantinham sob constante vigilância. A primeira providência de J. Roberto fora monitorar possíveis negociantes de joias, e Cesar, apesar de esquecido e aparentemente inativo, nunca poderia deixar de ser observado.

Patrick e Riana permaneceram na cama até tarde, na segunda-feira. Tomaram café servido no quarto ainda deitados. Era quase meio dia quando o telefone celular de Patrick tocou. Era Cesar. Ainda na cama, ele atendeu, despreocupado.

— E aí, vagabundo, onde você está? – Perguntou Cesar, irritado, quando Patrick atendeu o celular.

— Quem está falando?

— Sou eu, quem você acha?

— Mudou o número?

— Claro, o FBI está na minha cola. O que você está fazendo?

— Eu estou de boa. Aqui não vi nada.

— Lógico que não, você acha que eles vão cometer o mesmo erro de chegar pela frente? Olha pela janela, como quem não quer nada, e veja se tem algum carro estacionado, com as placas DFI 6084, DGI 8084 ou FUR 6987.

— Espera aí, fala a primeira placa de novo.

— DFI 6084 é um GM preto.

— Espera aí, que tem um carro na frente, mas acho que dá para ver as letras. Eu estou vendo só as letras, parece que é isso mesmo. Como me acharam aqui?

— Isso não importa, agora. Cadê a garota?

— Está no banho.

— Desta vez não vai dar para usá-la. Eu vi no jornal, passaram até a descrição da roupa.

— Mas eu estou com a Riana.

— Ah é, então ninguém sabe dela. Mesmo assim, vou arrumar uma distração para o FBI. Pode falar para ela descer.

Quando Riana saiu do banho, Patrick já estava vestido.

— Precisamos ir um pouco mais cedo.

— Mas a gente não ia mais tarde? – Perguntou ela.

— É que houve uma pequena mudança, gatinha, mas não se preocupe que a gente vai para um lugar melhor que este, você vai ver. Pegue o carro e me espere lá na rua. Vá devagar, cuidado com a pintura, pois eu mandei polir ontem.

Os agentes estavam sufocados, mesmo com o ar-condicionado do carro constantemente ligado. Depois de três horas sentado observando o hotel, o agente Raimonde não achava mais uma maneira confortável para se sentar.

— Passou da hora de a gente estourar aquela porta – ele disse, irritado.

— Já vamos, espera só chegar mais um apoio que a gente entra – disse Edgar.

Nesse momento um bêbado, que andava tropeçando na calçada, esbarrou no retrovisor do carro do FBI. Os agentes, indiferentes, nada disseram. O homem, se apoiando na porta, tentava acudir o retrovisor.

— Deixa pra lá, não aconteceu nada – disse Raimonde, abaixando o vidro.

— Meu nome é Bira – disse o bêbado, esticando a mão. Raimonde o cumprimentou, contrariado.

— Eu moro aqui há vinte e cinco anos – continuou Bira.

— Tudo bem, vá embora, que estamos trabalhando.

— Vocês trabalham no quê, são da polícia?

— Vá embora, por favor, pois estamos ocupados.

— Eu sou trabalhador, está aqui minha identidade – insistiu Bira, revirando os bolsos à procura dos documentos.

— Esquece isso, senhor.

Nessa hora, o telefone celular de Bira tocou.

— Alô – Bira atendeu.

— Pode dar o fora, a garota já saiu – disse Cesar.

— Eu preciso ir agora – disse Bira – é minha esposa. Ela não gosta de ficar esperando.

— Graças a Deus – disse Raimonde, aliviado –, ninguém merece.

— Então eu posso ir, estou liberado?

— Só me faltava essa – resmungou Raimonde, quando Bira saiu andando.

O grupo de homens se reuniu no escritório do FBI. Todos se entreolhavam, calados. J. Roberto conferia os relatórios.

— Ela pintou o cabelo de ruivo – afirmou J. Roberto, com as mãos no bolso.

— Não, acho que não, é uma moça bem diferente – respondeu o agente Filipes.

— É outra, com certeza – completou Raimonde. – Dá para ver nitidamente na filmagem do circuito interno do hotel.

— Tudo bem, não importa. Esse não foi o maior problema! Como ele soube que estava sendo vigiado?

— Deve ter desconfiado dos carros – disse Edgar.

— Tudo bem, então, vamos mudar isso, também. Os carros vão ficar bem distantes da próxima vez. E ficaremos de olho em mulheres ruivas e morenas.

— Não só ruiva e morena, como também em loiras e mestiças – observou Filipes.

***

Por volta das dez da manhã de uma segunda-feira ensolarada e quente, Eduardo, o funcionário do Hotel Gates, ligou para o escritório do FBI informando que um jovem em condições muito suspeitas, acompanhado da namorada, havia se hospedado. Segundo ele, as características batiam com a descrição dos jornais. A atendente anotou a informação e disse que seria investigado.

Na manhã do dia seguinte, Eduardo, interessado na recompensa de 10 mil dólares, voltou a ligar, confirmando a denúncia com ainda mais firmeza, dizendo que o hóspede saíra junto da moça à tarde, e voltou depois das duas da madrugada. A secretária, que até então não tinha dado crédito à denúncia, achou melhor passar ao chefe, dada a insistência do informante.

Às cinco da tarde, J. Roberto montou um esquadrão com pelo menos nove homens e os dividiu em quatro carros. Dirigiram-se para o local. Quatro agentes que averiguavam denúncias nas proximidades foram chamados para se juntarem ao grupo. Dois deles já tinham seguido na frente, como de praxe, para confirmar a informação. Os seis agentes confirmaram a suspeita, discutiram a possibilidade de fazer a batida, e por fim decidiram aguardar apoio para adentrar o hotel. Desta vez não se precipitaram, e acharam melhor cercar o local. Todos já havia sentido na pele a decepção de deixá-lo escapar, e já estava na hora de agir como profissionais. O tempo dos heróis tinha passado havia muito tempo, e, a essa altura do jogo, todos tinham deixado a vaidade de lado e se conscientizado do que realmente importava. Independentemente de quem o capturasse, o mais importante seria se verem livres para sempre desse carma encravado na rotina fadigada do departamento.

Um carro com dois agentes parou na esquina, a dois quarteirões do prédio de quatro andares. Outro carro parou do outro lado, no sentido oposto, também a dois quarteirões. Os outros quatro carros pararam no quarteirão do hotel, cada um em uma rua. Um instante depois, o carro preto de J. Roberto parou junto à calçada, atrás de outro carro dos agentes vigiando.

Seis agentes desceram a pé, todos usando paletós e gravatas, as armas nas axilas. Entraram no hotel, e o gerente, previamente alertado, os encaminhou ao quarto 27. Com a chave reserva, o agente Filipes girou o trinco, tentando fazer o mínimo de ruído possível. Quando se certificou de que a porta estava aberta, posicionou-se de lado fazendo sinal de positivo. Dois homens vigiavam o corredor impedindo que alguém saísse ou entrasse, enquanto os outros quatro se preparavam para entrar. De armas em punho, os agentes esperavam J. Roberto dar o sinal para invadirem o quarto.

Convencidos de que todos estavam preparados, embora apreensivos, J. Roberto começou a contagem regressiva. Levantou o primeiro dedo. Entrariam quando levantasse o terceiro. Levantou o segundo, os agentes controlavam a respiração, não sabiam o que os esperava. Os jornais diziam que se tratava de um supervilão, um mutante, um extraterrestre, um vampiro, um endemoniado. J. Roberto notou o nervosismo em seus semblantes. Pelo lado de fora, os outros agentes olhavam de minuto em minuto no relógio. Cada momento de espera aumentava a aflição, e eles davam goles em latas de refrigerantes. Fazia muito calor, a camisa por baixo do terno, grudada de suor, pinicava. J. Roberto interrompeu a contagem no momento em que ouviram um barulho vindo de dentro do apartamento.

— É agora – murmurou J. Roberto abrindo rapidamente a porta, que ficou presa pela corrente do lado de dentro. Sem perder tempo, arrebentaram a trava com chutes e pontapés. No improviso, cada um seguiu para um cômodo. A essa altura o plano já havia sido esquecido.

— Ele não está aqui!

Da janela da cozinha, Patrick se esticou até o friso lateral, de modo que saltou com força, atingindo o telhado. A essa altura, já havia adquirido consistência em seus atos e suas habilidades estavam completas. Não fora por acaso que tinha escolhido aquele hotel. Sempre que se hospedava, fazia uma prévia vistoria de todas as rotas de fuga, caso precisasse. Os homens do FBI já haviam discutido suas estratégias e, ainda assim, incorreram no mesmo erro.

***

No escritório, o diretor Nelson lia as manchetes com ar de reprovação. "Ele brinca com a gente tanto quanto uma criança brinca com seus homenzinhos de brinquedo", ele escreveu em uma mensagem de e-mail enviada para J. Roberto. Esse inevitável capítulo da história do FBI entraria para sempre no rol dos acontecimentos tenebrosos que mais tarde todos gostariam de esquecer, como se faz depois de ler a última página de um livro dramático em que não se espera outra coisa a não ser seu fim tão almejado.

A caçada ao Negro Gato se transformara em episódio de um seriado real. Jornalistas e repórteres estavam prontos para dar cobertura a qualquer hora que fosse necessário. Em um telefonema que J. Roberto fez a Nelson, naquela noite, ele deixou claro que nenhum dos doze homens, incluindo ele mesmo, tinha competência ou treinamento específico para a dura tarefa de capturar o maior escalador de telhados do mundo. E as chances de ter sucesso perseguindo-o pelos becos onde se metia eram mínimas, para não dizer inexistentes. E informou, com toda a segurança, que precisariam mudar radicalmente as estratégias, porque não tinham chances contra as habilidades de fuga do Negro Gato. Contou, também, que suspeitava da participação de Cesar, uma vez que um homem não poderia bolar todas as transações sozinho.

Pouco a pouco, esse passou a ser considerado, por Nelson, o caso mais importante sob sua responsabilidade em sua carreira de diretor do FBI. Cercado de ataques por todos os lados, ele tinha de lidar com pressões políticas e tensões internas. A imprensa estava cada vez mais disposta a fazer comentários exaltando a habilidade do fugitivo e, com a mesma motivação, menosprezava a competência de Nelson, pondo em dúvida sua capacidade de comandar o FBI.

A pressão das manchetes forçou Nelson a agir. Mais oito homens foram direcionados para se unir ao grupo de J. Roberto na caçada. Nelson montou um verdadeiro esquadrão com homens preparados para enfrentar as dificuldades com as quais lidariam na hora em que se deparassem com o Negro Gato. O treinamento incluía escalar muros e telhados, de noite e de dia, de arma na mão, atirando em alvos de papel com a silhueta do Negro Gato. Estava clara a sua intenção de pegá-lo a todo custo.

Sentados nas mesas conversando, outros deitados, os agentes aguardavam novas informações. Pistas novas, na maioria inúteis, chegavam o tempo todo. J. Roberto lia impaciente a pilha de papéis que, aos montes, estava provocando um acúmulo de pastas com assuntos pendentes e, a cada dia, elas pareciam mais e mais evasivas.

Os homens do FBI se reuniram na sala, em torno da televisão, quando o agente Edgar aumentou o som no último volume.

— Aí, galera – falou o apresentador rechonchudo ao microfone. – O maior cantor pop rock da América. Luã Palmeiras, cantando seu mais novo sucesso "o Negro Gato"! – Ele chamou, eufórico, o cantor cabeludo, que veio correndo, todo de preto, com óculos de Sol.

MIAAAAAAAAAUUUUU!

Eu sou um Negro Gato de arrepiar

E essa minha vida

É mesmo de amargar

Só mesmo de um telhado

Aos outros desacato

Eu sou um Negro Gato!

Eu sou um Negro Gato!

Sete vidas tenho para viver

Sete chances tenho para vencer

Mas se não comer

Acabo num buraco

Eu sou um Negro Gato!

Eu sou um Negro Gato!...

Auuuuuuuuuuuu!

Oh! Oh! Oh!

MIAU! MIAU!

Edgar correu para desligar a televisão.

— Não quero ouvir mais nada – disse.

Os outros agentes esbravejavam, indignados.

— Que porcaria é essa? – Disse Edgar, furioso – Era só o que faltava, chegamos mesmo ao fundo do poço. Quando vamos prender esse cantor de merda?

— Se ele está fazendo sucesso, é porque tem gente que curte – comentou o agente Filipes.

O grupo de homens do FBI, composto de oito integrantes, chegou por volta das três da tarde. Sisudos, eles entraram na sede carregando suas malas. Todos tiveram treinamentos especiais e receberam a incumbência de pôr fim, a qualquer custo, a essa história. O diretor Nelson viria pessoalmente, naquela tarde, para verificar o andamento da missão.

— Agora pegaremos as informações que temos e partiremos do início – disse o diretor, de pé no meio da sala, quando reuniu toda a equipe. – Não adianta nada dar atenção a lendas, tampouco menosprezar a capacidade dos dois. Para mim, está evidente que individualmente são melhores que qualquer um de nós. Juntos, então, estão anos-luz à nossa frente. Então sejamos humildes em reconhecer nossos erros, nossas limitações. Só assim, sendo profissionais, teremos alguma chance. Do contrário, esqueçam; vamos correr atrás desse cara o resto da vida e cada dia que passa fica mais feio para a gente e para todo o departamento. Isso nunca aconteceu antes, não dessa forma. Nem em 1933, quando o FBI estava começando e os agentes, na maioria advogados, mal sabiam empunhar uma arma. E tinham de lidar com perigosos gângsteres, Al Capone, os irmãos Barker, vocês conhecem a história, é a mais contada na academia.

***

A denúncia partiu de um casal que passava férias no hotel, viu a reportagem da semana e desconfiou da moça atraente, já que o próprio agente J. Roberto declarara, em entrevista, que o Negro Gato poderia ser visto acompanhado de uma mulher com aquela aparência. A vigilância foi redobrada depois que o agente Edgar reconheceu a moça, observando de binóculo do prédio logo à frente.

— Você tem certeza de que é ela? – A secretária do escritório perguntou, ao telefone.

— Absoluta – ele respondeu de supetão, depois voltou atrás para não dar bandeira de que a tinha visto naquele dia da primeira batida que fizeram em Atlantic City, em que ele e Raimonde ficaram perplexos com a beleza da moça e nem perceberam que haviam sido distraídos de propósito. – Tenho todas as evidências para dar suporte à minha suspeita – ele emendou.

— Espere na linha. O chefe quer falar com você.

— Alô. Agente Edgar?

— Alô, chefe, sou eu.

— Então, é ela mesmo? – Perguntou J. Roberto.

— Olha, chefe, está parecendo. Só não posso dizer que é cem por cento, mas uns noventa por cento dá para arriscar. Ela possui todas as características da descrição.

— E o homem?

— Ele se parece muito com o rapaz da foto. Ontem nós os seguimos até a praia, e ele ficou fazendo malabarismo na barra fixa, plantando bananeira. Se não for atleta olímpico, é o Negro Gato.

J. Roberto apostou na confirmação de Edgar e pediu à secretária para reunir o grupo. Ele mesmo pegou o telefone e começou a ligar para todos. As equipes estavam dispersas, averiguando pistas pelas cidades ao Leste da Virgínia, por onde ele teria sido visto. Mais tarde, descobririam que Cesar passava o dia contratando pessoas, na maioria dependentes de drogas, para espalhar pistas e denúncias falsas. J. Roberto, eufórico, solicitou apoio aéreo e informou o diretor da suspeita. A sua convicção foi tanta na ligação que fez ao diretor, que ele mesmo se prontificou a pegar um voo urgente para chegar a tempo de apoiar na batida. De dois em dois, os homens foram chegando e se acomodando em cadeiras e nos sofás espalhados pela enorme sala da sede. Demorou quase duas horas para reunir todo o grupo, e apenas quatro agentes que mantinham o hotel em vigilância não apareceram.

Motivado, J. Roberto puxou uma lousa e começou a traçar o plano de invasão, fazendo rabiscos com uma caneta atômica. O plano foi traçado de improviso por J. Roberto, com o apoio dos homens da equipe, fazendo considerações e opinando a melhor maneira de realizar o cerco. A noite estava escura, com neblina. Os homens tomaram todas as precauções que o tempo e as falhas haviam lhes ensinado.

O grupo se juntou atrás do prédio em que faziam a vigilância. Não faltou ninguém. Um dos homens desceu, trouxe a notícia de que ele e a garota ainda estavam no apartamento. J. Roberto dividiu as equipes. O diretor acompanhou calado, ouvindo com atenção. Todos checaram as armas. Estavam prontos, decididos. Agiriam em grupo, desta vez. Ninguém queria meter os pés pelas mãos, não na frente do diretor. O helicóptero, pousado a duas quadras de distância, aguardava instruções de voo. Antes de dar seu aval para a invasão, J. Roberto fez a última checagem, conferindo se estava tudo nos conformes.

***

— O que aconteceu? – Perguntou Cesar.

— Levaram Helena. Preciso dar um jeito de tirar ela de lá – disse Patrick.

— Quando foi isso?

— Agora há pouco me cercaram no hotel.

— O que foi no ombro? Te acertaram?

— Não é nada, estou bem.

— Quantos agentes estavam lá?

— Não sei. Eram muitos, uns vinte ou trinta.

— Não podemos fazer nada, agora. Vamos esperar para ver como ela se sai. Agora temos de esperar a poeira baixar, e você precisa ver esse braço, isso pode infeccionar.

Os dois viajaram de carro, seguindo pela estrada. Cesar conhecia um bom lugar para se abrigar até que encontrassem algum médico. Enquanto Cesar dirigia, Patrick ia comendo frutas e comida que compravam em barracas pelo caminho.

Chegaram a Toledo tarde da noite. Cesar dirigiu por mais de quarenta minutos em estrada de terra até chegar a um rancho no lago. O lugar ficava mais longe do que Patrick imaginava. Hospedaram-se na casa de veraneio e, pela manhã, Cesar foi procurar um médico para olhar o ferimento.

Patrick ainda dormia na hora em que Cesar chegou, acompanhado do médico, um senhor branco e grisalho de olhos avermelhados. Trouxe notícias de Helena: ela tinha sido liberada no mesmo dia. Patrick insistiu que estava bem, enquanto o médico que Cesar trouxera da cidade retirava as ataduras.

— Não é grave – disse o homem, apertando com o dedo o ombro ferido. – Já está cicatrizando – disse ele. – Faz quantos dias que se lesionou? Três, quatro?

— É, isso aí – disse Cesar, para cortar o assunto.

— Fique tranquilo, vai ficar bem – ele disse, tirando os óculos. – Se quiser, pode tomar um analgésico.

***

Helena foi levada a um escritório, e a colocaram em uma sala onde havia apenas uma mesa, duas cadeiras e uma garrafa de água. Tudo foi rapidamente arrumado de improviso para o interrogatório daquela que supostamente era a namorada do Negro Gato. Enquanto os agentes federais conversavam, em torno da sala em que Helena estivera mantida, J. Roberto puxou uma cadeira e se sentou de frente para a moça. Impressionado com a intrigante beleza daquela fascinante mulher, J. Roberto desviou o olhar, procurando reler as anotações dos relatórios para se lembrar das perguntas que deveria fazer. Por um instante, sua memória parecia ter sido desconfigurada.

Os olhos semicerrados de Helena deixavam clara sua indignação por estar sendo acusada de fazer parte de uma quadrilha. Quando chegou ao escritório, a secretária a levou ao banheiro, ela lavou o rosto e prendeu os cabelos ondulados. Não se podia dizer se ela ficava mais atraente com ou sem maquiagem. Os sinais e traços de sua delicada pele apareceram mais vivos, depois de retirada a maquiagem, favorecendo uma expressão mais simples e séria.

"O que levaria uma mulher com tanta beleza a se envolver com ladrões?" –, perguntavam-se os agentes, enquanto aguardavam do lado de fora da sala. "Seria a vida agitada? Seria talvez a ostentação de desafiar o perigo, as leis, até mesmo para mostrar algum tipo de repugnância pelo modo como a sociedade trata as causas de moral e bons costumes?"

Helena morava com os pais em Cincinnati, onde crescera e aprendera o ofício de jardinagem. Viviam da venda de flores do velho sítio deixado pelo avô. Quando a crise atingiu o mercado de flores, eles não tiveram mais como investir ou manter o negócio. Helena se mudara para a cidade depois de aceitar o convite para fazer parte de um site de acompanhantes. A princípio, rendeu algum dinheiro, depois vieram os problemas. Um cliente apaixonado fez uma tremenda confusão, e ela resolveu abandonar tudo e se mudar para Virgínia. Sem ter o que fazer, passou a frequentar a boate da Leila e, já no segundo dia, conheceu Patrick.

— Você o conhece de onde? – Perguntou J. Roberto.

— Por aí – ela respondeu.

— Por aí, onde? Você deve ser mais específica.

— Não sei, por aí, em qualquer lugar onde me contratam.

— Então você confirma que é mesmo prostituta?

Ela ficou calada. Quando ele viu a expressão de reprovação no rosto da moça, Roberto gaguejou.

— Você é garota de programa?

— Acompanhante – ela respondeu serenamente, tentando não passar o que sentia em seu íntimo: a angústia de ter se deixado levar por essa profissão, cheia de enganosas promessas de um futuro melhor e que ela não sentia nem um pouco de orgulho em revelar, mas não seria na frente de um estranho que ela iria demonstrar seu arrependimento e dor.

— E quem a contrata?

— Não sei. Só me passam o endereço, mais nada.

— Tudo bem – ele disse –, eu sei como essas coisas funcionam. Mas você não vai querer me dizer que não sabe quem ele é...

— O que me importa é o que me pagam. O resto não é comigo.

— Está certo, tudo bem, entendi. Você poderia contribuir de alguma forma? Fornecendo um nome, um endereço, alguma coisa que vier à mente, um retrato falado melhor, uma foto que seja...

— Eu posso desenhar, sou boa nisso.

J. Roberto rapidamente passou a prancheta com uma folha em branco e uma caneta. Helena passou, então, a desenhar. J. Roberto se levantou, tomou um pouco de água, andou pela sala. De cabeça baixa, ela desenhava, distraída, balançando a perna cruzada sobre a outra e, com esse movimento, a saia subiu e ela continuava em sua maneira elegante de se portar. J. Roberto olhou para as suas coxas por diversas vezes, e ela nem se deu conta. Contrariado, ele procurou um ponto fixo na parede da sala para olhar, assim se distrairia. Não queria que ela pensasse que ele fosse aproveitador.

— Pronto – ela disse.

J. Roberto se sentou, curioso e olhou para o desenho aturdido. Ela havia desenhado um gato de botas sobre um telhado.

— Você acha que isso tudo aqui é uma brincadeira? – Ele perguntou, sério.

— Como posso entregar o meu melhor cliente? – Ela perguntou, abrindo um sorriso encantador de menina-mulher.

Seus alvos dentes entre os lábios finos amoleceram a cara de bravo de J. Roberto. Ele coçou a cabeça, olhando para o chão, pondo a mão na boca para esconder o sorriso que não conseguiu segurar. Quando se refez, olhou para a mulher, emudecido. Ela estava empinada na cadeira, ainda de pernas cruzadas, olhando de lado, como se questionasse sua seriedade. As mãos repousadas nos joelhos, o rosto viçoso e o permanente sorriso cordial, calmo, envolvente, covardemente arquitetado. Os cabelos caídos se encontravam com o filete da marca do biquíni, até repousarem no decote da miniblusa de renda leve, solta, livre de sutiã.

— Você é muito sério, devia brincar mais um pouco – ela disse, se levantando.

Ele também se levantou. Helena se aproximou, pendeu os cabelos para o lado.

— Você pode desfazer essa cara de bravo – ela repetiu, soltando um pouco a gravata da camisa.

J. Roberto fez menção de se afastar, mas ela o segurou pela gravata.

— Está fugindo de quê?

J. Roberto ainda comentou sobre os incidentes, com ar de magoado. Helena desdenhou os questionamentos fazendo cara de santa.

— Você vem sempre aqui? – Ela perguntou, com um sorriso nos lábios.

Ele, sentindo a respiração dela de perto, assentiu com a cabeça.

— E você pode vir mais vezes – ele disse, pigarreando encabulado, olhando seus lábios levemente avermelhados.

— Se você me pedir, eu venho.

— Está feito o convite.

— Então eu posso ir embora, agora?

— Estou pensando se você merece.

— Ah, deixa vai – ela disse, com os braços em torno do pescoço dele. – Seja um bom menino pelo menos uma vez na vida.

— E você não está sendo uma boa menina – ele falou, olhando para o vão da cortina da janela.

— Prometo ser – ela disse, encostando os lábios nos dele. – Você tem meu número.

Depois de algum tempo pensando, ele disse:

— Tudo bem, pode ir, vamos ficar de olho.

— Eu sei – ela disse, e se foi, no seu gingado simpático e sereno.

— Que bandida! – Ele murmurou, depois que a porta se fechou e ela saiu acompanhada por dois agentes fazendo gracejos.

— Já vai? – Perguntou o agente Edgar.

— Ah, vou, mas qualquer dia desses eu volto para visitar vocês, rapazes.

— Pode voltar a hora que quiser.

***

Enquanto ouvia o rádio tocar sua música, Patrick ria sem parar. Naquele dia estava estranhamente contente. Cesar, por outro lado, lia os jornais pensativo.

— Parece que aumentaram para quinze mil dólares a recompensa para quem te entregar.

— Meu preço está subindo, estou ficando famoso. E por você, Duque, quanto estão pagando? – Patrick brincou com Cesar, chamando-o para dançar a música feita em sua homenagem. – Você não gostou da música?

— Você que se cuide, porque tem muita gente de olho no dinheiro – Cesar teve de falar aos berros, por causa do som alto.

— Você está nervoso porque não estão oferecendo recompensa para te prender.

— Eu não. Não sou besta. Esse negócio de ladrão ser famoso nunca acabou bem. Pode considerar essa uma regra básica. Para se dar bem, o anonimato é a melhor alternativa. Todos os que fizeram diferente e entraram nessa lista de espetaculosos se deram mal.

A emboscada do fim de semana convenceu Cesar de que não havia mais lugar seguro onde se esconder. Nem mesmo em albergues clandestinos, que sempre haviam servido de esconderijo para fugitivos. Com o aumento da recompensa para quinze mil dólares, qualquer um podia querer botar as mãos na grana. A primavera já havia chegado, e o tempo permanecia quente. Pela janela da sala, dava para ver barcos flutuando no lago.

— Podemos andar de barco – dizia Patrick, ensaiando alguns passos no meio da sala, olhando o lago pela janela.

Cesar permanecia calado, pensativo. A polícia do país inteiro atrás deles e o outro ali, de pé, ensaiando uma dança, querendo andar de barco.

Durante dias, os agentes vasculharam todos os cantos do território do Negro Gato. Procuraram em hospitais públicos e particulares, curandeiros, pai de santo, albergues, prostíbulos, mas não obtiveram nenhuma pista. Em suas jornadas na selva de pedra, eles descobriam, a cada dia, um mundo camuflado entre pontes e ruas, mendigos e vagabundos, prostitutas e figurões. Entre eles, gente de dinheiro e pessoas conhecidas em lugares de alto nível, mas que procuravam, na calada da noite, diversões de escoteiro da maior idade. Tavernas, bares do subúrbio funcionando a céu aberto, pessoas consumindo drogas de dia e de noite em lugares muito corriqueiros. E estranhos à maioria das pessoas que passam apressadas com seus carros, que nem se dão conta de que ali, tão perto, existem pessoas vivendo uma vida diversa daquela que fora ensinada na escola e pelo convívio em família desde criança.

Todos os dias os agentes voltavam tarde da noite, exaustos. Mesmo com todo o esforço, nenhuma das pistas levara a nada. Entre um desencontro e outro, os homens perderam aquele ânimo inicial, até ficarem totalmente desanimados. Até o fim do verão, os agentes federais tinham realizado inúmeras diligências e exaustivas investigações, porém nenhuma pista que levasse ao paradeiro foi confirmada. A lenda do Negro Gato, habilidoso fugitivo, como descreviam os jornais, crescia a cada dia, mesmo não havendo indícios de que ele teria praticado mais algum furto depois de seis meses do roubo do grande diamante. A maioria dos jornais ainda publicava algum artigo dando notícias das emboscadas realizadas pelo FBI. O jornal da região promoveu uma enquete em que pessoas eram entrevistadas na rua acerca do episódio Negro Gato. A maioria dos entrevistados se dizia a favor do misterioso ladrão disfarçado de homem-gato, que gostava do estilo dele e torcia por ele. Num canto da primeira página, vinha sempre um relato das atividades diárias do departamento de investigação e todas as suas buscas, relatando com esmero e até com certo exagero simples averiguações rotineiras, trazendo as cenas como sendo lugares sinistros e de difícil acesso, tanto para repórteres quanto para os próprios policiais. Dessa forma, faziam o leitor se sentir como se estivesse em uma verdadeira cena de filme de polícia e ladrão.

Os agentes mantiveram o apartamento de Helena sob vigilância vinte e quatro horas por dia. Por onde ela passasse, era observada de longe, com o máximo de cautela. Em quinze dias, o Negro Gato não apareceu, nem fez nenhum contato. Convencidos de que ela não passava de um caso esporádico, o cerco foi abandonado. Foi um erro grotesco. Assim que voltaram para o escritório, Patrick se encontrou com ela. Saíram, os dois, pelas ruas, bebendo e entrando em danceterias à vontade. Passaram por agentes disfarçados sem serem reconhecidos.

Duas semanas já haviam se passado até que Patrick e Cesar reapareceram dando voltas pelas ruas, entre um cruzamento e outro. Pelo caminho por onde andavam todos pareciam potenciais agentes disfarçados, desde o vendedor de sorvete até o senhor da barraca de frutas. As pessoas, conversando na porta das lojas, pareciam olhar de forma estranha para os dois caminhando lado a lado, com o capuz da blusa cobrindo a cabeça e parte do rosto, como se fossem dois peregrinos fugitivos de uma terra distante em que cada um cuida de si mesmo.

— Tome cuidado. Não podemos mais confiar em ninguém, mesmo não sendo da polícia. Qualquer um pode estar trabalhando para eles.

— Não se preocupe. Eu conheço este lugar como a palma da minha mão. Estou em casa.

— Não se esqueça de que os grandes homens caíram justamente em casa, traídos pelos seus e, principalmente, por suas mulheres. Eu já te falei isso, não vou ficar repetindo o que você já sabe.

— Mas comigo ninguém pode, você sabe. Sete vidas eu tenho para viver. Sete chances tenho para vencer – ele cantarolou, sorridente.

— Eu sei, e é de se admirar não o terem pegado ainda, mesmo com toda a operação que empreenderam. Nunca vi nada parecido antes, e sei que não vão desistir. Não vão porque não podem. Estão todos sob constante pressão, seus cargos e sua reputação estão em jogo. Estão se mobilizando cada vez mais. Não sei o que estão tramando, se vão chamar o exército ou reunir todos os policiais do mundo. E, quanto a nós, o cerco está cada vez mais estreito, aqui não tem mais lugar para nos escondermos. Precisamos dar o fora daqui. Eles são muitos, mesmo para você, e vão se multiplicar cada vez mais. Somos só nós dois. Você pode escapar de quinze ou vinte homens, mas não pode escapar de quarenta, cinquenta ou mil. Embora tenha a força de um touro e a agilidade de um gato, não deixa de ser um homem. Se você quiser ficar, aí é com você, mas eu não posso me esconder feito um gato, por isso vou embora agora mesmo. Não quero voltar para aquelas celas fedidas. Vou achar um lugar onde possa terminar minha trajetória como um rei, ao Sol, cercado de lindas garotas, feito o rei Salomão, o mais sábio de todos os reis. Quanto a você, não cabe a mim decidir, mas não precisa ser profeta para adivinhar o futuro. Você é o melhor que eu já vi, parece coisa de cinema. Se eu não tivesse visto com meus próprios olhos, não acreditaria, diria que a televisão exagera, como pensa a maioria. Nem a polícia entende o que acontece, eles pensam que cometeram erros e, por isso, não te pegaram. Agora eu preciso ver umas pessoas. Mais tarde a gente se encontra.

***

O agente Filipes viu quando o casal saiu do bar andando pela calçada e, achando algo de suspeito, saiu do carro e começou a segui-los. Às onze da noite ainda havia muita gente andando pela rua, e ele caminhou lentamente, se camuflando entre as pessoas.

O homem era um jovem de cabelos negros e a mulher, uma garota branca, também de cabelos negros, aparentando ter vinte e poucos anos. Andavam à vontade, trançando as pernas, aparentemente bêbados, rindo e falando alto, soltando fumaça de uma cigarrilha de canela.

O apoio chegou rápido, pararam o carro a cem metros do local. A rua era contramão de onde eles chegaram e tiveram de descer a pé. Filipes seguia a pouco mais de vinte metros, e, a cada vez que olhava para eles, suas suspeitas aumentavam. As características batiam de várias maneiras. A moça, principalmente, chamava a atenção em todos os sentidos. A calça de cintura baixa grudada ao corpo deixava vislumbrar suas formas, realçadas pela miniblusa, destacando seu busto arredondado e a cintura fina. Os cabelos soltos, presos por uma presilha na parte de cima da cabeça, só para enfeitar. Mesmo bêbada e tropeçando, não perdeu a classe. Essa era Helena, sem dúvida. Não havia duas iguais no mundo. Bilmore, que tinha entrado em uma lanchonete para comprar uma bebida, seguia um pouco mais atrás. Chegando ao cruzamento, Filipes foi até o meio-fio, olhando em todas as direções. O casal havia desaparecido. Bilmore chegou em seguida.

— E aí – disse ele –, cadê o cara?

— Não estou achando. Não é possível, estavam aqui agora mesmo. Vamos ver os bares. – Os outros dois desceram a rua, de olho nos carros estacionados. Não viram nada.

Vagando pelas ruas, dormindo e se acomodando entre os hotéis e boates, eles iam levando a vida. Já passava de um mês desde a última emboscada do FBI, e Cesar sabia que era apenas uma questão de tempo até que tentassem capturá-los novamente.

Para Patrick, tudo seguia às mil maravilhas. Satisfeito, ele precisava apenas organizar e distribuir seu tempo entre Riana e Helena. Esse passou a ser seu entretenimento. Uma vez ao mês, visitava sua mãe, Clarice, na casa de repouso e recuperação patrocinada pela igreja. Ela mal o reconhecia, o chamava por outros nomes. Sentados em cadeiras debaixo do Sol, no jardim, ela perguntava coisas da vida, das namoradas, do emprego, da convivência social, dos amigos, de Fred. Patrick nunca mencionou a morte do gato. Foi esse o tempo em que eles mais se aproximaram, mesmo diante do monossilábico diálogo. Na saída, Patrick sempre deixava boas doações.

Cesar, preocupado, observava seus passos, sabia o quanto ele era despojado e tinha certeza de que as mudanças teriam de partir dele, porque, se fosse esperar por Patrick, estaria perdido. Todos os dias, Cesar maquinava um jeito de enganar o FBI. Contratava casais para tirar a atenção dos agentes. Jovens sempre estavam dispostos a se hospedar em bons hotéis e ainda ganhar um dinheiro extra. Os casais contratados se hospedavam normalmente e Cesar fazia a denúncia, sempre com muita ênfase no porte físico do rapaz e na beleza da mulher. Os agentes passavam longas horas em vigilância, até confrontar as informações e abandonar a pista, resmungando, dizendo que a pessoa que denunciou devia comprar óculos.

Riana não era dada a passeios noturnos, pelo menos não durante a madrugada. Depois da meia-noite, o sono batia forte e ela queria ir embora de qualquer jeito. No trajeto até sua casa, ela ia arqueando as sobrancelhas para não dormir na rua. Naquela noite, porém, tudo seria diferente. Depois de se despedir de Patrick, ela dirigiu com o carro até sua casa. Patrick estava bêbado, e ela não quis deixar que ele a levasse embora. No trajeto, foi fechada por três carros. Homens desceram, a tiraram do carro, a puseram no banco de trás de um dos carros e saíram apressados. Ela perguntou o que era, achou que fosse um roubo com sequestro. Ninguém disse nada. Colocaram-na na mesma sala em que anteriormente haviam posto Helena. O agente Raimonde fez perguntas, mas ela não entendia nada.

— Desde quando você sai com ele? – Perguntou o agente.

— O quê? – Ela perguntou – Com quem?

— Com o Negro Gato, eu já disse.

— Eu não conheço nenhum Negro Gato. De quem você está falado, do homem da televisão, o ladrão de diamante?

— É, e não se faça de desentendida, pois nós temos filmagens suas com ele em um hotel.

Na sala ao lado, Edgar, ainda acordado, examinava a filmagem com os olhos cansados. O agente Raimonde tentava confrontar a imagem da tela com a garota sentada na cadeira, com os cotovelos sobre a mesa, segurando a cabeça para não dormir. Por várias vezes, ele andou pela sala, entre a janela e o monitor do computador.

— Acho que não é a mesma garota. Essa aí é mais nova que aquela da filmagem – disse Edgar.

— É ela, sim. São iguais – afirmava Raimonde.

Quando os agentes entraram na sala, Riana estava debruçada sobre a mesa, com o rosto apoiado na dobra do cotovelo.

— Acorde-a, e vamos levá-la de volta. Diremos que foi um pequeno equívoco – cochichou Edgar.

Pouco depois das três da madrugada, o agente Edgar entrou com o carro na garagem. Riana agradeceu o favor, pois, na condição em que estava, não se atreveria a tentar uma manobra dessas. Os dois agentes ainda esperaram até que ela achasse a chave da porta dentro da bolsa.

— Nossa, que sono é esse? – Perguntou Edgar, quando saíram com o carro. – Nem se preocupe, quando ela acordar vai achar que foi um sonho.

Riana entrou em casa, foi até o quarto, tirou os tamancos, deitou-se de roupa e tudo e enfiou os pés embaixo da coberta. Depois de meia hora já deitada, puxou a coberta sobre o corpo em um gesto inconsciente.

Tão logo acordou, Riana foi procurar Patrick. Já beirava meio-dia, e ela não sabia por onde começar. Nos últimos meses, ele não tinha mais um paradeiro certo. O jeito seria procurar na rua, entre os comércios e bares e em quadras de skate. Também não se achava à vontade para sair perguntando em qualquer lugar. Não então, depois do que descobrira. O jeito foi tentar achá-lo na sorte. Cansada de rodar, ela parou para fazer um almoço em um restaurante em que eles costumavam ir juntos. Ela, particularmente, não gostava da comida, mas Patrick gostava. O almoço foi demorado e improdutivo. Ele não apareceu, nem deu notícia. Na porta da casa de games, Riana teve a impressão de que ele havia sumido do país. Não o encontrou em nenhum dos três lugares de sua preferência. Irritada, Riana voltou para o carro e, quando deu a partida, Patrick entrou no carro carregando um embrulho, a cara amarela e as orelhas prontas para ouvir enormes discursos. Mas, em vez disso, ela falou pouco e com firmeza.

— O que você pensa da vida? – Perguntou ela. – Isso é muito sério, envolveu até os federais.

Patrick não disse nada. Não sabia o que dizer, não houve tempo suficiente para bolar uma desculpa. Deu de ombros, apenas, como sinal de arrependimento.

— O que faremos agora?

— Por enquanto, esperaremos. E aí, já chegou o resultado da sua tentativa de entrar para a faculdade? – Ele perguntou, mudando de assunto, como sempre fazia nessas horas de aperto.

— Sim. Vou estudar na universidade pública de Athens... E vai adiantar esperar? – Ela perguntou, retornando ao assunto da polícia.

— Vamos ver... E vai estudar o quê?

— Medicina Veterinária. Eles estão em toda a parte de Ohio, da Virgínia.

— Vai cuidar de cachorro?

— De vários animais.

— Fred precisava de um veterinário – ele disse, em voz baixa, parando de falar para pensar no bom amigo. – Eu trouxe uma coisa para você! Um presente – ele falou, aumentando, entusiasmado, o tom de voz.

Riana, que estava amolecida de sono, despertou curiosa.

— É o quê?

— Um rádio antigo, uma relíquia.

— Nossa que legal, é de madeira mesmo – ela disse, abrindo o embrulho.

— É da década de 30.

— Obrigada. Gostei. Dá um beijo.

Pareceu-lhe que Riana aceitou até com certa naturalidade. Imaginava receber uma bronca muito maior. Aquela mocinha com ar de senhora não cansava de surpreendê-lo.

***

A euforia foi geral no escritório do FBI. Edgar arrumou um informante viciado em cocaína que disse conhecer o Negro Gato, e que teria visto ele de volta à cidade. Os homens checaram as armas, enquanto se preparavam para averiguar a informação. Segundo o informante, o ladrão de joias estaria rondando os subúrbios de carro. A informação com as características do carro foi anotada e, antes que saíssem, foram alertados para pedir reforços, caso se deparassem com ele. Ele já tinha escapado sozinho de toda a equipe junta. Não havia por que se arriscar sozinhos. Os repórteres da cidade montaram equipes de plantão e rodavam pelas ruas, atrás de informações dos agentes da polícia. Ficaram sabendo da informação de que o Negro Gato estava pela área por intermédio do mesmo informante de Edgar. Assim que fez contato com os agentes, ele ligou para a imprensa para tentar levar alguma vantagem. Percebendo a movimentação das equipes de reportagem, Cesar instruiu Patrick a trocar de carro.

Naquela mesma tarde, ele saiu da agência dirigindo um elegante sedã azul metálico. Completamente à vontade, de óculos escuros, bermuda e chinelo, ele vagou pelas ruas do distrito, tomadas por agentes e repórteres. Cesar, alertado de que tinham sido vistos carros dos agentes federais rondando pelos bairros, preparou-se para o pior. Arrumou as malas e contratou um motorista particular. Caso viessem atrás dele ou de Patrick, ele estaria preparado. Patrick podia se virar muito bem, parecia intocável, mesmo que ele não acreditasse que uma pessoa pudesse escapar para sempre. Por duas vezes, os agentes passaram pelo carro novo de Patrick sem desconfiar de nada. Estavam procurando um carro esporte, quando ele já andava com um carro de porte mais executivo.

Depois de rodarem por mais de quatro horas entre as ruas da parte Norte da Virgínia, os homens começaram a ficar impacientes. Seis carros fizeram as rondas no mesmo setor, cruzando-se muitas vezes, e ninguém viu nada. Apenas a imprensa foi localizada nas proximidades, à espreita de uma boa matéria. Na medida em que os agentes ficavam apreensivos, tentando localizar o veículo do Negro Gato, repórteres também aguardavam ansiosos o momento da prisão. Todos queriam ser os primeiros a divulgar o tão aguardado evento.

Patrick ainda enrolou Cesar por mais três semanas, até que ele decidiu ir embora de vez.

– Aqui não fico nem mais um dia. Amanhã cedo estou partindo. Já resolvi tudo o que tinha para resolver com os bons empreendedores, nunca se sabe quando precisaremos deles. Se você se decidir, estarei no segundo posto da estrada velha, aquele que dá acesso à rodovia.

— Qual? Aquele velho, caindo aos pedaços?

— Esse mesmo. É tão ruim que nem a polícia aparece por lá. Por isso gosto dele.

— Eu preciso resolver algumas coisas, antes.

— Você está falando das garotas, para se despedir?

— Sim, claro!

— E de que adianta?

— Não sei, só quero me despedir.

— Eu não gosto de despedidas. Se eu fosse você, ia embora sem falar nada.

— Não posso fazer isso. Tenho de falar com elas.

— Tudo bem, então. Quando estiver pronto, me avise. Tome cuidado, estão de olho nelas. – Ainda temos algum tempo, vamos comer alguma coisa, estou com fome.

Calados, os dois homens caminharam juntos pelas praças e ruas, solitários em seus pensamentos, fazendo sombra na escuridão da noite. Um seria a sombra do outro, mesmo no escuro. As noites tomaram um novo rumo, nem mesmo em boates estavam seguros; homens disfarçados rondavam todas elas dia e noite. Chegaram a uma viela em que havia um pequeno bar conhecido por poucos, não havia fachada, nem nenhum aviso que o identificasse. Patrick foi se sentar em uma mesa num canto escuro. Cesar encostou-se no balcão e fez o pedido de sempre: carne assada e cerveja. O atendente, homem grisalho sem expressão, deu uma rápida olhada e consentiu com a cabeça. Naquela noite, os dois fariam uma última refeição juntos na cidade natal de Patrick. O bar escolhido não fazia a melhor porção de carne da região, mas, àquela altura, não podiam dispor de luxo. A refeição dessa noite foi mais silenciosa do que de costume. Cesar, muito mais acostumado a ter de se mudar de vez em quando, por conta do seu serviço, ainda tagarelou alguma coisa sobre a perspectiva de realizar um desejo antigo de morar em uma casa de praia.

— Você sabia que teria de fugir um dia?

— Sim, e sinto muito por não ter te contado. Você entende, a vida tem dessas coisas.

— Estou entendendo. Os dois fizeram uma pausa longa. - Quero que ela venha comigo – insistiu Patrick, com ar inibido. Cesar não sabia se ria da ignorância ou da inocência.

— Você insiste nessa garota, está doido! Como você vai fugir do FBI carregando uma menina dessas?

— Sei lá, vi num filme que o cara fugia e levava a namorada.

— Ah, e você acha que está num filme e que é tudo mil maravilhas. Já imaginou fugir por todos os cantos do mundo, isso não é coisa para qualquer um, não.

— Ela é mais esperta que nós.

— Disso eu não tenho duvida. Você acha que ela merece essa vida louca?

Patrick odiava ter de ouvir aquele sermão, mas sabia, no fundo, que era verdade. Comeram e beberam, saíram sem se despedir. Não havia necessidade. Estavam certos de que se encontrariam em breve, em qualquer boate da cidade por onde seguissem. Daquele dia em diante, se encontrariam casualmente em boates, muito discretamente, sem nenhum aviso prévio. Para um bom jogador, a paciência é a melhor das estratégias. No caminho de volta, Patrick andou cabisbaixo, procurando uma solução para seus problemas. Talvez tropeçasse e encontrasse alguma ideia no fundo de algum poço ainda mais profundo do que o em que estava enfiado.

***

— Eu sabia que aconteceria isso um dia! – Exclamou Riana.

Patrick permaneceu calado. Não duvidou de suas palavras, afinal, ela parecia mesmo adivinhar o futuro.

— Conte-me o que pretende fazer – pediu ela.

Patrick contou o que acontecera sem rodeios, ainda que contra a sua vontade. Claro que certos detalhes não precisavam ser mencionados. Ela ouviu calada.

— Para onde vai? – Perguntou ela, com a voz trêmula.

— Não sei, ainda.

— Vai ficar quanto tempo? – Lágrimas começaram a encher seus olhos.

— Tudo depende – ele respondeu, engasgado, com os olhos cheios de água, abraçando Riana com força, friccionando seu corpo energicamente como se fosse o último abraço de amor da vida. E era, de fato, o último abraço entre eles e, também, o último amor daquela idade. Amor de verdade, simples, espontâneo, sem preconceitos, sem ódio.

— Cuide-se – ela disse, enxugando as lágrimas com as costas da mão.

— Você também, e pode ficar com o carro. Ficou melhor com você do que comigo.

— Não vai levá-lo?

— Não.

— Vou guardá-lo para quando você voltar, seja lá quando for.

— Até – ele disse baixinho, sem querer soltar suas mãos e sem entender o que as palavras dela significavam ao certo, se era uma promessa de que ela o esperaria, ou se disse isso acreditando que não passaria de algumas poucas semanas até que tudo estivesse bem.

O rapaz foi até seu quarto e colocou, apressado, algumas roupas na mochila. Quando já ia saindo, notou que no fundo do guarda-roupa estava Reginaldo, sua velha mochila verde sapo, aquela que o acompanhara por diversas aventuras e, então, estava toda amarrotada num canto. Ele a puxou, sacudindo o pó, e aos poucos ela foi tomando forma e logo as melhores recordações do tempo de menino voltaram, como num filme rodando na sua frente. Sentou-se, eufórico, abrindo todos os zíperes, para ver se havia algo no interior. Ficou curioso ao achar um pequeno cartão de aniversário, presente de Riana. "Já que está fazendo anos, aproveita e cresce um pouco", ele leu, sorrindo. Em seguida, seu coração bateu fraco no peito, ao se imaginar longe e em lugares desconhecidos, sem poder voltar mais, sem poder olhar naqueles olhos convictos por detrás daqueles óculos enormes. Não ouviria mais sua voz aguda e não sentiria mais seu doce perfume de frutas cítricas.

— Um dia volto para te ver – sussurrou, esmagando o cartão com as mãos, desconsiderando completamente as recomendações de Cesar.

Ambos permaneceram calados durante todo o trajeto até o velho posto. Helena parou o carro novo, que Patrick tinha comprado havia pouco menos de um mês, junto à calçada na esquina da praça. Helena puxou o freio de mão, desligou a chave, mas manteve o som ligado em baixo volume. Patrick, com a mochila no colo, permanecia pensativo. Em meio à tristeza que a estava remoendo, Helena se manteve firme, suspirou fundo e perguntou, sem olhar em seus olhos.

— Agora, sem mentira, me diz o que pretende fazer?

— Vou para qualquer lugar, você sabe.

— É, eu sei, mas não volta mais?

— Quem é que sabe?

Patrick, esgotado de tanto pensar, não parava de tentar inventar alguma desculpa que pudesse amenizar a partida, tanto para ele quanto para ela. Helena, impaciente, fez com que Patrick se calasse, primeiro tocando seus lábios com a mão, e depois com a boca.

— E você vai fazer o quê?

— Não sei, ainda.

— Vai voltar para a casa dos pais?

— É, acho que sim. Se eu vender todas as joias que você me deu, dá para abrir uma bela loja de flores.

— É o que você queria, não é?

— É, minha mãe vai ficar muito feliz. – No rádio começou tocar sua música, e, dessa vez, Patrick não riu, ouviu em silêncio.

— É, vou ter de ir, agora. Cesar está esperando.

— Então é assim que tudo acaba – ela disse, depois de um longo e silencioso abraço.

— É o fim de uma bela aventura – ele disse, segurando a mão de Helena, olhando em seus olhos. – Eu gostei muito de conhecer você. Nunca vou te esquecer.

— Se eu pudesse voltar no tempo, faria tudo de novo – ela falou, esboçando um sorriso. Ele riu também, depois tornaram a ficar sérios.

— Patrick – cochichou ela, baixinho, no ouvido –, venha sempre aqui! – Patrick assentiu com a cabeça.

— Vê se se cuida!

— Você também.

— Faço o que com o carro? – Ela perguntou, quando ele já ia atravessando a rua.

— Pode ficar. Você gostou dele, não foi? Agora ele é seu.

Helena permaneceu sentada enquanto Patrick se distanciava pela calçada, rumo à entrada do posto de combustíveis. Antes de entrar pelo portão, ele parou e acenou de longe. Ela acenou levantando a mão, esforçando-se para segurar as lágrimas. Só quando voltou a circular pela cidade, nos mesmos lugares em que os dois tiveram seus melhores momentos, é que as lágrimas começaram a descer dos olhos de Helena.

***

Sentado no banco da lanchonete do posto, de frente para uma xícara de café expresso, Cesar aguardava com certa impaciência.

— O que acha que devemos fazer? – O rapaz perguntou, com interesse, quando sentou ao lado dele.

— Acho que devemos lutar como os guerreiros que somos. É claro que em outro palco, mas eu prefiro a morte a ter de me render. A vida é feita de lutas, como num palco, contracenando com seus estímulos, seus desejos e, se vier a derrota, aprendemos com ela, como agora. O cerco está se apertando, é claro. Fizemos barulho e, agora, é aguentar as consequências ou fugir e procurar outra vida. E você, o que pretende?

— Precisamos fazer isso – disse ele.

E os dois brindaram, mais uma vez, com duas xícaras de café, sem a alegria de costume. Esse brinde não significava a vitória, como em outras ocasiões. Tinha um aspecto de derrota sem perdedores, como se ainda estivessem dispostos a recuperar um título que nunca foi perdido.

Com o pensamento distante, Patrick observava a estrada pela janela, enquanto Cesar dirigia. Essa era a primeira vez que fazia uma viagem sem volta e, para piorar, sem destino, e justo agora que a vida tinha lhe dado tudo com o que sempre sonhara. Ficou feliz em ter pelo menos Cesar a seu lado, alguém com quem podia contar e que fazia todo o resto. Nem precisava estabelecer contato com outros mafiosos envolvidos nas tramas e nos negócios. Foi como se tivessem estabelecido uma aliança.

Angustiado, Patrick afagava a própria face, se lembrando dos beijos de despedida de Riana. Muito embora eles dominassem a maior parte de tudo o que pairava em sua cabeça, os carinhos espontâneos e alegres de Helena também espetavam seu coração, como um espinho encravado, dolorido e sem remédio.

Na primeira noite em que se viu sozinho em um quarto de hotel, Patrick sentiu um vazio por dentro. Todo aquele silêncio era uma nova experiência, às vezes interrompida por hóspedes andando pelo corredor à procura do número de seus quartos. Sentado na beira da cama, ele observava as flores do papel de parede, os móveis e um deslumbrante quadro abstrato posto no alto, sobre a cômoda. À primeira vista, os emaranhados da tela pareciam borrados; em seguida pareceram-lhe incrivelmente sem sentido, e, por fim, se fez opaco, melancólico, detestavelmente indecifrável, como sua vida naquela hora, diferente do que imaginava ser a vida de um ladrão de joias. Irritado, deitou-se olhando para o teto, se ajeitando na cama, incomodado. Já passava das duas horas da madrugada e o sono não vinha. "Mas eu não sou apenas um ladrão de joias", pensou.

— Eu sou o maior de todos, odiado por alguns e amado por muitos – disse, erguendo o corpo e se apoiando no cotovelo, tornando a olhar para o quadro, que já não parecia mais o mesmo.

Naquele momento, ele adquiria outra forma. Novas cores, profundas e sofisticadas, saltavam vivas como se o Sol surgisse, de repente, por detrás daquela magnífica figura indecifrável, cuja descrição mais sucinta seria a de uma mulher vestida de branco andando sobre as nuvens. E o vento atiçando seus cabelos também arremessava o vestido para trás, reluzindo os seus olhos da cor do céu e a suave transparência do véu sobre a pele branca. Sua exaltação cresceu como um trovão. Assim como a figura, sua vida também poderia ser moldada conforme enxergasse: triste ou feliz, ainda que transfigurada, era inteiramente de sua escolha.

Decidiu parar de se esconder. Se sua escolha fora correr riscos, então iria assumi-la. Estava com bastante dinheiro guardado e já havia aprendido que o dinheiro compra tudo, até o amor, e, com ele, ninguém fica sozinho.

O dia seguinte começou nítido, sem nuvens, o Sol não estava forte, nem fraco. Patrick saiu por volta das dez horas, escolheu uma elegante cafeteria onde tomou, à vontade, seu *cappuccino* acompanhado de empadinhas de frango e pão na chapa. Pouco a pouco, começou a andar pelas ruas até mesmo durante o dia, e, devagar, foi se esquecendo das buscas e emboscadas do FBI.

Um mês já havia se passado e Patrick não pensava em outra coisa a não ser voltar para sua cidade e para os braços macios e aconchegantes de Riana. Por ele, já teria voltado fazia tempo, mas Cesar, cauteloso como era, não queria nem ouvir falar no assunto. A dor vazia do estômago ressurgiu subitamente ao pensar no sofrimento dela. O que podia fazer, então? O quê? Nem sequer podia colocar os pés na Virgínia. Poderia ir até lá à noite, pegá-la e fugir para bem longe, onde ninguém o conhecesse. Dinheiro não era problema. Viveriam felizes, teriam uma casa com varanda, um jardim florido, uma cambada de gatos. Por um instante, um sorriso brotou em seus lábios, iluminando sua face, pensando em tal possibilidade. Viajariam juntos pelo mundo, só os dois. Ela sempre teve vontade de fazer pesquisas em florestas como as da África, do Brasil...

O tempo lhe mostraria que a vida toma outros rumos. Os dois nem imaginavam que estavam sendo monitorados pelo FBI. É claro que Cesar nunca abaixou a guarda, estava sempre preparado para fuga. E, no caso de ser preso, havia sempre um plano B. Na ocasião, seu plano seria provar à Justiça que não mantinha nenhum tipo de contato com o ladrão de joias. Para isso, os dois passaram a se utilizar de esquemas de comunicação que não pudessem criar vínculo um com o outro. Depois que foram morar no mesmo hotel, os dois só se comunicavam por códigos e passaram a treinar todos os dias, sem sequer se falar pessoalmente. Às vezes, se viam de longe, sem esboçar nenhuma reação.

A lenda do Negro Gato crescia a cada episódio do fascinante *reality show*, os jornais não só davam as notícias diárias como, também, relatavam informações de aparições do fugitivo por todos os cantos do mundo. Uma parte da sociedade pedia a sua prisão. Por outro lado, muitos torciam por ele, na maioria jovens.

As manchetes descreviam-no passeando pelo centro da cidade, cumprimentando amigos, fazendo compras em lojas conhecidas, indo e vindo muito bem acompanhado de lindas mulheres, morenas, loiras, ruivas. Não tendo mais o que inventar, alegavam tê-lo visto escalando a Torre Eiffel. "O Negro Gato passou o fim de semana no Egito, escalando as pirâmides", escreveu um jornal. "Não, o Negro Gato foi visto no Coliseu de Roma", dizia o outro. O diretor Nelson rebatia as manchetes, dizendo que a imprensa não tinha mais o que dizer, então começou a apelar inventando tudo o que vinha à mente dos colunistas, tratando indiscriminadamente um assunto sério como se fosse uma aventura fantasiosa.

***

Patrick chegou ao telhado pulando pela janela. De lá, arrancou algumas telhas e jogou nos agentes abaixo de si. Sua intenção era fazer bastante barulho para alertar Cesar. Os agentes se protegeram das telhas, se refugiando no estacionamento.

— Vou dar a volta do outro lado – disse Filipes –, vamos cercá-lo. Raimonde, você vem comigo.

Cesar enfiou uma minicâmera por debaixo da porta e viu os dois agentes aguardando no fim do corredor.

— Puta merda, agora ferrou – ele resmungou, voltando para o meio da sala sem saber, ao certo, o que fazer.

Filipes, Raimonde e mais quatro agentes cercaram por um lado; Edgar e outros três cercaram pelo lado oposto. Percebendo a óbvia movimentação dos agentes, Patrick estudou o melhor caminho: seria pelo corredor, onde agentes, funcionários e hóspedes se trombavam indo e vindo no meio da correria. Pulou no meio do corredor, se apoiando entre uma parede e outra, deslizou suave, sem o mínimo de ruído, até atingir o chão. Sem chamar a atenção, ele atravessou correndo e saiu do outro lado, escalando a parede dos fundos, que dava para a rua. Preparou-se para deixar o hotel. Na pressa de fugir, ele se esqueceu de um único detalhe: desta vez não estava só. Cesar o acompanhava e não podia, como ele, sair correndo por aí. Então voltou, nervoso, pulando no meio do corredor, onde tinha visto um dos agentes pela última vez.

— Vocês já desistiram? – Ele chamou.

— Ele está ali! – Gritou um dos agentes.

Mais cinco homens vieram correndo, de armas na mão. A correria foi geral nas dependências do hotel. Os funcionários se viravam como podiam, entrando em qualquer quarto que não estivesse trancado. Das janelas, os hóspedes tentavam ver a confusão. Os outros dois agentes que vigiavam o corredor no qual ficava o quarto em que Cesar estava hospedado também foram ajudar. Era a brecha que Cesar precisava para descer as escadas. Quando os agentes se reuniram, eufóricos, na rua, um deles falou:

— Ele sumiu de novo!

— Não deve estar longe, continuem vasculhando – disse J. Roberto. – E Cesar, ainda está no quarto?

Os dois agentes encarregados de vigiar a porta se olharam. J. Roberto não precisou de uma resposta para entender o ocorrido. Ele precisava de mais uma boa desculpa para convencer o chefe do inexplicável.

***

— Não podemos mais ficar juntos, precisamos nos separar. Daqui para a frente, faremos apenas contatos de primeiro grau – disse Cesar, sentado à mesa no fundo da boate, usando um chapéu e uma blusa de malha comprida erguida até as orelhas, como quem deseja se proteger do frio, mas, na verdade, ele não se sentia mais à vontade nem para deixar as orelhas à mostra.

Patrick apenas ouvia, em um silêncio casual. Sua preocupação era bem outra, diferente da de Cesar. Ele gozava de pleno vigor físico, suficiente até mesmo para disputar as Olimpíadas ou fugir com voracidade pelas muralhas de uma masmorra.

— É assim que as coisas acontecem – disse Cesar, sorrindo. – Está na hora de virar gente grande.

As últimas palavras de Cesar foram, para Patrick, como as palavras de um pai no momento em que o filho abandona o lar para viver sozinho. Cesar sabia que ele ainda não havia aprendido todas as lições e, para assimilar total conhecimento, precisaria ficar sozinho, isolado, enquanto fosse preparado. Combinaram de se comunicar unicamente por meio de celular e, por vezes, de telefone público. A ideia era antiga, por isso mesmo funcionaria. Despediram-se tarde da noite, com um gesto de cabeça.

Todos os dias, os homens do FBI investigavam denúncias em novas cidades, sem resultado. Não satisfeito com os agentes federais espalhados pelo país à procura de pistas que levassem ao paradeiro do Negro Gato, J. Roberto convenceu Nelson a contratar investigadores particulares. A essa altura qualquer ajuda era bem-vinda. Também o chefe do FBI, aos poucos, foi se conformando com os episódios de fuga do Negro Gato e deixou de pôr a culpa nos agentes. Todos sabiam que aquilo não era normal. Havia algo de muito estranho, e eles não tinham culpa. Fizeram tudo o que podiam e, inexplicavelmente, não obtiveram êxito. Um grupo com os melhores agentes do país foi formado, treinado e equipado. Onde houvesse uma pista, eram acionados imediatamente. Profissionais do ramo da espionagem foram contratados. Foi oferecida recompensa a quem o denunciasse, e centenas de ligações foram registradas, mas quase todas não levaram a nada. O próprio Departamento cansou de fazer buscas à toa, e começou a selecionar as denúncias. Milhares de papéis foram empilhados nos arquivos, sem que fossem averiguados.

***

O local era calmo, e não havia muita gente entrando ou saindo. Os agentes montaram turnos de vigilância no prédio de frente. Cansados de esperar, no fim da tarde resolveram checar o apartamento, depois de cercar o prédio por quase vinte horas, sem que ninguém que despertasse suspeita passasse pela portaria. Os quatro agentes, armados de pistolas, foram até a porta do apartamento e bateram. Quando um homem, aparentando mais de trinta anos de idade abriu a porta, as armas foram apontadas e ele recebeu a ordem de pôr as mãos para o alto.

— O que é isso, um assalto? – Ele perguntou, assustado, erguendo as mãos. – Podem levar o que quiserem – o homem continuou falando, ansioso –, o dinheiro está na carteira, dentro do criado-mudo.

Sua esposa, uma mulher baixa e forte, veio correndo apavorada.

— Não se preocupe, querida, são profissionais, só querem o dinheiro. Veja como estão vestidos...

A mulher se adiantou, trazendo a carteira com cerca de quinhentos dólares. Os agentes se entreolharam, sacudindo a cabeça ao guardar as armas. Por essas circunstâncias, as denúncias foram caindo em descrédito e as investigações foram perdendo aquele ímpeto inicial que vinham mostrando os jornais.

***

Enquanto promotores públicos e agentes de polícia trocavam acusações sobre a responsabilidade pelos fracassos nas operações de busca, Cesar e Patrick se preparavam para mais um roubo. Pouco mais de um ano desaparecidos, Cesar encontrou um alvo. O lugar escolhido foi uma pequena joalheria aparentemente sem muita atração. Simples, de móveis velhos, grades de proteção sem alarme, mais parecia um velho armazém falido. A cidade, pouco conhecida, não atraía a atenção de investidores. O dono se chamava Hamilton, homem alto, gordo, barba mal raspada, olhar desconfiado, de pouca conversa. Chegara à cidade havia uma década, e se estabelecera como comerciante de joias sem muita expressão. Cesar o conhecia bem. Tinham sido companheiros de trabalho e, graças à sua delação ao FBI, Cesar desfrutou da estadia de oito anos na penitenciária de Massachusetts. Sua cara redonda e seu olhar pachorrento martelaram a memória de Cesar por longas noites. Chegara a hora de dar o troco. Fora por acaso que Cesar descobriu o paradeiro do seu antigo comparsa, quando negociava a última remessa de joias com um revendedor conhecido daquela época. Ficou sabendo que a loja, propositadamente mal-acabada, tinha esse aspecto para não chamar a atenção da polícia. Mas, em seu interior, havia um cofre em que ele guardava barras em ouro, compradas sob encomenda de um roubo bem-sucedido do First National Bank.

A temperatura estava abaixo de zero grau quando o carro parou na calçada atrás de outro na esquina, a menos de trinta metros da loja de joias de Hamilton. Pouco depois das cinco da tarde, dois homens vestindo sobretudo escuro e chapéu caído para a frente desceram beirando a calçada e olhando para os lados.

— Não vai demorar – o vapor saiu da boca quando Cesar falou. – Eu vou na frente.

— Está fechado! – Hamilton berrou, ao perceber os dois homens entre a porta e o balcão.

— Não vim comprar nada – Cesar respondeu –, vim cobrar uma dívida – De onde estava sentado, no meio do salão, entre o balcão e uma pilha de tralhas, Hamilton franziu os olhos para identificar quem falava.

— Duque, quanto tempo! – Ele disse, se erguendo.

— Afaste-se do balcão – Cesar falou, sério –, apontando sua pistola nove milímetros para o rosto do homem, que levantou as mãos.

— Que é isso! Você sabe que eu não tive escolha – Patrick passou a vasculhar a prateleira, à procura de armas.

— Arrumou um companheiro novo? – Hamilton perguntou, tentando acalmar as coisas.

— Cale essa maldita boca e abra o cofre!

— Que cofre? O que ganho mal dá para pagar as contas.

— Está aqui atrás – o som da voz de Patrick veio da sala dos fundos.

— Vai, anda, e não dê uma de louco que eu te fuzilo, seu filho da puta!

— Não tem nada aí dentro, só uns trocados.

— Abre logo essa porra! – Cesar colocou a mão sobre o ombro de Hamilton quando ouviu o som do trinco se abrindo.

— Pode deixar que eu cuido disso – Patrick se adiantou, virou a alavanca e puxou a porta do cofre.

— Está recheado – ele disse, retirando seis barras de ouro.

— Não tem mais nada? – Cesar insistiu. – Procure com calma, gaste o tempo que quiser, não estamos com pressa.

— Tem mesmo. Olha só! – Escondida atrás de um bloco de papéis estava uma pistola de bolso.

— Você não me passa mais a perna – Cesar disse.

— Podem pegar o que quiser – Hamilton gaguejou. – É tudo seu. Estamos quites.

— É claro que eu vou levar – disse Cesar, virando-se para o antigo parceiro, olhando em seus olhos para ver se encontrava, neles, algo que valesse a pena. Se nos anos que se passaram ele tinha aprendido a ter um mínimo de caráter, uma fagulha de hombridade; se o motivo que o levara a traí-lo justificava sua falha. Mas não. O que viu em seus olhos foi a falta de coragem, a mesquinhez, a mesma cara de sempre, disposta a fazer qualquer trama para tirar alguma vantagem. Cesar disparou três vezes. Os tiros atingiram o peito de Hamilton, que caiu para trás, derrubando as cadeiras. Os dois saíram, apressados, Patrick assumiu o volante. O carro deslizou lentamente pela rua coberta de neve. Quando se distanciaram da cidade. Patrick perguntou:

— Precisava matar o cara?

— Depois de tudo o que eu já fiz não adianta bancar o bonzinho agora – Cesar falou –, e esse traste aí não vai fazer falta nenhuma para a humanidade. Muito pelo contrário, já vai tarde.

***

Patrick acordou cedo, o relógio marcava dez e meia da manhã: para ele ainda era madrugada. Levantou-se, preguiçoso, olhou pela sacada do terceiro andar. Patrick havia encontrado um discreto hotel numa praça no bairro do

Bronx, com sacada que facilitava a fuga pelo teto. Todavia, depois de fazer a reserva, foi se sentar à mesa de um bar, a poucos metros de distância, para se certificar de que não estava sendo seguido. Pediu uma cerveja e observou a entrada do hotel e os carros na rua. Isso havia se transformado num hábito cotidiano. Mas havia anos não precisava fugir ou se esconder. Pela sacada, ele pôde ver, com detalhes, cada pessoa circulando pela calçada. Homens e mulheres indo e vindo, idosos de bengala atravessando a rua, pegando táxi. Distraído, ele permaneceu ali, encostado, olhando absorto a vida cotidiana da qual ele nunca fizera parte.

O som da campainha o despertou da distração, era o seu café. Sentado na cadeira de costas para a parede, ele virou o bule de café na xícara. Depois de comer pães e frutas, deu-se conta de um pequeno papel dobrado, bem no meio da bandeja: "Pegue o metrô sentido centro, desça na estação Parkchester, vá até o banheiro", ele leu. No verso do papel, desenhado à caneta, um pequeno círculo com um "x" no centro, a marca que Cesar usava para provar sua autenticidade.

Patrick se aproximou do banheiro olhando para todos os lados, concentrado, tentando identificar algum sinal de perigo. Não desconfiou do bilhete. Sabia que era de Cesar, tinha a marca e o cheiro dele. Cauteloso, ele foi entrando no seu pisar de gato. Apenas um homem, já de saída, lavava as mãos. Patrick caminhou, vagaroso, reparando em cada detalhe, em cada ruído. O cheiro de amônia subiu azedo. Um celular vibrou em uma das cabines. Ele empurrou a porta, não havia ninguém. O celular continuou vibrando, ele correu os olhos, procurando-o. O som continuou, mais forte, vindo de dentro do recipiente de papel higiênico. Patrick puxou a tampa, o celular pulava lá dentro. Ele atendeu.

— Alô – disse alguém.

— Quem é? – Perguntou Patrick.

— Demorou atender, vagabundo. Não conhece mais a minha voz?

— E aí, beleza, nem reconheci, está com sotaque irlandês.

— É, pode crer.

— Como me achou?

— Foi fácil. Só precisei descobrir que os nossos amigos do FBI, em conjunto com a Interpol, estão te monitorando já faz um tempo. Não se preocupe, vamos dar um jeito neles. Agora você volta, pega o trem, desce na estação Gun Hill, vai pela saída Norte da Rua Bouck, que vai ter um táxi te esperando.

Pouco a pouco, Patrick foi identificando os agentes entre os passageiros da estação. Fazia tanto tempo que não via um deles que, aos poucos, foi deixando de tomar as precauções de praxe. Tendo sido alertado, percebeu com clareza homens o seguindo de longe, vestidos com roupas comuns, comunicando-se disfarçadamente por meio de microfones. Conforme dito, o táxi estava no local combinado, esperando. Patrick sentou no banco de trás e o carro saiu depressa. Rodou por quarenta e cinco minutos e parou em um posto de combustíveis.

— É aqui – disse o motorista. Patrick desceu, tentando identificar alguém.

— Senhor – um rapaz o chamou, acenando sutilmente –, por aqui – ele disse, abrindo a porta de um segundo táxi.

Patrick entrou sem dizer nada, observando o rapaz. Não tinha jeito de malandro. Era moreno, nem parecia americano, latino talvez, possuía até crachá de taxista. O taxista dirigiu por mais de uma hora, ouvindo música. Parecia tranquilo, satisfeito, devia ter sido bem pago para transportá-lo. O carro parou em uma rua movimentada, no centro. O telefone vibrou uma vez. A mensagem dizia: "Suba o viaduto". Patrick subiu, cauteloso, esquadrinhando o local. Muita gente andava de um lado para o outro. No meio do viaduto, ele identificou um homem bem vestido, apoiado com os cotovelos no corrimão, observando os carros passarem lá embaixo. Era Cesar, com certeza. Seu jeito de olhar admirado para qualquer coisa era conhecido de longe. Embora o local escolhido por Cesar estivesse a apenas uma hora de distância do hotel em que Patrick estava hospedado, ambos demoraram mais de duas horas para fazer o percurso, trocando de carros e fazendo baldeação nas estações do metrô. Ainda assim, antes de subir o viaduto, Cesar havia inspecionado, de dentro do carro, todo o ambiente, observando com um binóculo.

— Como está? – Cesar perguntou.

— Bem, e você?

— Bem.

— Como soube que estavam me seguindo?

— Anos de experiência me deixaram algum legado. Você tem sempre de estar a um passo à frente deles. Quando descobrem o modo como agimos, aí é hora de mudar, entende?

— Entendi.

— E não é difícil supor que você se meteria em mais um desses seus romances de contratempo e que, com o tempo, ia acabar se distraindo e se esquecendo de vigiar a porta.

— Eu fui iludido por uma dessas feiticeiras de que você sempre fala, mas já passou. Quanto a isso não se preocupe, estou de boa. E agora, o que vai ser?

— Vamos fazer uma turnê pelo mundo, preciso espairecer um pouco.

— Você está há quase dois anos de férias, e ainda precisa de descanso?

— Eu não sou como você, que fica por aí sem fazer nada. Eu estive trabalhando muito, investindo, e não vou deixar você por aí sozinho para ser preso. Desta vez vamos juntos, como nos bons tempos.

— E toda aquela história de não poder se encontrar porque o FBI pode associar as coisas... – Patrick foi interrompido na sua fala quando o amigo o apertou pelos ombros.

— O que há, somos apenas humanos – ele disse, sorrindo.

— Mas, antes, tenho um serviço para você – disse Cesar, virando-se para descer o viaduto.

— Estou precisando, mesmo. Meu dinheiro está quase acabando – disse Patrick, acompanhando-o de lado.

— Você vai visitar umas freiras.

— O quê? Eu não vou roubar freira, não.

— O que tem? Elas têm um monte de joias guardadas e não podem usar nem um brinco sequer...

— Quando vai ser o serviço?

— Logo. Por que, está com pressa?

— Sim, preciso ver umas coisas.

— Ah é, vai se meter em encrenca. Lembre-se que somos pessoas sérias e disciplinadas.

— Preciso ver Riana, saber como ela está, se já se formou, se está bem. Não sei, talvez tenha até se casado.

— E vai dizer o quê? Oi, tudo bem? Desculpe ter desaparecido, mas sabe como é, sou procurado por todo o país.

— Não sei, não pensei nisso, ainda.

— Muito bem, é para a semana que vem, coisa simples para você, aí vai poder ver a ruivinha. Mas não se esqueça: não somos como todo mundo.

Patrick desceu a rampa o mais rápido que pôde, voltou ao apartamento, pegou as coisas, fechou a conta e se mandou. O FBI ficou tão preocupado em segui-lo que ninguém se lembrou de deixar o hotel sob vigilância.

Capítulo 3

A captura do Negro Gato

À noite, em seu quarto, Myson não conseguia dormir com todos aqueles pensamentos novos pairando em sua cabeça. Já passava das três horas, e sua mente irrequieta não parava de bolar estratégias para lidar com a nova descoberta. Virou-se de um lado para o outro e não conseguia relaxar, pensou em tomar mais um gole de uísque, desistiu, já tinha bebido mais que o suficiente para um dia naquela boate. Cansado de tentar pegar no sono, Myson se sentou à beira da cama, examinando o álbum pela vigésima vez.

— É possível! – Disse ele, quase sorrindo, impressionado, mais até do que Marcus. Sabia melhor do que ninguém que não podia mais deixar aquela história de lado, não agora, depois do que descobrira. "Aquilo tudo era real", pensou ele, "um produto do Pentágono perdido nas ruas. Ele poderia estar na Superequipe."

Ao se reorganizar na cama, pensou na encrenca em que estava se metendo: "Fazer esse trabalho quando estou a quase três anos de pedir aposentadoria! Poderia deixar essas coisas para quem está começando agora, mas, afinal de contas, não seria eu como Dylan, meu pegajoso inimigo, à espera da morte? E depois de aposentado, vou fazer o quê? Pescar, dar milho aos pombos? Ao contrário do que todos pensam, aposentados não gostam muito dessa coisa de dar milho aos pombos. Você quer isso mesmo?", Myson se perguntava e respondia em pensamento. "Eu preciso de emoções fortes, de desafio, chega dessa vida parada em que nada de novo acontece. Olhe o exemplo do seu pai. Ele tem mais coragem do que todos naquele departamento." Myson tentava organizar tudo em sua mente, que não parava de promover perguntas, e concluiu que a primeira coisa a ser feita seria pegar o Negro Gato, depois, conseguir o apoio do secretário e do governo, aí não teria de se preocupar com Dylan, pois ele era quem certamente daria trabalho.

No dia seguinte, Myson foi consultar o chefe da equipe do FBI responsável por investigar o Negro Gato.

— Major Myson em pessoa, quem diria! – Disse o agente especial J. Roberto, chefe do departamento encarregado de conduzir as investigações.

— Sabe como é. Se você quer uma coisa bem-feita, faça você mesmo – respondeu Myson, sorridente.

— Quer dizer, então, que até o Exército está interessado no nosso superfugitivo? É o quê? Assunto de segurança nacional?

— É, o cara dá trabalho, vocês não conseguem pegá-lo, então resolvemos unir nossas forças para ver se acaba essa história.

— Ótimo.

— O que temos aqui?

— Bom, já o estamos monitorando há muito tempo, e sabemos que ele trabalha para um velho conhecido nosso, chamado Cesar.

— Cesar – repetiu Myson.

— É um cara muito esperto, com uma extensa ficha criminal. Suas passagens pelas penitenciárias o tornaram muito experiente. Não deixa rastros; melhor dizendo, ele deixa muitos rastros, todos falsos, e, até descobrir seus jogos, perdemos muito tempo precioso. É um tipo profissional altamente meticuloso. Estivemos perto de pegá-lo, mas ele conseguiu escapar.

— E vocês têm ideia de onde ele pode estar?

— Sim, e, por incrível que pareça, ele está aqui no nosso território, bem debaixo do nosso nariz.

— E por que não o pegaram ainda?

— Porque não juntamos provas suficientes para associar a ligação dos dois e, se prendermos um, o outro desaparece. Precisamos de uma força-tarefa para pegar os dois ao mesmo tempo.

— Então precisam pegar os dois?

— Exatamente. Só que já faz mais de ano que eles não fazem contato pessoalmente.

— E como eles se comunicam?

— Por telefones públicos, e só falam em código. E, diga-se de passagem, os códigos são tão idiotas que nem o melhor decodificador do país conseguiu decifrá-los.

— Eles são os melhores com os quais você topou em seus anos de agente?

— Não, acho que não. Na verdade, eles nem parecem ladrões. São oportunistas, e só agem quando acaba o dinheiro. Fazem um roubo, pegam uma grana e, então, ficam um bom tempo de férias até acabar o dinheiro. Daí eles saem da toca de novo. Nunca se sabe quando vão agir, não existe nenhuma lógica, isso pode variar de seis meses a um ano ou mais, até que surja uma oportunidade. Durante muito tempo, conseguimos rastreá-los. Por onde passavam deixavam seus rastros, todos propositais. Andam de um canto ao outro, sem destino certo. Passaram por vários estados, vários países. Nós os seguimos na Argentina, no Uruguai, no México, na Europa, no Japão, no Oriente Médio.

— Muito bem, eu vou ser direto. Estamos nos conhecendo agora e vou deixar uma coisa bem clara: nosso interesse é capturar o Negro Gato vivo, e não me pergunte por quê – disse Myson.

— Sem problemas, nós ficamos com o outro. Só que capturá-lo vivo vai ser difícil.

— Ele só nos interessa vivo. A propósito, eu preciso falar com você em particular.

— Combinado – disse J. Roberto, apertando a mão de Myson com um sorriso no canto da boca. – Eu conheço um bom lugar.

— Combinado.

Quase cinco anos tinham se passado, e a sala do agente especial J. Roberto, do Departamento de Investigação, denominado Negro Gato, possuía inúmeros equipamentos de última geração, tudo projetado para auxiliar nas buscas. Os casos investigados eram arquivados no armário cinza de metal também padrão. Nada era totalmente descartado, pois, mais tarde, poderia servir de prova. Todos os passos que conseguiram rastrear do Negro Gato estavam destacados no quadro da parede em uma lousa de isopor coberta com um fino tecido de lã verde. As batidas, as emboscadas, as escapadas, fotos. Só não havia uma foto que revelasse o rosto do ladrão em seus mínimos detalhes. J. Roberto estava quase apelando para um centro espírita, já que parecia estar lidando com algum tipo de fantasma.

Myson entrou na loja de conveniência situada do outro lado da rua, de frente para o Pentágono. De olhos cerrados, avistou J. Roberto sentado em uma das pequenas mesas, erguendo uma caneca de chope, ainda que no interior do Pentágono houvesse um mini-shopping e lanchonete. Pela janela, ele pôde ver a estrutura lateral do prédio de cinco andares e, só então, se deu conta do quão grandiosa era aquela obra, construída em 1941, durante a Segunda Guerra Mundial, e que recebeu esse nome porque, vista de cima, suas faces juntas formavam uma arquitetura em formato de pentágono. Vinte e três mil funcionários, entre militares e civis, eram divididos em seu espaço de cinco andares e dois subsolos, somando mais de dois mil cômodos. Era o maior e mais completo escritório reservado à inteligência e às estratégias de espionagem do mundo, abrangendo, sob o mesmo teto, gabinetes de todas as forças armadas juntas: Exército, Marinha e Força Aérea. A arquitetura compreendia a proteção de blindagem nas paredes e guardas permanentes do lado de fora, nas áreas destinadas a importantes decisões, como as de guerra, além de entradas subterrâneas que ligavam diretamente aos gabinetes de comando.

— Você nunca veio aqui? – perguntou J. Roberto, enchendo a caneca que estava na mesa, aguardando a chegada de Myson.

— Eu, só uma vez para abastecer. É seguro aqui? – perguntou.

— É bem melhor do que lá dentro.

— Você disse que ia me dizer como as coisas aconteceram desde o início. Eu quero saber tudo, desde a infância dele.

— Da infância não sabemos muita coisa. Parece que ele foi um garoto isolado, não era de muitas amizades. Acho que, de certa forma, os garotos o rejeitavam.

— Faz sentido. Os excepcionais são mal interpretados.

— Lembro-me de uma professora ter dito que ele tinha muita dificuldade em aprender. Ela não disse, mas deixou bem evidente que ele não era só um mau aluno, era burro mesmo.

Myson ouvia tudo com muito interesse. Conhecendo suas fraquezas, poderia fazer uma análise sobre com que tipo de pessoa estavam lidando. O fato de o agente mencionar o relato negativo da professora, para ele, era irrelevante, uma vez que entendia serem esses pareceres muito mais pessoais do que propriamente profissionais. E, mesmo não sendo pessoal, poderia estar carregado de inúmeros vícios ou, ainda, a avaliação estar mais relacionada ao comportamento do que à inteligência do aluno. Myson aprendeu muito cedo a forma como as pessoas realizam suas avaliações. Por melhor que realizasse suas tarefas, por mais que se esforçasse, era sempre classificado como sendo de atuação mediana. Garotos que colavam, trapaceavam ou se utilizavam da influência dos pais e parentes estavam sempre um passo à frente. Marcus o incentivava a corroborar as tarefas, dizia que ele deveria deixar de ser bobo. Myson sempre procurou cumprir suas tarefas da melhor maneira, seguir as diretrizes e as regras, fazer o que mandavam para evitar ser notificado. Não queria fazer parte dessa cadeia ramificada de aproveitadores. Não ele que fora, por inúmeras vezes, testemunha de tal ato inescrupuloso, tido muitas vezes como normal. O mérito para fazer parte do grupo de elite sob seu comando era a habilidade de cada um, nada mais. Muitas pessoas haviam sido muito bem recomendadas para entrar para o time, algumas com um currículo invejável. A sua resposta para todas foi a mesma: serão submetidos aos testes, como todo mundo. Se forem aprovados, entram, se não, não entram. Essa foi uma das razões para a inimizade entre ele e o coronel Dylan ganhar mais força, uma vez que um pretendente indicado por ele fora desclassificado e Myson não quis dar uma segunda chance.

***

Tão logo o Sol bateu à janela, Myson, com apenas um olho aberto, olhou as horas em seu relógio de pulso. Já eram seis e quinze da manhã, e estava atrasado. Deveria chegar à delegacia de polícia por volta das sete, horário em que os policiais trocavam de turno. Apressado, Myson colocou suas pantufas e se precipitou na direção do banheiro, apertando as mãos contra os olhos. Ao passar pela sala, deparou-se com Marcus sentado no sofá, com as duas mãos cruzadas sobre a bengala fincada no meio das pernas.

— Parece assombração, que é isso! Caiu da cama?

— Para que dormir tanto agora, se daqui a pouco tempo vou dormir para sempre? E você, não disfarça, não, que já estamos atrasados.

— Já estou indo – Myson não esperava encontrar Marcus acordado. Pensou que o velho teria se esquecido, e ele sairia de mansinho sem ser notado.

— É claro que esse Sherlock Holmes de meia-idade não ia esquecer... – falou Myson à sua imagem, ao enxugar o rosto na frente do espelho.

Depois de dirigir por quase uma hora, Myson deixou de lado os pensamentos que tanto maquinava na cabeça por um momento. Era difícil lutar contra eles. Um dos ensinamentos de seu pai era que, se tivesse algo na mente que o perturbasse, então deveria pensar naquilo até se cansar, de outra forma o problema não o deixaria em paz para realizar outra tarefa. Foi exatamente o que fez durante a noite e parte do caminho. Aos poucos, os pensamentos foram diminuindo naturalmente. Satisfeito consigo mesmo, Myson se arrumou no banco do carro, respirou com tranquilidade, fez um ar de descontraído ao observar Marcus distraído, lendo o jornal. Riu sozinho ao pensar na ideia de realizar uma missão importante tendo como parceiro um velhote ranzinza, ainda mais sendo obrigado a admitir que o velho fosse muito esperto, mais esperto do que ele mesmo. Outro parceiro não seria melhor para chegar até o fim de uma jornada que não só poderia não dar em nada, como poderia lhe causar muitos problemas. Seria necessário, mesmo, um guerreiro vigoroso e sem ideais de ostentação, a não ser os da sua própria mente.

— Kristine e Natalia, o chefe quer falar com vocês. Ele as aguarda na sala dele – disse a secretária.

— O que será que ele quer? – Perguntou Natalia, preocupada.

— Não sei.

Kristine bateu à porta, da sala do chefe Diego, e ele mesmo abriu a porta com cara de poucos amigos.

— Muito bem, este é o major Myson, chefe do Departamento de Defesa do Pentágono – disse Diego.

— Olá – disseram ambas.

Myson acenou com a cabeça, Marcus tirou o chapéu e pegou na mão das duas.

— Senhoras – disse Myson –, fomos designados, juntamente com o FBI, para capturar o Negro Gato e, ao que parece, vocês foram as últimas a fazer contato com ele. Inclusive, quase o prenderam, principalmente você, oficial Kristine. Esperamos que vocês digam alguma coisa que possa nos ajudar.

As duas se entreolharam sem resposta.

— Bem, eu não sei dizer. Foi tudo tão rápido... – disse Kristine.

— Por acaso vocês já o viram em algum lugar? – Perguntou Marcus.

— Não, não – respondeu Kristine.

— E você? – Marcus se dirigiu a Natalia.

— Não, nunca o vi – ela respondeu, gaguejando.

— Muito bem isso é tudo – disse Myson. – Se souberem de alguma coisa, nos avisem.

— Não se esqueçam, senhoras – completou Marcus –, nós do Departamento de Defesa, o FBI e a Interpol estamos todos trabalhando juntos, dia após dia, incessantemente, e cedo ou tarde o acharemos. É certo que o levaremos para ser julgado pelo Tribunal Federal, onde vai pegar prisão perpétua, ele e qualquer um que for suspeito de esconder alguma coisa. Agradeço a atenção das duas – concluiu.

— Senhor Diego – disse Myson, ao se despedir –, vamos fazer a coisa certa, ou isso pode acabar muito mal.

— Sim, claro. Estamos aqui para ajudar no que for preciso – disse Diego, levando os dois homens até a saída.

— A loira está namorando nosso macaco. E já foi para a cama com ele, eu fiquei sabendo. Você viu como ela é? Aquela mulher deixa qualquer um doido. Tenho certeza de que foram elas que pegaram o seu homem.

— Como você pode ter certeza?

— Eu prefiro a morena – Marcus comentou, olhando as ruas pelo vidro do carro.

— O que você disse?

— Prefiro a morena. Qual é, você é surdo?

— Não, é que a gente está falando de uma coisa, aí você fala outra completamente diferente e acha que os outros são obrigados a saber.

— Muito bem, ponto final, na outra linha, parágrafo, letra maiúscula. Está melhor assim?

— Agora sim. E por que você prefere a morena?

— Ela não usa calcinha. Pelo menos não deu para ver.

— Deve ser porque você não enxerga bem.

— Está falando isso por quê? Você conseguiu ver?

— Eu não fiquei procurando se elas usam ou não calcinhas, o que vi é que você não tirava os olhos dos peitos das garotas. Você precisa se portar como um agente da Justiça.

— Você já sabe o que precisa saber. A garota loira, o cara vem atrás dela.

— Pois é.

— Quanto à morena, acho que ela não tem namorado. Por que você não a chama para conhecer seu gabinete?

— Não diga bobagem, ela ainda é uma criança.

— Você não vê como as crianças de hoje estão evoluídas! É por isso que eu falo que, perto de uma mulher, somos só garotos. E digo mais: fique de olho na garota loira. Ela é a chave para pegar o nosso garoto.

Kristine e Natalia esperavam pelo retorno do chefe no interior de sua sala.

— Não fala nada que, pelo visto, ele ainda não sabe de nada. Deixe que eu resolvo isso – disse Kristine ao ouvido de Natalia.

— O que vocês pensam que estão fazendo? – Perguntou Diego, com a voz alterada, quando voltou à sua sala.

— Eu? – Perguntou Natalia, pondo a mão no peito.

— Vocês nunca sabem de nada, não é? E como você me explica o saco enrolado no seu braço, o FBI, e agora esses homens? – Kristine permaneceu calada.

— Está certo, então, deixa como está e vamos ver no que dá. Vocês podem ir. Mas pensem direito, depois não digam que não avisei.

As duas, mais que depressa, se apertaram ao sair pela porta da sala, sem olhar para trás.

— Pensando bem, Natalia, ainda tenho umas perguntas a te fazer – Diego disse, percebendo a fraqueza da mulher.

— Eu não fiz nada, por que quer falar comigo?

— É que já passou da hora de fazer alguma coisa. Acha mesmo que não estão sendo vigiadas? Você ouviu o investigador falar que é só uma questão de tempo e quem estiver no rolo vai ter a cabeça cortada. Eu já vi isso acontecer. Vai por mim, esses caras não são de brincadeira.

Depois de dizer tudo o que queria, o chefe esperou para ver se suas palavras surtiram efeito. Natalia pareceu-lhe profundamente preocupada.

— E então? – Perguntou ele.

— Eu não sei o que está acontecendo.

— Acho melhor resolver isso antes que seja tarde.

— O que eu posso fazer?

— De onde Kristine o conhece?

— Ela não o conhece, ele é que vem atrás dela.

— Onde?

— Não sei. Ele aparece às vezes.

— Tudo bem, eu vou pensar em alguma coisa – ele disse.

Não precisou ouvir mais nada. A confissão de Natalia era o que ele precisava para confirmar suas suspeitas.

— Ela não tem culpa.

— Não se preocupe. Contribuiremos com os agentes e não teremos problemas. Agora vê se convence a desmiolada da sua parceira a colaborar para pôr um fim nisso.

***

— Você não sabe da maior – disse Myson, assim que abriu a porta de casa.

— O que foi, seu chefe se casou com um travesti? – Perguntou Marcus.

— O chefe da delegacia me ligou hoje cedo.

— O que ele queria? Marcar um encontro? Olha que eu tenho certeza de que ele é gay.

— A garota loira. O gatuno foi atrás dela mesmo.

— Eu sabia! – Berrou Marcus. – Não te disse? Estava na cara. E o que ele disse?

— Que ela vai colaborar.

— Duvido. Ela vai avisá-lo.

— Tanto faz. Ela já está sendo monitorada mesmo e, então, montaremos um grande esquema para pegá-lo.

— Não vai ser fácil. Ele é ligeiro.

— É, mas perto de uma mulher ele é só um garoto.

***

Três dias depois, Myson e J. Roberto voltaram a se encontrar no bar do posto de combustíveis. Eles tinham combinado de se encontrar em horários diferentes e, para isso, bastava mandar uma mensagem de celular. Tal cuidado se fazia necessário em razão de Myson estar quebrando a cadeia hierárquica de comando, tomando as decisões por sua própria conta e risco.

— Ei, que cara é essa? Parece que veio de um enterro! – Disse Myson, ao ver J. Roberto debruçado no balcão da lanchonete da loja de conveniência.

— É, já faz muito tempo que estamos tentando pegá-lo, mas esse cara é difícil. Ele está sempre um passo na nossa frente. É como se tivesse uma bola de cristal que o alertasse, parece loucura.

— Você é supersticioso, ou o quê? – Brincou Myson.

— Você não entende – respondeu J. Roberto, pouco animado.

— Eu entendo, sim. Já vi coisas difíceis de explicar, e esse gato preto é uma delas.

— Mas não é só ele, é o Cesar. Ele é um desses caras geniais que só vieram ao mundo para dar trabalho. Devo admitir que sua capacidade de raciocínio é muito grande – prosseguiu Roberto. – Nós passamos a vida toda avaliando candidatos, fazendo seleções, procurando talentos e nunca montamos uma equipe que chegasse perto da dele. Qual o método adotado para descobrir e explorar um cara com tamanha habilidade, e tudo isso sozinho?

— A diferença está no método de avaliação dos candidatos. A gente, como você mesmo disse, passa a vida toda recrutando e insistindo em forçar pessoas a realizar tarefas para as quais não estão aptas. Ele sabia disso e deixou que a natureza fizesse sua seleção natural. Em posse do candidato certo, ele só precisou fazer alguns ajustes e, então, são insuperáveis. – J. Roberto ouvia tudo sem dizer nada.

— Mas não se preocupe, temos um trunfo, uma carta na manga.

— E eu posso saber que carta é essa?

— Agora pode – J. Roberto fez uma pausa, aguardando a revelação. - A seleção natural – completou Myson, por fim.

— A seleção natural? – Repetiu J. Roberto, sem entender nada.

— É, a seleção natural que eu te falei agora há pouco, ela se encarregou de nos ajudar. Agora basta fazer a coisa certa.

— Você poderia explicar melhor?

— Claro, o Negro Gato foi fisgado pelo amor de uma mulher.

— Humm entendi. E como você descobriu isso?

— Não fui eu. Foi meu pai.

— Certo, seu pai descobriu que ele gosta de uma garota. E seu pai é da equipe?

— Não, também foi selecionado naturalmente.

— Ha, ha, ha, essa é boa. Você está de brincadeira comigo?

— Não, não estou. A policial, ele gosta dela.

— Quem, aquela policial que quase o pegou, a Kristine?

— Não acha estranho vocês correrem atrás dele por séculos e não chegarem nem perto, e aí a garota chega no encalço do cara por duas vezes seguidas?

— Sim, mas é... isso que você está me falando é loucura.

— Ele continua indo atrás dela – J. Roberto ficou calado por um instante, perplexo.

— Vai mais uma dose? – Perguntou o rapaz do bar.

— Por favor – respondeu J. Roberto –, um duplo.

— E o senhor? – Ele perguntou, se dirigindo a Myson.

— O mesmo.

— Eu não posso acreditar numa história dessas. O endemoniado se apaixonou pela policial.

— É isso aí.

— Nossa, e eu pensando que só eu tinha me apaixonado por ela!

— Você e todo o resto do planeta.

— Seu pai, como ele soube?

— Comendo amendoim e vendo TV – ele respondeu, serenamente.

— Vou anotar essa para ensinar aos novos agentes. Lição de casa: ver TV.

— Você nunca parou para pensar como um homem consegue fugir assim, sozinho, de vocês, por todos esses anos? Eu sei o quanto se esforçaram – disse Myson.

— A princípio, eu achava que ele dava sorte, mas aí o tempo foi passando e começamos a ficar apreensivos. Estava difícil, ele conseguia escapar de uma maneira que não dava para entender. Podia estar cercado, encurralado, não tinha jeito, fizesse o que fizesse, ele fugia assim mesmo. Eu e o diretor pensamos em tudo. Não havia respostas. Era como se estivéssemos procurando um supervilão tirado de revistas em quadrinhos que possuísse poderes extraordinários, e iria precisar de algum super-herói, com iguais poderes, para dar uma briga boa. Não como eu e o resto da equipe. Somos homens normais tentando capturar sei lá quem.

— Você ainda acha que ele não pode ser capturado, acha que tem poderes sobre-humanos?

— Não acredito nisso. Acho que tem algo nele que não compreendemos, mas ele pode ser ferido. Uma vez, uma de nossas equipes conseguiu rastreá-lo. Certos de que poderíamos prendê-lo, montamos uma busca, tivemos sorte de juntar todos os agentes que possuíamos na época, quase vinte. A euforia no departamento foi tanta que até o diretor participou. Foi numa terça-feira, ele estava no quarto, se preparando para sair. Cercamos o lugar, um helicóptero ficou à disposição a menos de três quadras, estava tudo preparado. Resolvemos invadir o hotel por volta das seis da tarde, antes que escurecesse. Todos os lados haviam sido cercados, havia apoio aéreo, estavam todos confiantes como eu nunca tinha visto antes, não tinha como ele fugir.

— Ainda assim ele fugiu? – Interrompeu Myson, ocupado com a bebida.

— Não, vai vendo o que aconteceu. Entramos com um grupo de dez homens, os mais experientes. Quando chegamos ao apartamento, ele já estava fugindo pela janela. Deve ter percebido, não sei, mas houve um tiroteio danado, correria, uma confusão, e no fim das contas, ele simplesmente desapareceu. O helicóptero ficou vagando à deriva, os agentes corriam de um lado para o outro. Mas ele foi ferido. Encontramos marcas de sangue.

— E o sangue, vocês colheram uma amostra?

— Não, a minha decepção foi tanta que nem pensei nisso. O que passou por minha cabeça foi abandonar o cargo. Cheguei a pedir para o diretor me dispensar, mas ele me convenceu a ficar. Só que foi um erro, deveríamos ter colhido uma amostra.

— Sim, deveriam.

— É por isso que vocês o querem vivo, para estudá-lo, descobrir do que ele é feito e como faz tudo aquilo sozinho, para então recriar em soldados para combates. Só que você não quer tocar nesse assunto, é confidencial.

— De fato, mas acredito que você deva saber, só que vai ter de guardar segredo, sob pena de ser preso em confinamento, e isso serve, também, para mim.

— Não tem problema, eu já guardo uns três segredos sob pena de confinamento. Estou acostumado.

Houve mais uma pausa, até que Myson revelou, por fim.

— Ele é um produto do Pentágono, uma criação nossa – J. Roberto o fitou com cara de espanto. A informação demorou a ser processada em sua mente. Depois de uma breve reflexão, ele riu sem parar.

— Não, o que é isso? Hoje você tirou o dia para me zoar, só pode.

— É a pura verdade! – Myson afirmou.

J. Roberto ficou pensativo, perplexo por um instante. Se aquela história fosse verdadeira, deveria saber mais sobre ela. Então, formulou os questionamentos o mais rápido que pôde. Respirou, tomou um gole de vodca e fez a primeira pergunta:

— Como assim, uma criação nossa? Que conversa é essa?

— Combinação genética.

— Você está me dizendo que aquele cara é um mutante?

— Um híbrido!

— E o que é isso?

— Combinação de DNA humano com o de outro animal.

— Ah, entendi. Combinaram o embrião do homem com o de um gato?

— De um macaco.

— Não é de gato? Então por que o chamam de gato?

— Não sei.

— Digamos que eu acredite nessa história maluca. Então é correto afirmar que vocês estão por trás de tudo o que aconteceu durante todos esses anos, os roubos, as caçadas, deixaram tudo isso acontecer só para testá-lo?

— Não, não estamos no controle.

— Ah, então deixa eu ver se entendi. Vocês criaram um monstro, perderam o controle e, agora, querem recuperá-lo?

— Não, na verdade ninguém sabia. O projeto que o criou foi abandonado há cerca de vinte e quatro anos, e ele viveu por aí sem que ninguém soubesse. Nem ele mesmo sabe.

— Meu Deus! Quanta correria pra nada! – J. Roberto murmurou, levando a mão à fronte. – Foi por isso que nunca conseguimos prendê-lo, e não íamos pegá-lo nunca! Um homem-gato por aí pulando de casa em casa...

— Homem-macaco – corrigiu Myson.

— Que seja! Tem mais alguma coisa que eu preciso saber? Não faltou nada? Se tiver, fala logo, pois parece que hoje você está inspirado.

— Tem sim. Como está o monitoramento do Cesar?

— Está sob nossa vigilância.

— Ótimo. Prepare seus agentes, pois o grande dia está próximo. Deixe o celular ligado, que eu te aviso quando chegar a hora.

***

Solitária, Kristine observava as flores se recolhendo entre os arbustos, já que, naquela época do ano, as noites costumavam ser geladas e, no fim da tarde, o vento soprava frio. Não havia quase ninguém no Quincy Park. Três ou quatro casais, uns poucos homens e mulheres caminhavam em torno da pista, um casal observava três crianças brincando ao longe no playground feito de troncos.

— Preciso falar com você – disse Patrick, se aproximando de mansinho.

— Não temos nada para conversar – ela respondeu, sem se surpreender com sua chegada. Não era de espantar que esse momento chegaria, mais cedo ou mais tarde.

— Foi tudo um mal-entendido. Sinto por não ter dito antes.

Ela nada disse. Ele então prosseguiu:

— Eu não sei, é que as coisas foram acontecendo tão depressa...

— Vá embora e não volte mais – ela disse, tendo a inegável sensação de estar sendo vigiada desde a última conversa que tivera com o major Myson.

— Tanto faz para você o que aconteceu entre nós?

— Você não entende, não é?

— Entendo perfeitamente – ele respondeu, arqueando as sobrancelhas e percebendo uma movimentação entre as árvores. – Eu entendo, sim – ele disse, recuando dois passos para trás.

Por entre as árvores surgiram soldados armados de rifles, usando uniforme camuflado do Exército. Patrick correu para o outro lado, e mais soldados caminhavam em sua direção. Correndo ainda mais depressa, ele seguiu na direção das árvores. Dois soldados apareceram em sua frente, disparando dardos tranquilizantes. Patrick deu duas cambalhotas para se desvencilhar dos dardos, pulou entre os soldados, derrubando um e arrancando a arma do outro. Mais e mais soldados surgiram, vindo em sua direção. Ele correu para as árvores, era a sua única chance. Notou que alguém se escondia. Saltando entre os galhos, ele caiu em cima do soldado, jogando-o no chão. Um soldado que compunha o segundo esquadrão o atingiu na perna. Buscando abrigo entre as árvores, ele arrancou o dardo da perna. Meio atordoado, Patrick olhou a rua do outro lado da tela de proteção, a poucos metros de distância. Ele seguiu correndo entre as árvores, enquanto dardos zumbiam em seus ouvidos. Antes de atingir a rua, caiu cambaleando, atingido por mais três dardos.

— Pegamos o maldito! – Gritou um soldado, entre risos.

— Não cheguem muito perto, não sabemos como ele reage.

Cercado por um pelotão de cinquenta soldados, Patrick permanecia imóvel, caído no chão.

— Tá legal, rapazes, amarrem o cara e o ponham na ambulância – disse Myson.

— Tenente Marcondes, ligue para o agente especial J. Roberto e avise que o capturamos.

Kristine assistia a tudo estarrecida. Quando olhou em torno de si, ansiosa, viu outras pessoas, adultos e crianças que passeavam pelo parque e foram atraídas pela confusão. "De onde saiu tanta gente?", pensou ela. Um grupo de curiosos correu para olhar dentro do caminhão.

— Pegaram ele – uma pessoa gritou – o Negro Gato!

— Vamos circular – dizia um soldado.

— Circulando, circulando – dizia outro, que fazia um cordão de isolamento em torno do caminhão.

Uma equipe cuidava de prendê-lo à maca. Aos poucos, as pessoas foram se dispersando, assustadas, murmurando entre si. Ela ficou, por mais um tempo, olhando tudo em volta, observando as pessoas se afastarem, uma a uma. O Sol estava mais fraco, e ela, distraída, observava os reflexos solares, para ver se encontrava resposta para todas as suas perguntas. Parecia não ter assimilado de imediato. Quando o Sol se pôs por completo e o vento soprou mais gelado, foi que ela percebeu que deveria ir embora.

***

Nas imediações do Hotel Fire House, seis homens aguardavam a ordem para invadir o apartamento em que Cesar havia se hospedado havia quatro dias. O plano era esperar a prisão do Negro Gato para agirem em sequência. Uma vez preso o Negro Gato, cuidar de Cesar seria fácil. O homem de meia-idade se apoiando em uma bengala não poderia ir muito longe. Dois homens se posicionaram entre a garagem e a entrada, e dois mantinham contato visual, escondidos entre as escadas e a saída. J. Roberto e o agente Wiliam permaneciam do outro lado do quarteirão. Os dois homens permaneciam calados, de olho no celular, sobre o painel do carro. O coração de J. Roberto bateu forte quando o celular vibrou.

— *"Pegamos ele"* – informou o tenente Marcondes.

J. Roberto, acompanhado do agente Wiliam, seguiram correndo na direção ao hotel.

— Podem entrar – J. Roberto deu a ordem pelo fone ajustado na orelha.

Os seis se encontraram ofegantes no corredor de entrada.

— Cadê ele?

— Não está no apartamento!

— Como não? Alguém saiu do hotel?

— Ninguém. Apenas um casal passou por nós.

— Onde? Quando?

— Agora há pouco, mas não era ele. O homem bem trajado não usava bengala nem mancava.

Os agentes desceram correndo em direção ao estacionamento. Não havia ninguém. Pelo lado de fora, um casal elegantíssimo adentrava um automóvel parado do outro lado da rua, de frente para o hotel.

— Pare o carro! – Ordenou J. Roberto correndo na frente do carro. O veículo saiu cantando pneu.

— É ele.

Os homens se precipitaram nos carros.

J. Roberto entrou pela porta de trás do primeiro carro.

— Não o perca de vista!

Os três carros seguiram enfileirados, em alta velocidade. Mais à frente, o sedã parou na porta de um salão de cabeleireiros.

— Peguem a mulher! Eu vou atrás do homem!

Os seis homens invadiram o estabelecimento com armas nas mãos.

— Cadê eles? – Perguntou J. Roberto.

— Eles, quem? – Perguntou uma mulher, desligando um secador de cabelos. – O que está acontecendo aqui no meu salão, alguém pode me responder? – Ela perguntou, cobrindo com os cabelos um belíssimo colar de ouro.

— Tem uma porta aqui – chamou Edgar –, é uma saída para os fundos.

Enquanto um agente vigiava a entrada, cinco homens correram pelo corredor e atravessaram um quintal, até sair do outro lado da rua.

— Ele não usava bengala? – Suspirou o agente Tarner. – Não estava sozinho? Os cinco homens olhavam atordoados para os dois lados da rua.

Nesse momento, Cesar passava por um semáforo, debruçado no banco traseiro do carro que ele havia encomendado, muito antes, quando desconfiou que as aventuras amorosas de Patrick fossem fazê-los ser pegos, ainda mais com agentes vigiando a entrada do hotel, coisa que eles só faziam quando tinham certeza de prendê-lo.

— Eles desconfiaram de alguma coisa? – Perguntou Cesar ao motorista.

— Não, acho que não – o motorista respondeu, arrumando o retrovisor.

— Está livre, seu Cesar – disse o homem, arrumando um grosso envelope de dinheiro no bolso da blusa. – Prossigo para o aeroporto?

— Não – disse Cesar, erguendo-se no banco de trás. – Lá é o primeiro lugar em que vão me procurar. Eu conheço bem esse pessoal, eles só vão até onde seus olhos alcançam. Pegue a estrada!

— Desculpe perguntar, senhor, mas para onde pretende ir?

— Vou para longe, para um lugar fantástico em que você pode roubar tranquilamente, sem esse maldito FBI na cola o tempo todo. Vou para o Brasil.

— Ah, ouvi falar coisas extraordinárias desse país.

— Um lugar abençoado por Deus – prosseguiu Cesar. – Depois que Cristo foi crucificado, cada apóstolo foi para um canto do mundo. Adivinha quem foi para o Brasil?

— Judas?

— Não, Barrabás, o melhor dos seus discípulos.

— Então você está em casa!

— Com certeza!

***

— Esse é o cara? – Perguntou o presidente, vendo o Negro Gato pelo vidro da sala de inquirição, no subsolo do setor de investigação preliminar do terceiro quadrante do Pentágono.

— Sim – respondeu o general Herman, comandante-geral do setor especial de tecnologia e infraestrutura de intervenções e combate.

— Não tem nada de diferente, ele parece normal – disse o presidente, franzindo os olhos para tentar identificar algo anormal.

— É só aparência – completou Herman.

— Está aberta a sessão – disse o presidente, assinando a ata de abertura, sentado na primeira cadeira da sala de reunião do alto comando do Pentágono.

— Senhor presidente, ilustres membros desta sessão de debate, é com imenso prazer que os recebo aqui hoje para discutir uma questão excepcional, motivada pela prisão de um ladrão muito famoso, conhecido pelo codinome de Negro Gato.

— Graças a Deus! – comentou o presidente. – Estava achando que ia ter de deixar esse fardo para o meu sucessor nesta cadeira.

Os presentes deram uma vasta gargalhada. Major Myson, que ocupava pela primeira vez uma cadeira em reuniões do comando, permaneceu calado, observando cada semblante daqueles homens do governo, e se tranquilizou ao vislumbrar no presidente uma pessoa boa para argumentar.

— E não estamos aqui hoje para discutir sua prisão, e, sim, o que descobrimos em seguida. Por isso, passo a palavra ao coronel Dylan, responsável por sua captura.

— Senhores – disse o coronel Dylan –, o que temos aqui é um fora da lei muito perigoso. E não se trata apenas de um ladrão como outro qualquer, ele é um híbrido, um... mutante, com força e habilidades cujos limites não conhecemos. Durante anos, ele ridicularizou a polícia deste país e o Departamento Federal de Investigação.

— Pelo que eu fiquei sabendo, esse mutante foi criado por nós – disse o presidente. – Como ele foi criado? Como ninguém sabia da sua existência? Que ele é um ladrão habilidoso eu não tenho dúvida, eu convivo com ele desde que assumi a presidência deste país. Mas o que eu não entendo é como um produto do Pentágono está perdido pelas ruas esse tempo todo e ninguém sabe de nada. Eu quero saber como!

"Toma, trouxa", pensou Myson, olhando-o com cara de riso.

— O major Myson foi quem o descobriu e vai responder às suas perguntas – disse o general Herman, fazendo um sinal para Myson.

Myson teve um pequeno estremecimento de nervosismo quando ouviu a voz do general pronunciar seu nome. Estava apreensivo em pensar naquilo tudo, no que poderia acontecer dali em diante, na encrenca em que estava se metendo. Se alguma coisa desse errado, certamente a culpa recairia sobre seus ombros, afinal, ele era o único a defender a causa, e Dylan, ali, sentado, olhando-o com cara de bunda, se deliciaria ao ver seu fracasso.

— Se me permite, senhor presidente – disse Myson, se erguendo da cadeira, fazendo um gesto tranquilo, aproveitando-se do movimento para deixar o sangue fluir por seu corpo, a fim de aliviar a tensão e usar as palavras certas para persuadir o presidente e a cúpula de parlamentares presente.

— Senhores – ele disse em bom tom, enquanto uma assistente distribuía para cada um dos presentes as pastas brancas com o logotipo do Pentágono impresso na capa. – Cada uma dessas pastas contém o relatório explicando como ele foi criado, tudo com base no relatório do próprio doutor Joseph. Nos meandros do fim da Guerra Fria – prosseguiu ele –, pressionado pelo Congresso, o presidente suspendeu o Projeto Supersoldado. Na ocasião, o doutor Joseph alegou ter conseguido fecundar um óvulo a partir de um embrião geneticamente modificado. A comissão não lhe deu ouvidos e fechou o programa. Inconformado, ele colocou fogo em todos os seus arquivos. Como ninguém imaginava que ele realmente havia conseguido, foi dispensado de suas funções como perturbado mental. Nesse tempo, ele passou a trabalhar voluntariamente em uma casa beneficente. Por pouco mais de um ano, ele foi monitorado, e o relatório final concluiu que ele não oferecia riscos. Mas uma coisa eles não descobriram. Nessa tal entidade, ele cuidou secretamente de uma criança, uma criança muito diferente.

— O Negro Gato – completou o ministro.

— Exatamente. E as fotos que comprovam isso estão nos respectivos relatórios – concluiu Myson, fazendo uma pausa, conquanto os presentes murmuravam, visivelmente admirados, folheando as páginas da pasta sobre a mesa. O ministro e o secretário, sentados um em cada lado do presidente, inclinaram-se para discutir. O silêncio voltou a reinar quando o presidente ergueu a mão.

— Major Myson, eu entendi tudo muito bem até aqui, mas você ainda não disse o que ele é exatamente ou como foi criado. – Essa foi a hora de Dylan rir do embaraço de Myson.

— É claro, senhor presidente, esse ia ser o próximo assunto – disse Myson, seguro do que estava fazendo. – O que restou do relatório do doutor Joseph indica que o jovem preso, denominado Negro Gato, cujo verdadeiro nome é Patrick, possui combinação de DNA humano com o DNA de um macaco.

— Isso é novo para mim. Eu pensei que fosse uma combinação de DNA humano com o DNA de um gato – disse o secretário.

— É a conclusão mais evidente, senhor secretário, o senhor não foi o único a pensar assim. No entanto, o que ocorreu, na verdade, é que o doutor Joseph induziu o DNA humano a copiar o DNA do macaco e, por essa razão, ele adquiriu essa habilidade e força, como bem disse o coronel Dylan. E, para nossa surpresa, realizar esse processo novamente é, no mínimo, inexequível. Seria até mesmo para o doutor Joseph, se ele ainda estivesse vivo.

— Então você está dizendo que não é possível criar outro igual?

— Exatamente. E a doutora Sofia explicou que o problema maior está na compatibilidade. Se alguém quiser tentar, terá de recomeçar todo o processo. O doutor Joseph levou vinte anos, e ainda contou com um pouco de sorte.

— Como você pode afirmar com tanta convicção que não é possível produzir novos mutantes? – Perguntou o coronel Dylan.

— Porque não se trata de um mutante, e sim uma mutação genética denominada quimera. Isso significa dizer que o DNA humano foi induzido, por meio de um processo químico, a copiar aspectos do DNA de outra espécie. E esse tal processo só foi possível por meio da combinação de DNA de um espécime raro de chimpanzé, de DNA muito semelhante ao do homem, cerca de um por cento. O que, na prática, quer dizer muita coisa, uma vez que o DNA de um chimpanzé comum se diferencia do nosso em cerca de um por cento e meio. A diferença é mínima, por isso não podemos diferenciar uma espécie da outra, já que eles foram encontrados por acaso, por um grupo de estudantes no Congo. E, ainda, foram feitos mais de cem mil combinações para chegar a apenas um compatível, que resultou na fertilização de apenas três das catorze mulheres também compatíveis, e ainda assim todas abortaram. E é por essa razão que peço aos senhores que autorizem a utilização dessa força e dessa destreza que ele possui em nosso favor.

— Como acha que podemos utilizá-lo em nosso favor? – Perguntou o ministro.

— Fazendo dele aquilo para o qual foi criado: um Supersoldado.

— Como sugere que um ladrão se torne um soldado? – Perguntou Dylan, fitando-o com ironia.

Myson fez uma pequena pausa para medir as palavras, porque, se fosse dizer a primeira coisa que lhe veio à mente, o xingaria. Depois de contar rapidamente até dez, Myson respondeu tranquilamente, como todo mundo espera de um oficial do Exército.

– Faremos aquilo que é conhecido de todos nesta comissão, já fizemos isso aqui antes. Quem não se lembra do jovem Frank Abagnale Jr., que deu o maior trabalho emitindo cheques falsos pelo mundo afora? E então, senhores, onde ele está agora? Dando palestras! Para quem? Para os bancos! Olha só que ironia. Os bancos o contrataram para aprender com ele como se precaver de fraudadores. Por isso eu digo que é melhor tê-los do nosso lado do que ficar gastando tempo e dinheiro tentando pegá-los.

— Major Myson, não seria possível fazer cópias se utilizando do DNA dele? – Perguntou o presidente, visivelmente interessado em saber mais detalhes da descoberta.

— Senhor presidente, no relatório está o resultado dos exames feitos por nossa equipe de médicos. Os senhores podem abrir na página dezesseis, por favor. Aí diz, na penúltima linha: resultado para fertilidade de zero por cento, ou seja, o nosso homem é estéril. Na página seguinte, na quarta linha: teste de DNA não apresenta indícios de alteração. Concluiu Myson, fechando o relatório e colocando-o sobre a mesa, num gesto incisivo para que todos se convencessem da veracidade.

— Eu digo que devemos deixá-lo preso – afirmou Dylan, veemente. – A decisão de parar essa manipulação abominável foi tomada por pessoas sérias e comprometidas, muito antes do nosso tempo aqui nesta unidade.

Alguns presentes meneavam a cabeça, em sinal de aprovação do manifesto de Dylan. Myson, percebendo a dúvida em seus olhos, prosseguiu, sereno.

— Senhores – ele disse, com a voz branda –, muito bem lembrado pelo coronel Dylan a memória dos nossos compatriotas fundadores desta unidade de pesquisas e de decisões tão delicadas. Desde a Segunda Guerra, os países tentam criar o Supersoldado. Ex-combatentes de guerra afirmam ter tomado comprimidos em campo de batalha. Os alemães distribuíram mais de dois milhões de pílulas de Pervitin aos seus soldados, uma droga composta de anfetamina. E eles não foram os únicos. Os russos tentaram implantar próteses de metal com o intuito de criar homens mais fortes e velozes. E nós, americanos – ele falou alto – nós tentamos, também. Em seu relatório, Joseph menciona um cientista alemão chamado Stauffenberg como sendo o seu mestre. A minha pergunta é: quanto o mundo evoluiu? O que pode ter por aí e não sabemos? Como vamos deixar um investimento de milhões de dólares e décadas de pesquisas enclausurado em uma masmorra? Se o programa foi encerrado, foi por causa da falta de progresso. Agora que sabemos que ele foi bem-sucedido, por que não darmos prosseguimento? Eu duvido que outra nação faria diferente. Obrigado, senhores.

E encerrou seu discurso retornado para a sua cadeira. Novamente os membros voltaram a discutir, e o presidente, inclinado, ouvia o secretário.

— Senhores – falou o presidente, dando uma pausa até que as discussões cessassem. - Senhores, podemos pensar em alguma coisa. Por que não mudamos as regras? Afinal de contas, são outros tempos, outras perspectivas e, quando o Congresso arquivou o projeto, eles não tinham em mãos o objeto de seus trabalhos.

— E qual a sugestão do senhor para fazermos a mudança? – Antecipou-se Myson, já que o tempo faz as pessoas pensarem muito e acabar voltando atrás nas decisões.

— Major Myson – disse o presidente –, você acha que pode fazer esse jovem entrar para o nosso time?

— Sim, senhor presidente – disse Myson, repetindo as exatas palavras utilizadas por seu pai. E sacudiu a cabeça, como se quisesse espantar as lembranças do velho Marcus, mas seu rosto duro e seu olhar atinado iam e voltavam em sua mente cada vez mais perturbada, ainda mais naquele momento, depois de ter afirmado com tanta certeza algo que, para ele, era totalmente incerto.

— Alguém, além do coronel Dylan, acha que não devemos prosseguir com o plano de fazer dele um Supersoldado? – perguntou o presidente, de pé na ponta da mesa.

Diante do silêncio, ele chamou pelo major Myson, que se colocou de pé, sob o olhar dos parlamentares.

— Prossiga com o plano, mas, por favor, mantenha-me informado de seus progressos.

— É claro, senhor presidente – ele respondeu, triunfante, ainda que muitas dúvidas rondassem sua cabeça.

E as palavras do presidente foram parar direto no coração, ao saber que, daquele momento em diante, ele tinha uma missão a cumprir e o tempo de ficar sentado atrás da mesa vendo o relógio e o planeta girar em torno do Sol tinha passado. E não foi sem escolha, no fundo algo lhe dizia que ainda estava vivo e não era chegada a hora de puxar o freio, uma vez que acreditava, em seu íntimo, que esse freio nunca fora solto por completo. Tudo o que fizera na vida fora, de certa forma, moldado ao jeito dos outros e da natureza humana em controlar até a queda de uma folha de árvore.

A prisão do Negro Gato saiu nas primeiras páginas dos jornais de todo o país. Os colunistas dos jornais da Europa também anunciaram o fim do ladrão do escuro. "Chegou ao fim o maior episódio de caçada humana já vista: o Negro Gato finalmente está na coleira", anunciava um jornal na primeira página. Pessoas se amontoavam para ver a manchete nas televisões das vitrines. Quando a notícia tomou as manchetes de todo o país, centenas de pessoas se dirigiram às ruas em clima de festa. Houve vaias e protestos por parte de telespectadores, amantes de programas de noticiários dramáticos, mas a maior parte da população recebeu a notícia com indiferença, muitos já haviam se esquecido do ladrão de joias. Os inveterados torcedores pelo time da esquerda saíram às ruas e se amontoaram nas praças, reivindicando julgamento justo. Muitos jovens se aglomeraram em frente à delegacia da Virgínia em busca de notícias. A maioria nem sabia exatamente do que se tratava, queriam só um motivo para extravasar. A notícia foi recebida pelo Departamento de Polícia com aplausos e tapinhas nos ombros. Por ironia do destino, ele acabou sendo preso em sua cidade, mesmo depois de rodar o mundo.

Kristine se sentiu incomodada ao atravessar por entre os manifestantes na hora de sair da delegacia. Da janela do sexto andar do edifício onde morava, Kristine lia os cartazes dos manifestantes em passeata pelas ruas. Cansada e querendo esquecer o dia terrível que tivera, deitou-se na cama de roupa e tudo. Na cama, onde acabara de se deitar, ela adormeceu, passando de um sonho a outro, rodopiando agarrada ao travesseiro.

No dia seguinte, Kristine acordou com mal-estar, levantou-se apressada e, ao espiar pela janela do quarto, não viu ninguém. A rua estava parada, nenhum manifestante à vista.

Patrick, enrolado na coberta da única cama da cela, tentava pegar no sono observando um filete de luz que vinha da janela. Sua respiração angustiada dificultava ainda mais sua vida naquela cela fria, malcheirosa, sem o serviço de quarto ao qual estava habituado. Nunca sentira dor como aquela. A dor da perda já era sua conhecida de muitos anos, mas a traição era algo que ainda não havia experimentado. Faltou-lhe o fôlego ao se lembrar daquele rosto delicado, do sorriso afetuoso, dos olhos marcantes. Pulou, pendurando-se na grade. Nada viu. Recuou, sentando-se nos calcanhares, encolhido, retorcendo-se todo, rangendo os dentes, lembrando-se daquela desgraçada sem coração. Andou desvairado pela cela, batendo de encontro às paredes, submergido em pensamentos, tentando justificar a atitude daquela mulher tão séria e comprometida com suas crenças.

***

Enquanto aguardava o médico encarregado pelos exames de Patrick chegar, Myson folheava os resultados sem entender nada.

— O que temos aqui? – Perguntou Myson ao doutor Daniel, assim que ele chegou ao laboratório.

— Um homem com características de macaco.

— Quais as diferenças entre ele e nós?

— Aparentemente não muitas. As diferenças no código genético são mínimas, assim como as do macaco em relação aos humanos.

— Se a diferença é tão pouca, então por que ele deu tanto trabalho para ser capturado?

— Porque a menor alteração nos genes pode representar uma diferença enorme nas características físicas.

— E quais são essas diferenças?

— Como os chimpanzés, ele possui o dobro da força dos homens. É mais ágil, seus músculos são mais densos, sua pele é mais resistente, assim como os ossos. Ele é capaz de identificar se alguém pretende agredi-lo, mesmo no meio de uma multidão. Isso porque, diante de situações de tensão, o corpo reage, há uma mudança na palpitação, na respiração, um aumento de suor, tensão muscular, e eles conseguem perceber.

— Eu não sabia que os chimpanzés possuíam esse tipo de sentido mas já tinha ouvido dizer que os cães sentem quando estamos com medo.

— Sim, todos os animais possuem esse tipo de sentido, inclusive o homem. É que deixamos de usá-los com o advento da tecnologia, por isso são menos ativos nos humanos. Os animais domésticos também o perdem, em parte. Já os animais que vivem em florestas usam o tempo todo para se proteger de outros animais, até mesmo de outros macacos.

— Caramba, por que não fizeram isso comigo, quando eu nasci? Eu ia ajustar as contas com um monte de gente... E que mais eu preciso saber, tem algum ponto fraco?

— Acho que o ponto fraco está na idade. Eles vivem entre trinta e cinco e quarenta e cinco anos, em média.

— Só? Então esquece o que eu disse. Se fosse comigo, eu já teria ido dessa para uma melhor.

Depois da prisão do Negro Gato, o chefe da delegacia mudou Kristine de parceiro, e ela passou a patrulhar as ruas de viatura, como era sua vontade. A princípio, ela considerou isso um avanço, mas, depois, de duas semanas sua frustração voltou com uma cara nova. Seu novo parceiro, de tão gordo que era, mal podia virar o volante do carro sem encostá-lo na barriga. Em uma semana juntos, ele contou mais de um milhão de aventuras do tempo em que era magro o suficiente para correr atrás de ladrão. Naquele momento, na situação deplorável de obesidade em que se encontrava, as aventuras de Kristine se limitaram a lanchonetes e restaurantes.

— Tudo bem? Como está indo lá com o novo parceiro? – Perguntou Natalia no alojamento, nos poucos momentos em que encontrava Kristine. Depois que trocaram de parceiros, mudaram também os horários e as duas mal se viam.

— Nossa, nem fala, o cara só pensa em comida.

— Você se lembra da Waléria, uma dos cabelos mal pintados que se sentava no fundo da sala?— Perguntou Natalia.

— Dos cabelos mal pintados? Agora você foi boazinha. Aquilo parece uma samambaia malcuidada.

— Essa mesmo. Eu a encontrei outro dia lá na rua de baixo, e ela me disse que está trabalhando no Pentágono.

— Não brinca. Sério? Como ela conseguiu?

— Vai saber? Mas ela é inteligente; destrambelhada, mas inteligente. Ela falou que, no dia seguinte ao da prisão do Negro Gato, o helicóptero presidencial pousou no Pentágono e o presidente desceu até o setor onde ele estava preso.

— E o que o presidente queria?

— Ela não sabe, mas suspeita que ele tivesse pressa na prisão, por questões políticas.

— E mudou o quê?

— Não sei. De repente pode ganhar mais votos na próxima eleição.

— Deve ter alguma coisa a mais, porque ele se deu ao trabalho de ir pessoalmente.

— Talvez quisesse ver com os próprios olhos.

— Se você souber de mais alguma coisa, me fala.

— Tá, pode deixar. Vou ver o que descubro.

***

Myson se dirigia à sua sala pensativo. Aliás, nos últimos meses, não fazia outra coisa a não ser pensar. Sua mente trabalhava com toda força.

— Pois não – disse Myson, ao deparar com o cabo Seixas plantado bem na porta da sua sala.

— Senhor – ele disse, juntando os calcanhares, fazendo um estalido com o bater das botas –, fui designado para auxiliá-lo, de hoje em diante.

— E cadê a tenente Cássia?

— Foi remanejada para outro setor – disse Seixas, entregando-lhe uma pasta.

— Tá certo – disse Myson. – O que é isso, sua pasta individual?

— Isso mesmo, senhor.

— Não, tudo bem, pode entregar na secretaria.

— Fui orientado a entregar em mãos.

— Ah, é – ele disse. – Muito bem, vamos entrar, faça o favor, vamos ver o que temos aqui. Você era de onde?

— Almoxarifado, senhor.

— O que tem de especial no almoxarifado? Aqui diz que você foi rebaixado – Myson leu, logo na primeira página.

— Eu posso explicar, senhor.

— Também diz que você é desajeitado, atrapalhado e que suas funções devem ser meramente administrativas, com certa ressalva. Nossa, filho, você é péssimo! Quem te mandou para cá?

— Foi o coronel Dylan, senhor.

— Não precisava nem dizer. Eu sabia, nem sei por que perguntei. – Myson fez uma pequena pausa, analisando o rapaz ali parado de mãos para trás, de uniforme justo, os olhos enormes, azuis, a cara pintada de sardas, os cabelos bem aparados e meio avermelhados, ruivo, alto, forte, bochechudo.

— Entendi – disse Myson, por fim, fechando a pasta e cruzando as mãos por cima.

— Tudo bem, você sabe o que temos aqui?

— Sim, senhor. Capturaram um agente especial perigoso que virou mercenário.

— O que disse?

— Um agente mercenário, senhor, da CIA, não é?

— Claro, isso mesmo, e não se trata apenas de um simples mercenário. Ele é o mais perigoso sob nossa jurisdição. Um assassino frio e calculista de extrema agilidade e técnica. E a incumbência de tomar conta dele é sua. Acha que pode fazer isso, soldado?

— Sim, senhor – respondeu Seixas, corrigindo a postura.

— Saiba que esse cara é capaz de quebrar seu pescoço mesmo estando amarrado. Por isso, jamais dê as costas a ele. Estamos entendidos, filho?

— Sim, senhor – ele gritou forte.

— Muito bem, esta é a sua missão, e ela é muito importante, talvez a mais importante aqui. Amanhã vamos ver isso de perto. Por agora está dispensado.

— Sim, senhor – ele falou, com toda força de seus pulmões.

— Ah, Seixas.

— Sim, senhor – ele disse, voltando-se.

— Vamos esquecer essas cordialidades todas, me chame de major Myson, apenas.

— Sim, senhor, digo, major Myson.

— Assim está melhor.

Por volta das nove da manhã do dia seguinte, Myson reuniu um grupo de soldados para transportar Patrick da cela de compartimento fechado para o pátio interno, preparado para receber presos, e que obtivera uma reforma diferenciada, dadas as características do prisioneiro. Pelo vidro da sala de observação, Myson não tirou os olhos da fisionomia séria do rapaz criado para servir ao país em campos de combate. Mas que, na verdade, a vida preparara de outro modo. Ele jamais havia pegado em uma arma e, muito menos, trabalhado em grupo de resgate ou intervindo em qualquer tipo de missão. Para ele isso seria uma novidade, e Myson sabia que essa tarefa não seria nada fácil. Na melhor das hipóteses, não aconteceria nenhum incidente sério. A sirene do dispositivo de alarme soou uma única vez, e a porta se abriu num estalido. Os soldados em torno da porta acompanharam o preso sair com as mãos algemadas. Ele andou a passos lentos, percebendo o nervosismo dos homens uniformizados. Eles usavam capacetes e bastões de choque. Seixas fez sinal, quando a porta do pátio se trancou. Só então a segunda grade se abriu.

— Siga em frente – disse Seixas –, depois coloque as mãos na grade para eu retirar as algemas.

Seixas apanhou a chave do bolso, e os dois guardas observaram, calados. De mãos suadas, ele tentou enfiar a chave no minúsculo buraco da chave da algema, mas a chave não entrava. Do outro lado da sala, Myson observava, impaciente. Seixas limpou o suor das mãos na calça, respirou e tentou novamente.

— Algum problema, amigo? – Perguntou o preso.

Pego de surpresa com a repentina pergunta, Seixas deixou a chave escapar por entre os dedos, e ela saiu quicando. Foi parar no pé da grade pelo lado de dentro. Ao mesmo tempo, todos olharam a chave enfiada entre o vão da grade, longe do alcance de Seixas. O preso se abaixou tranquilamente, pegou a pequena chave entre os dedos e a entregou a Seixas. Mais tranquilo, ele finalmente abriu as algemas.

— Ele não parece ser tudo isso – disse Seixas, observando o rapaz se afastar.

Patrick observou o ambiente sem interesse. O lugar era amplo. Havia construções para atividades de escalada, toscas estruturas feitas de troncos de árvores envernizados. Extremidades em forma de "V" agregavam os troncos mais largos. No centro, esquadrilhas paralelas cruzavam toda a arquitetura e, no topo, troncos mais finos finalizavam o trampolim com efeito de duas cruzes. Tudo cercado por reforçadas telas que subiam até o teto em formato oval. O rapaz andou em círculo pelas dependências do saguão e foi se sentar em uma das esferas dos troncos de árvore. Foi assim por três dias e, ao que tudo indicava, ele não estava com a menor intenção de movimentar um único músculo para fazer parte do grupo de elite do Exército.

Myson colocou sua pasta sobre a mesa de centro. Marcus assistia, compenetrado, ao programa de TV do fim da tarde, sem dizer nada. Myson o olhou, curioso antes de dizer qualquer coisa.

— E aí, que cara é essa, o macaco não subiu no galho? – Perguntou Marcus, sem desviar os olhos da televisão.

— Não, e parece que não está nem um pouco a fim. Já falei que, se ele não quiser fazer parte do grupo, vai ser levado e julgado como um preso qualquer.

— E ele?

— Não fala nada, não sei mais o que fazer. Você tem alguma daquelas suas ideias malucas? Se tiver, este é o momento certo, porque já estou ficando sem tempo. O prazo que me deram para convencê-lo é de uma semana.

— Eu já te falei, mas você não entende.

— Ah, falou, então repete que eu estou ficando surdo.

— A garota loira.

— A Kristine – Myson disse, fazendo uma pausa para pensar. – Tudo bem, mas eu faço o que com ela? O cara deve estar furioso de raiva, nunca mais vai querer olhar para ela.

— Vai, nada.

— E o que eu vou fazer com ela?

— Não sei, dê um jeito de confrontá-los, pois ela é a única saída.

Myson foi se deitar pensando nas ideias do velho. Mais uma vez ele abrira o leque para uma nova estratégia. "Mas o que fazer?", pensou.

No dia seguinte, Myson se levantou da cama com a ideia pronta. Enquanto dormia, o subconsciente cuidou de achar uma saída para seus problemas. Ao se deitar, Myson colocou na cabeça que precisava achar uma resposta urgente e eficaz e, ao que parecia, a garota era a única opção.

— E então, ele se mexeu? – Perguntou Myson, observando, através do vidro, o preso sentado.

— Não, está do mesmo modo, parado ali faz tempo – respondeu Seixas, seu novo auxiliar.

— Tudo bem, vamos ver até quando. Faça um memorando. Não, prepare uma intimação e a faça chegar ao chefe do Departamento de Polícia, por favor.

— Para quando, senhor, major Myson?

— Para depois de amanhã. Vamos esperar os pelos dele crescerem um pouco.

Sentado de braços cruzados na cadeira da sala de espera, Patrick esfregava as algemas nos pulsos cabeludos, enquanto esperava por mais um dia de interrogatório. Àquela altura, os densos pelos já começavam a despontar, cobrindo toda a pele do seu corpo. A camisa do uniforme de prisioneiro tinha gola em V e as mangas até o cotovelo. Os pelos subiam pelo corpo até a cabeça.

A sala possuía um banheiro e havia uma porta fechada com um soldado de guarda, pelo lado de fora. Se havia uma coisa que Patrick não gostava, era de ficar esperando, muito menos para ser interrogado.

— Como está? – Major Myson perguntou, abrindo a porta, arrastando uma cadeira e colocando-a em frente a Patrick, do outro lado da mesa.

Patrick nada respondeu, apenas deu de ombros, indiferente.

— É bom você começar a pensar, e depressa, porque o tempo não para. Hoje vamos ter uma audiência, e sabe quem está aqui para responder a algumas perguntas? – Myson abriu uma gaveta, pegou o controle remoto que estava dentro, apontou para uma tela de vídeo, apertou o botão e a imagem revelou uma belíssima senhora vestida de uniforme azul-turquesa, sentada na cadeira da sala de espera, aguardando para ser chamada. Patrick olhou, desinteressado. Quando bateu os olhos no monitor, sentiu um arrepio. Ainda assim, conteve-se, apertou os olhos, engoliu a saliva e se fez de despreocupado. Sem nada dizer, abaixou a cabeça e voltou a mexer nas algemas. Se ficou apreensivo, não demonstrou.

— É isso mesmo que você está vendo, a sua namoradinha.

Myson sabia que ele tinha razões para não querer mais saber da garota por quem teria se apaixonado e se considerava traído, mas duvidava que não ficasse envergonhado de aparecer diante dela naquele estado, com pelos cobrindo todo o corpo, como um lobisomem.

— Vamos ou não vamos entrar num acordo? Só depende de você! – Disse Myson, colocando sobre a mesa a chave das algemas, junto com uma mala contendo produtos de higiene pessoal e um aparelho de barbear.

— Você tem cinquenta minutos – disse, depois se levantou e saiu.

Patrick observou o monitor, olhou a caixa. Sua raiva crescia contra Kristine, porém não lhe agradava a ideia de aparecer algemado na frente dela, ainda mais com pelo por todo lado. No fundo, no fundo ele queria que ela o amasse, que viesse pedir desculpas, arrependida do que fizera, implorando seu perdão. Mas, daquele jeito, parecendo um lobisomem, ela ia tomar um susto.

Ao chegar à porta do auditório, Patrick ficou apreensivo. Não o incomodava o fato de ser interrogado, muito menos de estar ali. Difícil, naquela hora, seria ficar frente a frente com Kristine. Não estava contando com isso, não naquele momento. Queria, sim, dizer tudo o que achava dela, falar tudo o que estava entalado em sua garganta. Dizer o quanto ela era mercenária, bonita e sem coração. Mas naquele momento, de supetão, não ia dar certo. Precisava sair dali. Fazer novos roubos. Sair nos jornais, voltar a ser o astro das manchetes. Aí, sim, poderia dizer o quanto ela fora tola, de como perdera tempo tentando, inutilmente, pegá-lo, de como ele estava arrependido por ter gostado dela, pessoa ingrata e desleal, fria e fácil de ser manipulada, coisa de gente sem caráter e sem pensamento próprio.

Patrick entrou na sala de audiência sendo conduzido por um soldado uniformizado. Foi levado até a cadeira da ponta de uma grande mesa de madeira polida. Todos os presentes observaram, curiosos, sua chegada. Patrick entrou olhando para o chão, depois levantou a cabeça, tentando ocultar o suplício pelo qual estava passando, evitando, assim, demonstrar fraqueza na frente de Kristine. Respirou firme, encheu o peito de ar e de orgulho. Ao erguer a cabeça, admirou a enorme parede do saguão de entrada, onde havia grandes quadros de oficiais generais. Sentou-se em seu lugar designado. Tinha combinado consigo mesmo que não olharia para Kristine. Por causa dela estava ali. Iria tratá-la com desdém, para mostrar a ela que gostou, sim, talvez até tenha se apaixonado, todavia, aquilo era coisa do passado. Estava preparado para mostrar que a presença dela era insignificante para ele.

À mesa havia três oficiais fardados, um advogado de terno e gravata e Kristine. Na frente da mesa havia um degrau e outra mesa, onde um oficial superior presidiria a sessão. Havia um enorme vidro no piso superior, de onde se podia observar tudo na sala de audiência. Major Myson acompanharia tudo sem ser notado. O oficial inquiridor fora instruído a provocar, nos dois intimados, conflitos que pudessem tirá-los do controle a ponto de revelar seus pensamentos. Recebeu, para isso, uma pasta contendo tudo o que deveria perguntar e muitas informações relacionadas ao caso. O oficial entrou na sala e, sem muita solenidade, sentou-se, ligou um gravador que estava sobre a mesa e disse:

— Vamos começar os trabalhos. – Abriu a pasta que continha todas as informações e prosseguiu: — Daremos início, em primeiro lugar, inquirindo a testemunha, a oficial de polícia Kristine. Ele olhou para ela. — Kristine – prosseguiu ele –, aqui diz que no dia 12 de março você perseguiu o réu aqui presente, o senhor Patrick, após ter praticado, furto no museu. Está correto? – Indagou, olhando para Kristine e retirando os óculos.

Kristine fez um gesto afirmativo com a cabeça.

— Aqui também diz que, no dia 19 do mesmo mês, você perseguiu o réu após ter novamente furtado um objeto de inestimável valor de um evento estadual.

Kristine, mais uma vez, assentiu com a cabeça e, novamente, respondeu que sim.

Um dos oficiais sentados diante de Kristine fez uma tremenda cara de admiração, pois não conhecia o conteúdo do assunto. Na verdade, já estava aposentado e estava ali como convidado, apenas para cumprir formalidade. A audiência não passava de uma manipulação teatral produzida por Myson para provocar e induzir Patrick a se rebelar e dar o troco a ela.

— Depois disso, ele passou a se aproximar de você, a segui-la e a encontrá-la no parque. Você sabe qual a razão disso?

Nessa hora, Patrick balançou a cabeça de forma negativa. Kristine olhou para ele com o rabo do olho. Fez uma pausa. O oficial aposentado, de olhos esbugalhados, esperava a resposta, ansioso. Não houvera tempo hábil para avisá-lo da encenação, por isso ele reagia conforme tomava conhecimento dos fatos.

— Não sei ao certo – ela respondeu, por fim.

— Nem suspeita? Aqui diz ter sido por amor. Você acredita que seja essa a razão?

Enquanto falava, o homem arrumou os óculos no nariz para enxergar melhor as letrinhas miúdas, depois os retirou para ver, com mais clareza, a expressão no rosto de Kristine.

— Pode ser – respondeu Kristine, meio desconfortável, dirigindo o olhar para o interrogador.

— Se você não tem certeza, talvez o investigado saiba. – Ajeitando-se na cadeira, ele se virou para Patrick. - Considerando a afirmação, eu passo a pergunta ao réu. — Senhor Patrick, foi essa a sua intenção? Você se aproximou dela porque estava apaixonado?

Patrick levantou a cabeça, olhando para o inquiridor, e respondeu, rispidamente:

— Sim, mas já passou.

— Então você se arrepende do que fez?

— Claro, é por causa disso que estou aqui, não é?

O homem de meia-idade soltou uma risada, olhando para a expressão de Patrick. Ao perceber que os demais estavam sérios, levou a mão à boca, tossindo, na tentativa de disfarçar a gafe.

— Não apenas pelo fato de ter sido pego, digo, você não sente mais nada por ela?

— Não, agora eu sei que tipo de mulher ela é.

Não podendo se conter, deu uma espiada com o canto do olho em Kristine, a fim de sentir o efeito de suas palavras.

Kristine fitou-o, lívida. Fez menção de falar alguma coisa, mas se conteve, franzindo a testa. O oficial veterano, sentado à sua frente, boquiaberto e admirado com tal história, tomava ininterruptos goles de água.

"Quem desenterrou essa múmia?", pensou Kristine, olhando o senhor enxugando ora a testa, ora a boca com um lenço que tirava do bolso do uniforme, depois o guardava de volta no mesmo bolso, mexendo-se frenético à espera do resultado daquela audiência, parecendo ser parte envolvida no caso. Do alto da sala, Myson ouvia tudo por um transmissor, e observava atentamente a expressão no rosto de Patrick. Estava gostando da discussão, tudo estava indo conforme o planejado. As perguntas haviam sido elaboradas para provocar essa reação. Na verdade, ninguém estava mesmo interessado nos fatos.

— Muito bem, vamos dar continuidade – disse o interrogador.

— Senhora Kristine, ele se aproximou de você, e, então, vocês passaram a se encontrar no parque, e você não percebeu nada?

— Não, ele estava bem diferente – respondeu Kristine.

— Certo, pelo que eu pude entender, você correspondeu sentimento dele?

— É, pode ser, até eu saber que tipo de homem ele é.

— Patrick, queira esclarecer, houve mais alguma coisa entre vocês, além do que foi mencionado?

Kristine passou as duas mãos no cabelo, para arrumá-los atrás da orelha. Colocou os dois cotovelos sobre a mesa, cruzou os dedos e encostou a mão na boca, olhando fixamente para o nada. Não entendendo o porquê de tantas perguntas irrelevantes e, nitidamente nervosa, ela pegou o copo de água que estava à sua frente e virou tudo na boca num só gole. O oficial com pinta de jurado cuidou de encher o copo de Kristine, que retribuiu, agradecida, dando um sorriso amarelo.

— Não – respondeu Patrick.

— Então vocês não se beijaram?

— Sim, ela me beijou!

— Ele me beijou – disse Kristine, de supetão, com um tom de voz mais alto, olhando Patrick, de cara fechada.

Patrick, mais uma vez, não se conteve e olhou, também, para Kristine. Ao se olharem, Patrick se fez de indiferente.

— Queira esperar a sua vez de falar – disse o oficial.

Nessa hora, Myson fez sinal ao interlocutor de que já podia encerrar a audiência. Ele já obtivera o que queria. Já tinha ouvido o suficiente para traçar mais um de seus planos. Depois de tudo o que ouvira, não restava dúvidas de que algo maior e mais forte havia entre os dois. Não só da parte de Patrick, mas, também, de Kristine. Era só uma questão de tempo, até ele conseguir fazer o que ninguém havia feito até o momento no mundo: montar uma Superequipe.

***

Estava quase escurecendo quando Seixas bateu na porta da sala de Myson.

— Major Myson – disse Seixas –, venha ver uma coisa.

Os dois seguiram em direção à sala de observação, Seixas na frente e Myson atrás. Pelo vidro, Myson observou Patrick fazendo malabarismo nas traves de árvores, jogando-se de um galho ao outro com total destreza, sem fazer o menor gesto de esforço.

— Muito bom – ele disse, sorridente –, abra esta porta.

— Tem certeza, comandante?

— Tenho sim, pode abrir.

Com o canto do olho, Patrick observou Myson entrar no salão, acompanhado de Seixas.

— E então, vamos agitar um pouco esse lugar? Nossa vida aqui está muito parada. O que você acha de tirar essas algemas? – Perguntou Myson, sorridente.

— O que vai ser? – Perguntou Patrick.

— Vamos fazer uns testes. Se você passar, ganha um novo nome e um uniforme. As garotas gostam de uniformes.

Patrick assentiu, com um gesto de cabeça. Seixas observava a conversa, sem entender nada.

— Nem pense em fugir, você carrega um chip implantado em seu corpo e, antes que consiga arrumar alguém para removê-lo, um batalhão já teria te localizado. Aí você pode esquecer o privilégio de se tornar um grande soldado em defesa da pátria. E será levado a uma cadeia de segurança máxima, onde vai ser julgado pelas condutas inapropriadas do seu passado, que estamos dispostos a esquecer, se você se comportar bem. Estamos te dando uma enorme chance, considerando seus antecedentes.

— Acha mesmo que as coisas podem ser esquecidas, assim?

— Depois de duas ou três boas ações, todo mundo acaba esquecendo. De nome novo, então, ninguém nem vai se lembrar.

***

Parque ecológico Highlands, norte da Virgínia.

— Esse parque possui trinta mil metros de área preservada. Fizemos uma adaptação para simular um ambiente hostil de selva. Você vai ter de localizar os reféns dentro de cabanas montadas em algum lugar da floresta. Haverá atiradores em vários pontos. Se você for atingido, está fora; se for de raspão, continua no jogo. Coloque a roupa especial. Ela vai protegê-lo.

— Não preciso disso aí, não – ele resmungou.

— Você vai precisar do auxílio do controlador. Ele é feito pelo radiotransmissor, de dentro do capacete.

— Posso fazer isso sozinho.

Myson consentiu. Achou mesmo uma boa estratégia, para ver como ele se saía sem o uniforme. Patrick entrou na mata, imprimindo certo ritmo. De longe, foi identificando soldados de roupas camufladas entre as árvores. Ele desviou o curso. Fez bem, os atiradores não tiveram campo de visão para efetuar os disparos. Do computador do furgão, Myson e Seixas acompanhavam o avanço de Patrick pelo monitor. À medida em que Patrick avançava, os obstáculos foram se estreitando, forçando sua entrada em cavernas escuras. Ele entrou e saiu sem problemas. Só quando chegou ao campo de visão das barracas é que os soldados conseguiram identificá-lo e começaram a atirar. No solo, ele se camuflava entre os troncos das árvores; no alto se camuflava entre os galhos.

Assim como fazia com os agentes do FBI, ele fez barulho nos matos, forçando os soldados a segui-lo para longe das cabanas. Certificando-se de que o lugar estava seguro, Patrick se dirigiu ao primeiro barraco. Aproximou-se cauteloso, de ouvidos atentos. Derrubou a janela dos fundos do primeiro barraco, e a luz iluminou todo espaço. Não havia ninguém.

Dirigiu-se ao segundo barraco, puxou a janela. No interior havia dois bonecos amarrados. Patrick deu a volta para entrar pela porta, e um soldado o atingiu pelas costas. Ele se virou num susto, era o fim do jogo para ele.

***

A equipe de soldados se agrupou em torno do caminhão, retirando os equipamentos, enquanto Patrick enxugava o rosto, contrariado.

— Como aquele cara chegou de repente e eu não percebi nada? – Perguntou Patrick.

— Não posso te contar detalhes agora, se não perde a graça – disse Myson.

— É, mas eu preciso saber o que ele fez, de onde surgiu?

— É simples, esfregamos algumas ervas do mato no corpo dele e o deixamos escondido, por isso você não o notou.

— Isso não vale, é trapaça.

— Você foi bem, isso é o que importa, mas vai ter de ganhar, na próxima vez.

As equipes estavam se preparando para o segundo dia de testes. Todos os soldados esfregaram ervas do mato para camuflar o cheiro. Dessa forma, Patrick não poderia identificá-los. Nesse momento, outro caminhão do Exército chegou, e o coronel Dylan desceu em direção a Myson.

— Hoje vamos incrementar um pouco essa brincadeira – ele disse.

Um soldado desceu do caminhão, vestido com o novo uniforme, o mesmo que Patrick não fez questão de usar.

— Este soldado foi o primeiro colocado em todos os testes no último curso de fuzileiros. É o melhor. Faremos uma competição e, quem vencer por três vezes, fica na equipe.

— Não fui informado da mudança – disse Myson.

— Você vai receber um cronograma das novas regras – respondeu Dylan, observando Patrick de lado. – Vamos ver se seu "super qualquer coisa" é bom mesmo.

Myson fez um sinal a Patrick, e os dois se reuniram em torno do furgão.

— Houve uma pequena mudança nas regras. Você vai competir com aquele fuzileiro.

— Isso não parece problema.

— É uma competição, quem ganhar duas vezes fica na equipe. Use ao menos o capacete. Com ele podemos auxiliá-lo.

Myson não insistiu para que Patrick pusesse o uniforme, porque para vesti-lo era necessário treinamento. O uniforme, feito sob medida, era elaborado de maneira que não pudesse ser usado por outra pessoa, e só existia uma maneira de colocá-lo. Sem as instruções de uso, ninguém era capaz de vesti-lo. Ele era feito de fibra de carbono e de uma borracha extraída da polpa de uma rara seringueira do sul da Austrália. Ela possuía mobilidade, ao passo que absorvia e protegia de impactos, tornando-a semiblindada. A bota possuía um dispositivo acoplado até os joelhos, permitindo que um soldado pudesse pular de uma altura de dez metros sem sofrer danos.

Ambos se posicionaram na linha de partida, número 1 e número 2.

— Vamos começar – disse Dylan, assoprando um apito. O jogo começou, os dois se embrenharam na floresta fechada.

— Atiradores logo à frente pelo lado direito – falou o monitorador, pelo transmissor dentro do capacete.

Patrick desceu à esquerda, seguido pelo número 2.

— Estou tendo problemas no computador – disse o controlador –, parece que é algum tipo de vírus, do tipo que aparece na tela e não sai.

— Mas já? – retrucou Myson, falando ao celular com a cabine – O jogo mal começou.

— Parece que alguém está sabotando a gente. Não consigo me livrar desse vírus, o número 1 vai ter de se virar sozinho.

— Continue tentando – pediu Myson, suspeitando que Dylan estava por trás daquilo. O número 2 ultrapassou Patrick, dando-lhe um golpe. Patrick caiu entre os galhos secos. Levantou-se irritado, sacudindo a terra. Não sabia desse detalhe, que podiam digladiar. Patrick se levantou correndo, o número 2 ia livre na frente. Dali por diante teria de se virar sozinho. O computador do controlador estava travado. O número 2 chegou à área dos barracos, foi direto ao segundo, e salvou os reféns.

No trajeto de volta, os três voltaram calados. Seixas ao volante, Myson no banco do passageiro e Patrick no interior do furgão, observando, distraído, a rua pelo vidro da janela.

— Que regras são essas? – questionou Seixas, pondo fim ao silêncio. Myson teve ímpeto de falar alguma coisa, mas não o fez.

— E o computador travar daquele jeito, assim, do nada – Seixas questionou, ainda mais indignado.

— Eu nem sabia que ele podia me atacar – resmungou Patrick, lá do fundo. – E como ele achou os reféns, assim tão fácil?

— É o Dylan! – disse Myson. – Ele não vai sossegar enquanto não me ver longe daqui.

— E por que isso?

— Por nada, tem gente que é assim.

— Mas nós não vamos ficar aqui, parados?

— Não mesmo.

— E o que faremos?

— Isso eu não sei, só sei que não vou deixar aquele filho da puta ganhar assim, de mão beijada.

— Só faltam mais dois desafios, e temos de ganhar os dois.

— É, eu tenho de arrumar alguém que seja bom em *games* e, também, hacker em computação.

— Um cara assim não é fácil de encontrar – prosseguiu Seixas. – Já fizemos disputas entre garotos nas escolas, a maioria deles é boa em jogos, mas nem todos dominam tão bem os softwares, ou vice-versa. Realizamos um concurso estadual, no ano passado, para eleger um jovem para estagiar na seção de criptografia do Pentágono. O primeiro colocado foi desclassificado e, o segundo, está trabalhando na manutenção de arquivos criptografados no primeiro andar.

— Por que o primeiro foi desclassificado?

— Problemas com a Justiça. Acho que estava metido em contravenções virtuais.

— Que contravenções são essas?

— Não sei direito, deve ter sido alguma traquinagem.

— E quantos anos ele tem?

— Na época, tinha dezessete. Agora deve estar com dezoito.

— Você consegue o endereço dele?

— Claro, hoje mesmo.

***

J. Roberto chegou à loja de conveniência observando o movimento. Myson o aguardava na mesa de sempre.

— Quem é o malvado lá fora?

— Meu novo assistente, e ele não é do mal. Aquilo é só tamanho. Vai tomar o quê?

— Uma cerveja está bom. E aí me fala, como está indo o Supersoldado?

— Muito bem. Quero dizer, estava indo muito bem, só que o Dylan está sabotando os computadores e estamos perdendo a batalha.

— Que filho da mãe! E ele pode fazer isso?

— Ah, como eu vou provar? E não temos tempo. Só faltam mais dois desafios. E é por isso que eu preciso de você.

Myson não queria pedir favores aos seus chefes, nem a membros do Exército. Por essa razão preferira recorrer a J. Roberto, com o qual acreditava poder contar sem, depois, ficar devendo favores, uma vez que não se tratava de favores particulares, e, sim, de uma colaboração para o Exército e a nação.

No mesmo dia, o agente Edgar, acompanhado do agente Filipes, entrou na loja de computadores, cujo proprietário, um jovem chamado John, ao avistar os dois agentes, retirou um *pen drive* do computador e começou a puxar os fios das tomadas.

— Pois não, os senhores desejam alguma coisa? – Ele perguntou, sorrindo. Edgar jogou um papel sobre a mesa.

— Viemos levá-lo. Você violou a condicional.

— O que é isso? Eu não tenho culpa que esses moleques entram em site pornô. – Filipes o pegou pelo braço.

— Não se trata disso!

— Tudo bem, eu confesso. Só estava ajudando um amigo, coisa sem importância.

— A gente conversa quando chegar ao Pentágono.

— Pentágono? Eu não tenho nada para fazer no Pentágono.

— Tem sim! E como tem!

O garoto franzino, de bochechas rosadas, óculos redondos, cabelos desarrumados, não levantava nenhuma suspeita, ainda mais diante da desafortunada sensação de ansiedade que o preocupava. Já havia recebido anistia por praticar contravenções virtuais, e, naquele momento, não teria escapatória.

— Muito bem, senhor John – disse Myson, entrando na sala de espera, carregando uma pasta embaixo do braço.

— Você está encrencado – continuou ele, puxando uma cadeira, sentando-se de frente para o rapaz, que estava do outro lado da mesa.

— Eu posso explicar.

— Então você está de condicional por ter entrado nas contas do governo.

— Eu estava testando um software de um amigo.

— E, pelo visto, ele funcionou bem. Mas foi rastreado?

— Pois é.

— Você achou que ninguém perceberia?

— Não, pensei que não iam nem dar importância.

— Todo mundo tem uma história terrível para contar – interrompeu Myson. – Eu sei muito bem. E você não parou por aí. Agora está prestando serviços para um bando de vigaristas.

— Não, só faço umas coisas à toa para clientes da loja.

— Clientes da loja, importando e exportando produtos ilegais para fora do país! Isso é crime federal, dá para pegar uns bons anos de cadeia – John ouviu calado, achando melhor não dizer nada que pudesse complicar anda mais a situação.

— Não foi para isso que eu te trouxe aqui. Eu quero ajudá-lo, mas, para isso, você tem de me ajudar.

— Te ajudar? – Perguntou John, encolhido na cadeira, aparando os óculos, que não paravam de escorregar pelo nariz.

— Exatamente, me ajuda que eu te ajudo.

— E como eu te ajudo?

— É simples. Acompanhe-me.

John limpou os óculos para enxergar melhor os equipamentos, enquanto acompanhava Myson pelos corredores do Pentágono.

— Vocês têm belas máquinas aqui.

— Sim, temos. Se você fizer tudo direito, vai poder brincar com todas elas.

— Legal, é só falar o quê.

Chegaram a uma sala ampla, e a secretária veio atender.

— Este é o jovem? – Perguntou ela.

— Sim, veio para o teste.

— Como vai? – Cumprimentou ele, estendendo a mão. – Eu me chamo John, e trabalho em manutenção de microprocessadores. Se tiver algum problema, é só me chamar.

— John! – interrompeu Myson – Faça o favor. – O rapaz se sentou na cabine, havia uma tela, um teclado, um controle de vídeo manual e um fone de ouvido para comunicação.

— Nossa! Este é um Ultimate. Legal.

— Então, John – disse Myson –, é aqui que você me ajuda. Simone, você pode explicar como o teste funciona?

— É claro, senhor Myson.

— John – disse Simone –, você vai auxiliar um soldado a encontrar os reféns escondidos na selva. Vai usar o controle para enxergar os atiradores e obstáculos, e vai passando a localização deles pelo fone.

— Legal – disse John, pulando na cadeira.

— Podemos começar, está preparado?

— É pra já – ele gritou, eufórico.

— Simone, coloque o nível cinco – disse Myson, no ouvido.

— Mas até hoje ninguém passou do nível quatro.

— Vamos ver como ele se sai. Eu não tenho muito tempo.

Os testes tiveram início no momento em que John apertou o botão do mouse. Myson ficou com os braços cruzados atrás de John e Simone, ao lado, com a prancheta na mão. O monitor não mostrou a imagem, em vez disso, apareceu um emaranhado de letras. Rapidamente, John pegou o teclado e se enfiou debaixo da mesa. Com a palma da mão, ele apertou os quatro primeiros botões do teclado, ao mesmo tempo em que pressionou os quatro botões de cima do teclado: Esc, F1, F2, F3. Então puxou o fio de liga e desliga da tomada e, imediatamente, o encaixou de volta. Feito isso, John retornou com o teclado sobre a mesa, esperou um instante e apertou a tecla Enter.

— É vírus de *boot* – disse ele –, infecta o programa antes de iniciar o sistema operacional, por isso não é barrado pelo *firewall*, mas eu conheço esse, já vi muitos.

Myson olhou com o canto do olho para Simone, disfarçadamente, e ela arqueou as sobrancelhas, admirada. O jogo começou fervendo. John manipulava o controle, concentrado na tela. Os soldados surgiam, um a um, cercando o número 1. A tela rodopiava, simulando a imagem via satélite em projeção infravermelho. John se comunicou sem problemas. Myson ficou zonzo só de olhar para a tela. John parecia gostar do desafio, passando as informações sorridente. Quando marcava um ponto, comemorava se intitulando "John, o Grande". De repente, surgiu um menu com uma mensagem criptografada impedindo a visão, bem no meio da tela. John tentava de todas as formas decodificá-la.

— Eu preciso de um criptógrafo – berrou ele, nervoso.

Myson ergueu os ombros, sem entender nada. Depois de muito tentar decodificá-lo, John desistiu e passou a fase da anulação. Não deu certo. Depois, tentou remover, também sem efeito. A única saída foi arrastar o menu até o canto da tela, dessa forma ele podia, pelo menos, acompanhar a movimentação no outro canto da tela. Ao final do jogo, ele obteve a pontuação máxima, quebrando o recorde, porém não resgatou os reféns, portanto, estava desclassificado. Revoltado, John bateu na mesa, indignado.

— Alguém já ganhou isso aqui? – Ele perguntou.

Simone ia dizer que nunca alguém tinha chegado tão longe, quando foi interrompida por Myson.

— John, na verdade, até que você foi bem – disse Myson.

— Como? – Ele disse, indignado. – Eu preciso dos meus equipamentos, ninguém ganha esse jogo sem um bom avaliador de programas. O que é isso! Está de brincadeira?

— Major Myson – chamou Simone –, desculpe interromper, é que seu auxiliar Seixas quer lhe falar e disse que é urgente.

— Claro, peça para ele entrar.

— Major – disse Seixas afoito.

— O que foi, agora? – Perguntou Myson.

— O desafio foi adiado.

— Para quando?

— Para hoje, às nove e meia da noite. – Myson olhou as horas, e o relógio marcava oito.

— Como? Não podem mudar assim...

— Receio que podem. O tenente disse que se o número 1 não comparecer, será eliminado por não comparecimento. Por que não tenta o garoto novo? Vamos ver no que dá.

— O garoto acabou de fazer o teste. – Myson fez uma pausa, respirando, e olhou para o rapaz sentado na poltrona, de braços cruzados.

— Você acha que pode fazer isso, filho? – Perguntou Myson.

— Com o que temos aqui, sem chance. Eu preciso de um criptógrafo moderno, de uma placa de vídeo melhor, esta não suporta esse jogo...

— Está bem, John, Simone vai anotar tudo. Seixas, preciso que você providencie tudo o que ele pedir.

— É claro, major. Mas onde posso encontrar tanta coisa uma hora dessas?

— Não vai – disse John –, tem de pegar na minha loja. É só chegar lá e pedir para o Mateus, ele sabe.

— Está bem.

— Não se esqueça dos meus chicletes sem açúcar.

— Por que sem açúcar?

— É que me estraga os dentes.

— Tudo bem, mais alguma coisa?

— É só isso.

***

O furgão chegou ao parque faltando cinco minutos para o início da competição. Dylan olhou para o relógio.

— Achei que não viria.

— É, aqui estamos de novo. Você não achou que eu desistiria tão facilmente... – Myson disse, abrindo a porta lateral do furgão.

Patrick desceu, de uniforme camuflado.

— Ok, com essa gente precisamos ser duas vezes mais espertos – Myson disse. – Hoje é vencer ou vencer. Se precisar dar pancada, fique à vontade.

— Certo.

Na linha de partida, Patrick olhava de lado para o número 2. O último desafio ainda estava entalado na garganta. Os dois homens correram mata adentro, tomando rumos distintos. Uma linha paralela tocou no fone de John.

— Alô, John, é o Myson. Está me ouvindo bem?

— Estou.

— Ótimo. Chegaram seus brinquedos?

— Chegaram.

— Muito bem, agora é pra valer. Temos de ganhar, se não estamos fora. Só depende de você e do número 1. Boa sorte!

— Obrigado.

John olhava o monitor, atentando para todos os detalhes.

— Número 1 está na escuta? – Perguntou John.

— Estou.

— Atirador no alto do barranco à esquerda, a uns vinte e cinco metros.

— E o número 2? – Perguntou Patrick.

— A trinta e dois metros atrás, vindo pelo lado esquerdo. Não se preocupe, você está bem. - John continuava examinando a tela. — Tome cuidado, guerrilheiros se aproximando pelo lado esquerdo.

John viu a tela encher deles, vindo por todos os cantos.

— Estão se aproximando por todos os lados – ele disse, com a voz alterada. – São muitos.

— Por onde eu vou?

— Não tem para onde fugir. O jeito é passar pelo meio.

— São quantos?

— Uns quinze.

— Você não vai escapar de todos, precisa de um escudo.

— Você tem um aí para me emprestar?

— Não trouxe, deixei em casa.

— Certo.

— Você vai ter de improvisar.

Nessa hora, uma janela surgiu na tela do computador, pedindo uma senha para continuar o jogo. John ligou o criptógrafo na sequência numérica, de acordo com o tipo de mensagem.

— Eu já estava esperando por você – ele disse. – Não vou cair na mesma armadilha de um ano atrás.

— Como estamos indo? – Perguntou Myson.

— Encontramos um contratempo, mas não é para se desesperar. Vamos vencer.

Quando John retornou ao jogo, ouviu a voz do número 1 chamando.

— Cadê você?

— Eu tive um probleminha. Não esquenta, estou de volta. Como passou pelos contrabandistas?

— Improvisei um escudo, achei um jipe abandonado e arranquei o capô.

— Boa, só que o número 2 está à frente, uns vinte cinco metros.

O número 2 chegou em frente ao terceiro barraco e, quando encostou a mão na porta, levou um sopapo que mandou-o a três metros de distância. O número 1 entrou e salvou os reféns. John vibrou na cadeira, e Myson deu um salto de alegria.

— É isso aí! - Gritou ele. - Estamos no jogo!

No terceiro dia de competição, Patrick saiu na frente mais uma vez. Myson, apreensivo, acompanhava pela tela do furgão. Não restava a menor dúvida de que Dylan tentaria de tudo na última prova. John driblou os vírus sem dificuldade. Patrick seguia na liderança. Quando chegou à frente do primeiro barraco, o número 2 veio por trás para lhe dar um golpe. Patrick se defendeu, jogando-o de cara na lama.

— Tem guerrilheiros em todos os barracos - disse John.

— E o que eu faço?

Nessa hora, o número 2 se levantou e tomou outra direção. Patrick o observou correndo.

— Está aí a resposta, siga o cara.

O número 2 entrou mata adentro, em uma trajetória reta. Patrick o seguiu em meia distância. De repente, ele entrou em uma gruta, mas os reféns não estavam lá. Quando saiu, Patrick já havia salvado os reféns. Myson descobriu que Dylan havia trocado os reféns de lugar, e cuidara de trocá-los, também.

— Isso não está certo. Como ele venceu sem o uniforme? - Perguntou o número 2, enquanto Patrick e Myson ainda estavam comemorando.

— Não faça perguntas para as quais eu não posso te dar uma resposta - disse Myson. - A propósito, você é muito bom. Como se chama?

— Davi.

— Pois bem, seu Davi, estamos montando um grupo de elite para apoiar o número 1. O que acha de fazer parte? - Perguntou Myson, estendendo a mão.

Davi deu uma olhada em torno de si sem saber, ao certo, o que dizer, mas apertou a mão de Myson, observando confuso.

— Aceito.

— Muito bom, agora você é do time.

***

— Este é o cara! – Falou John, quando a porta do furgão se abriu e Patrick desceu. – Beleza, eu sou John Smith Jones – ele disse, apertando a mão de Patrick com força.

— O cara do rádio?

— O único!

— Não sabia que admitiam crianças aqui.

— Alto lá, tenho dezoito anos muito bem vividos.

— Muito bem, pessoal, hora da reunião – disse Myson.

— Ah não, odeio essa coisa de reunião – resmungou John.

— Parabéns aos dois! – Falou Myson, na sala preparada para discutir estratégias de intervenções. – Somos uma equipe, agora. Aguardaremos instruções do alto comando para começarmos a receber nossas missões.

— A que tipo de missões o senhor se refere? – Perguntou John.

— A verdade é que ninguém sabe, ainda. Estamos começando agora e, ao que parece, ainda vai ser necessário uma aprovação do Congresso, sancionada pelo presidente. Isso leva tempo. Por enquanto, vamos esperar.

— E o que faremos agora? E a nossa festa de formatura? Eu vou ganhar um uniforme?

— É, arrumaremos um uniforme e também podemos realizar uma solenidade. O que vocês acham?

— Vai ser ótimo – disse John, todo empolgado.

— E você, número 1, o que acha?

— É, acho que sim, pode ser.

— Nossa, que desânimo! – Comentou John. – Você vai receber um uniforme de oficial do Exército! Desculpe, não sei de onde você vem, mas lá de onde eu sou isso é uma grande coisa.

— É mesmo – emendou Myson. – Vamos convidar todo mundo, mas com uma ressalva: ninguém pode saber que somos a Superequipe. Vamos divulgar que se trata de uma condecoração aos componentes que retornaram de uma missão especial.

— E ninguém vai desconfiar? – Indagou John.

— Que nada, aqui é cada um no seu quadrado.

— E você, número 1, tem um nome? – Perguntou John. – Não podemos chamá-lo de número 1 para sempre.

— Tenho – respondeu Patrick.

— Tem, mas vai ter de mudar! – Disse Myson, interrompendo-o.

— E qual vai ser?

— Não sei, ainda.

— Tem de ser um nome forte, como você – sugeriu John.

— Basta ser um nome, mais nada – completou Myson.

— Eu tenho uma sugestão. Por que você não põe Steve Jobs?

— Quem é Steve Jobs?

— Esse aí é um *nerd* – cortou Myson. – Você precisa de um nome com a cara da habilidade que tem. Eu diria que em você cairia bem, deixe-me ver, Michael Jordan!

— O jogador de basquete – disse John, com ar de reprovação.

— É, ele mesmo, um nome de grande porte.

— Eu gosto de Bruce Wayne – opinou Patrick.

— Ah, corta essa, o Batman.

— É um verdadeiro herói...

— Pare com isso, Michael Jordan, seis vezes campeão da NBA...

— Um nome inteligente, já falei, Steve Jobs, incomparável...

O silêncio tomou conta da sala, enquanto os três quebravam a cabeça, pensando no melhor nome.

— Tive uma ideia, vamos colocar um nome de cada um – disse John. – Aí não vai ter briga.

— É, parece uma boa. Gostei. O primeiro nome vai ser Jordan – disse Myson.

— Não, o que é isso! O primeiro vai ser Steve.

— Acho melhor Bruce.

— Ok, ok, vamos organizar – disse Myson. – Vai ser Jordan Steve Bruce.

— Não, acho que não caiu bem – disse John. – Que tal Steve Bruce Jordan?

— É, mais ou menos, mas ainda falta alguma coisa.

— Tenta Bruce Jordan Steve – disse Patrick.

— É isso – disse John –, agora bateu.

— É isso aí, legal. Bruce Jordan Steve é muito autêntico – concluiu Myson.

— Então é só isso mesmo? Já somos um grupo de elite? – Perguntou Patrick.

— É. Falta alguma coisa? – Perguntou Myson.

— Não, é que eu achei que para fazer parte de um grupo desses precisaria passar por testes.

— E não passamos? Saímos de um agora mesmo.

— Mas é só isso? Não vamos fazer nada?

— É verdade – complementou John –, não vamos combater os vilões?

Nesse momento, Seixas bateu à porta.

— Com licença, comandante, eu trouxe os formulários.

— É claro, Seixas. Entre, por favor, e explique aos nossos futuros oficiais como preenchê-los. – Seixas se posicionou de costas para a lousa, de frente para os dois.

— Vocês vão preencher os formulários colocando nome, endereço, nome do pai, da mãe, características físicas – prosseguiu Seixas –, se fumam, se possuem marcas, tatuagens, a cor dos olhos, do cabelo...

Patrick e John juntaram as carteiras para colar um do outro.

— Alguma dúvida? – Perguntou Seixas.

— Já terminei – respondeu Patrick.

— Eu também – disse John.

No formulário de John, ele preencheu apenas o nome completo, nome do pai, da mãe, a cor dos olhos, o número da roupa e o tamanho do boné. Patrick conseguiu escrever apenas Bruce Jordan Steve, em letras de forma em garranchos, que só ele podia entender.

— Alguém pode ligar a televisão, por favor? Eu costumo ouvir as notícias da tarde – disse John.

Seixas ligou a TV. Ao vivo, a repórter dava a notícia de um roubo a banco no centro da cidade. Myson lia os relatórios, distraído.

— Está ocorrendo um roubo com reféns no banco – comentou Seixas. – Eu estava assistindo lá embaixo, no refeitório.

— Aumente para a gente ouvir. Não estou ouvindo nada – disse John.

— A quadrilha já estava no interior da agência bancária quando alguém desconfiou e chamou a polícia – a repórter dava a notícia, falando diante da câmera. – Quando a polícia chegou, eles se rebelaram, houve tiroteio e correria. Um policial foi ferido e uma policial continua dentro do banco.

— Kristine – disse Patrick, de supetão.

— Quem é Kristine? – Perguntou John.

— A namorada dele – respondeu Myson.

— Uma policial, e ela é bonita?

— É, muito – disse Myson.

— Temos de fazer alguma coisa – disse Patrick, se pondo em pé.

— Isso é assunto da polícia – disse Myson.

— Temos de salvar a mocinha – disse John, também de pé. – Para que somos uma equipe?

Myson observava, bestificado, a cena dos dois, de frente para ele, em posição de sentido.

— Estou vendo que não tenho escolha – disse Myson, se erguendo. – Seixas, sabe onde fica esse banco?

— Sim, comandante!

— Pode nos levar até lá?

— Claro, agora mesmo, o furgão está pronto e lavado.

— Estão estejam todos prontos no furgão em cinco minutos.

— É isso aí, vamos botar pra quebrar – comemorou John.

— Já vi que vou me ferrar – murmurou Myson, correndo pelo corredor.

Cada um pegou, apressado, algum pertence. Patrick, o uniforme; John, uns cabos de conexão e seus chicletes. Myson não pegou nada, só o chapéu. Seixas foi o primeiro a chegar, e posicionou o furgão ao lado da escada de acesso do estacionamento. Não podia deixar a desejar, não naquele momento, quando, pela primeira vez na vida, estava fazendo parte de uma equipe. E era, também, a primeira vez que fazia questão de fazer parte de uma equipe. Pela coincidência irônica que o destino insistia em promover em sua vida, aquela era apenas a Superequipe, para a qual todos os rapazes da seção fizeram os testes e não passaram, nem na primeira fase. Era sábio em confessar que caíra de paraquedas, e Myson o acolhera sem criar caso ou fazer piadas e, por isso, Seixas era-lhe muito grato. Fora humilhante o dia em que Dylan mandou chamá-lo e deu a notícia, com sorriso no rosto, que ele completaria o efetivo da Superequipe. Na ocasião, Dylan deixou-o esperando o dia todo do lado de fora da sala. Na hora do almoço, Dylan saiu da sala e o viu plantado, esperando.

— O que está fazendo? – Ele perguntou.

— O senhor mandou me chamar.

— Ah, sim, é verdade. Você foi recomendado, disseram-me que você é bom.

Seixas nada respondeu. Sabia muito bem que ele estava sendo irônico. Só não conseguia entender o motivo que o levara a colocá-lo na equipe.

— Passe no departamento pessoal e pegue sua pasta. Entregue-a ao major Myson e diga que eu o recomendo.

— Sim, senhor.

Seixas pensou em dizer algo, naquela hora, dizer que aquilo só podia ser um engano, ele não poderia ser considerado à altura de entrar para o grupo de elite. Não era bom atirador, não era rápido, não enxergava muito bem, estava fora de forma. Mas não falou. Engoliu em seco, pois nada do que dissesse teria valor. Seixas passou no departamento de transferência, por lá esperou mais duas horas. Por volta das quatro da tarde, alguém o chamou, entregou um envelope marrom com o ofício de apresentação grampeado. Seixas pegou o envelope sem interesse, subiu as escadas até o terceiro andar. A secretária disse que Myson havia mudado de sala, informou que ficava no subsolo, mas não sabia o número. Seixas voltou, desceu as escadas até o subsolo, procurou pelos corredores, olhando nome por nome nas plaquetas das portas. Alguém disse que era a última sala do quadrante Sul. Seixas já não sabia mais onde era Norte, Sul, Leste, Oeste.

Passava das cinco da tarde quando encontrou a sala. Bateu na porta, esperou um bom tempo, ninguém apareceu. Resolveu bater de novo, mesmo não querendo incomodar. Tornou a dar mais três toques com as costas da mão e, mais uma vez, não apareceu ninguém. Certamente não havia ninguém, e o jeito era esperar. Esperou por Myson mais um tempo, na porta da sala, constrangido, sem saber o que dizer. Com certeza, ele ficaria furioso com a mudança de auxiliar, precisava das pessoas mais disciplinadas e habilidosas. Seixas nunca imaginara fazer parte de uma equipe daquelas.

No tempo em que ficou esperando, tomou café expresso de máquina e água de bebedouro por duas vezes, em menos de uma hora. Além do café da manhã, em que comera dois ovos mexidos e duas fatias de pão com geleia, aquele café de máquina fora praticamente a única coisa que jogou no estômago durante todo o dia daquela burocrática transferência de seção.

Myson apareceu de repente, do nada, com cara de sério por causa da nova missão de montar a equipe. Seixas sentiu certo frio na barriga ao vê-lo. Não que estivesse com medo. É que na ocasião sua desilusão tinha chegado ao extremo, passou da angústia ao medo, e do medo ao repúdio. Ao contrário do que imaginava, Myson o recebeu bem, sem perguntar detalhes da mudança, e ainda passou a missão que, segundo ele, era a mais importante: vigiar o agente misterioso da CIA. Mas não lhe informou, ao certo, quais crimes ele havia cometido.

Pela mudança na estalagem dos chefes de gabinetes e pelas conversas que ouviu no alojamento, devia ser o pior dos mercenários em poder do governo. Informaram apenas que se tratava de um mercenário de guerra, frio e perigoso, muito bem treinado em zonas de conflitos nos territórios ocupados. Quando questionou por quais crimes ele estava sendo acusado, disseram que se tratava de assunto confidencial e seria melhor que não soubesse. Loucura, mesmo, aconteceu nos dias seguintes. Aquele agente preso que ele guardava com total diligência foi submetido ao programa pelo desmiolado do major e, para sua surpresa, foi o único que passou nos testes e, então, fazia parte da equipe, junto com outro rapaz da cara cheia de espinhas que fora rejeitado um ano antes por causa dos seus antecedentes. E ele, que estava havia mais de dois anos empilhando e distribuindo material nas seções, também fazia parte do grupo, sem treinamento ou testes, e ainda julgado incompetente para realizar tarefas simples.

Seixas encarou a nova função como um desafio. Não tinha sido submetido a testes, como os outros, o que tornava seu trabalho mais difícil. Para pertencer ao grupo, teria de provar, todos os dias, que era digno e merecedor da árdua, porém excitante, tarefa de auxiliar o major Myson em suas missões nada esclarecidas, nem para ele mesmo.

Como o restante do grupo, ele também era homem experimentado, não em episódios de combate, mas na vida. Aos treze anos ficou órfão do pai, morto em um acidente automobilístico. Seguiu os passos do pai, entrou para as corridas, era sua vida, sua paixão, seu sonho. Não como ambição, apenas sonho, mesmo, de fazer valer a vida e cada instante de dedicação. Um grave acidente interrompeu seu sonho. Ficou meses internado, perdeu parte da visão e o movimento do braço esquerdo. Levou anos para se recuperar dos ferimentos e do trauma de ter sido acordado de seu sonho de fazer aquilo que mais amava. Assumiu a função no Exército sem muito entusiasmo. Era um meio de levar a vida, de passar pela vida, apenas, sem vivê-la, sem saudá-la, sem amá-la. Mas, com o ingresso na Superequipe, as coisas tomaram um inesperado rumo, graças à atitude de Dylan de transferi-lo sem sequer sonhar que estava lhe fazendo um grande favor, o favor de oferecer a ele um meio de respirar a vida com mais entusiasmo, com um pouco mais de risco.

No instante em que deu a partida no furgão, seu coração bateu acelerado, e com força ele pisou no acelerador. O furgão saiu cantando pneus ao passar pelo portão de entrada do Pentágono. Seixas ao volante, Myson ao lado, tentando ajustar o rádio na mesma frequência da polícia. John se segurava no fundo do furgão, Patrick se equilibrava, tentando pôr o uniforme. Já haviam se passado quase duas semanas e ele ainda não tinha aprendido a se enfiar no uniforme.

— Segurem-se – disse Seixas, ao fazer a curva.

— Onde aprendeu a dirigir assim? – Perguntou Myson.

— Eu fui piloto, antes de entrar para o Exército.

— E por que desistiu?

— Um acidente me fez perder parte da visão do olho esquerdo.

— Ah entendi. Mas está enxergando o que está fazendo?

— Sim.

— E como se sente?

— Sinto-me como se estivesse correndo em um autódromo.

— Como é?

— Não se preocupe, estou no controle.

— Não precisa correr. Não tem ninguém morrendo.

— Alguém copia o comando do esquadrão de elite? – Perguntou Myson, pelo rádio.

— Alguém pode me dizer se já estamos chegando? – Gritou John.

— Alguém pode me dizer como se veste isso? – Gritou Patrick.

— Vocês dois querem fazer silêncio, estou tentando ouvir o rádio! – Gritou Myson.

— Prossiga, comandante – respondeu o chefe de polícia.

— Estamos a caminho. Queira informar a situação no local.

— Positivo, comando, o prédio está cercado. Não sabemos precisar quantos são os integrantes da quadrilha, nem quantas pessoas estão no prédio. Tem uma policial ainda lá dentro.

— Muito bem, estamos chegando.

"Só não sei se chegaremos inteiros", pensou ele, olhando para Seixas com o canto do olho. O furgão estacionou na rua do outro lado da entrada, e os quatro homens saltaram.

— Eu estou bem, se interessar a alguém – disse John.

— Ainda não conseguiu colocar o uniforme? – Perguntou Myson.

— Estou tentando. – Patrick só tinha conseguido colocar as luvas, as botas e o cinto.

— Tudo bem, então, ponha o capacete. Vamos guiá-lo daqui.

Patrick pulou o muro da zeladoria e entrou pela porta dos fundos.

— Como está a transmissão? – Myson perguntou a John.

— Está tudo muito bem.

— Então faça contato com Jordan, verifique se está na escuta.

— Steve, está ouvindo?

— Bruce na escuta. Prossiga.

— Certo, não é possível identificar os assaltantes daqui. A imagem infravermelha não nos permite distinguir uma pessoa da outra. Você vai ter de descobrir de outro jeito.

— Tudo bem, já esbarrei com dois deles aqui no corredor.

— Está tudo bem?

— Sim, senhor. Já são dois a menos. Quantos ainda faltam?

— Não temos certeza se cinco ou seis.

— Por que ainda não cortou a luz?

— Está sendo providenciado.

— Pergunte se ele pode farejá-los – disse Myson.

— Perguntar o quê?

— Só pergunta.

— Certo. Steve, você pode farejar os caras?

— Acho que não. Tem muita gente aqui dentro, e estão todos usando perfumes muito fortes.

A escuridão tomou conta de todo o prédio. Na sala do gerente do banco, um homem nervoso, possivelmente o chefe do bando, mandava o gerente ligar para a polícia, ameaçando matar os reféns, se a luz não voltasse. Do lado de fora, outro homem guardava a entrada, de metralhadora na mão. As luzes de emergência se acenderam, iluminando apenas os corredores. Patrick desceu as escadas sem fazer ruído, caminhou rente à parede na direção do homem na porta. O homem se virou para atirar, quando percebeu o vulto às suas costas. Patrick desferiu um golpe e ele caiu, desacordado, fazendo o barulho da queda soar por todo o corredor. De arma na mão, o líder veio à porta ver o que tinha acontecido. Patrick deu-lhe um soco no queixo, e ele caiu por cima do outro.

— Não saia daqui – ele disse ao gerente, enquanto arrastava os dois homens para dentro de um banheiro.

Aproveitando que a luz não voltara por completo, Patrick atacou os assaltantes, um por vez. O capacete especial de visão noturna lhe dava vantagem sobre eles. Não foi difícil identificá-los. Eram os únicos a usar capuz, e estavam em pé. Os reféns haviam sido obrigados a deitar no chão. Patrick já havia se livrado de todos, só restava um homem, gesticulando com a metralhadora e com ar furioso. Patrick foi em direção a ele, pisando leve e se agachando entre os reféns, no meio do saguão de entrada. Kristine observava a movimentação sentada entre os reféns, algemada com as mãos para trás. O homem andava de um lado para outro, tentando fazer contato com os comparsas pelo rádio. Imaginava estar sendo atacado pela SWAT. Quando ele se virava de costas, Patrick avançava, cauteloso. Faltava menos de cinco metros para atingir uma distância segura para agir. Não foi preciso muito esforço, o homem pegou um refém pelo braço e o obrigou a ir na frente. Na hora em que o homem passou ao lado de Patrick, ali, camuflado entre os reféns, foi golpeado na nuca e caiu inconsciente. Patrick, eufórico, revirou seus bolsos em busca da chave das algemas.

Em posse da chave, ele se encaminhou ante Kristine, com passos indecisos. Sua mágoa, ainda acesa em seu peito, fez com que ele esbarrasse na força da desilusão. E, com o orgulho ferido, ele foi se aproximando lentamente, observando aquela mulher que, não fazia muito tempo, estava em seus braços, andando a seu lado, no alto das montanhas.

Sem dizer nada, ele soltou as algemas, e o cheiro do perfume dela trouxe de volta todas as lembranças dos momentos em que haviam estado juntos, e que, em sua opinião, não haviam significado nada, para ela. Teve ímpeto de levantar a viseira e mostrar a ela que ele, o homem que ela traíra, era o mesmo que agora voltava em seu socorro. Como um soldado da pátria, lutando por uma causa e, fosse como fosse, ele era o mesmo, independente de qualquer outra coisa, o homem que um dia a tivera em seus braços e depositara, nela, sua mais pura intenção. E, mesmo que submetido a condições diferentes de vida, jamais a abandonaria por qualquer que fosse a causa, e, se preciso fosse, se tornaria um soldado, um acrobata, um vendedor de pipocas para permanecer ao seu lado.

— Está livre, agora – ele disse, num tom de voz mais grave, para não ser identificado.

— Obrigada.

— Avise aos outros – ele disse, friamente, desta vez sem forçar a voz. Kristine ouviu em silêncio.

— Eu conheço você? – Ela perguntou, tentando identificar seu rosto por trás da viseira prateada.

— Não acho que isso seja possível – ele disse, se retirando.

Kristine saiu da agência procurando o grupo de elite. Só conseguiu ver o furgão quando se despediram do chefe de polícia, já de saída.

— Quem eram eles? – Ela perguntou a Diego.

— Grupo de elite do pentágono – respondeu Diego. – O comandante Myson só está tentando me recompensar pelo favor que prestamos a ele.

— Você foi demais, Steve – disse John, abraçando Patrick, na hora em que se reuniram em volta do furgão, no estacionamento do Pentágono. Seixas cumprimentou-o com um exagerado aperto de mão.

— Ninguém vai comentar das minhas manobras?

— Ah, que é isso! Você quase nos mata! Onde aprendeu dirigir desse jeito? – Perguntou John, franzindo os olhos.

— Se você quiser, eu posso te ensinar.

— Temos de organizar isso aqui – disse Myson. – Cada um chamando de um nome não dá.

— Então como vai ser? – perguntou John.

— Vamos abreviar, utilizando apenas a primeira letra de cada nome, BJS. Assim fica mais fácil de nos comunicarmos pelo rádio.

— BJS. Combinado.

***

— Vai haver uma solenidade no Pentágono esta semana – disse Natalia, preparando a roupa que iria usar no dia seguinte.

— Ah é? Quem te disse, sua amiga Waléria?

— É.

— Solenidade de quê?

— Formaram um grupo de elite. Adivinha quem está no comando?

— Não sei. Quem?

— Major Myson.

— Aquele cara de novo! Será que tem a ver com o grupo de elite daquele dia no banco?

— Não sei, só sei que foi confirmada a presença do secretário e, talvez, do próprio presidente.

— Ah é? Por quê?

— Não sei. A Waléria disse que é assunto confidencial.

— Como assim?

— Não sei dessas coisas, mas ela vai ver se dá um jeito de pôr nosso nome na lista de convidados.

— Sério?

— É.

— Ótimo!

Waléria veio ao encontro de Natalia e Kristine no mesmo instante em que as duas adentraram o pátio de recepção para convidados do Pentágono. De lá, saíram em direção ao anfiteatro, caminhando pelo chão liso e escorregadio. Havia poucos convidados. Os presentes, em sua maioria, eram membros da administração do próprio Pentágono que aproveitaram o ensejo para tirar um intervalo e degustar aperitivos. Alguns nem sabiam do que de se tratava. Esse tipo de solenidade era coisa corriqueira no salão de festas. Myson preferiu não tornar público. Estava realizando a breve solenidade para concretizar as boas-vindas ao Exército para Patrick e John. Seixas, ao lado de John e Patrick, experimentava todos os doces e salgados. Davi e mais quatro soldados formavam a equipe de apoio. Kristine observou Myson, caminhando acompanhado do secretário, parando em uma roda, cumprimentando um grupo de soldados.

— Você não acha que esse homem esconde alguma coisa? – Ela perguntou a Natalia.

— Acho.

— Desde o dia em que ele apareceu na delegacia, acompanhado daquele velho, dizendo-se investigador, eu vi que ele estava tramando alguma coisa.

— É muito cheio de mistérios, mesmo.

— De repente, apareceu com um grupo de elite que ninguém conhece, e agora anda de conversa com o secretário.

— Essas pessoas são assim mesmo. Sempre querendo levar vantagem em tudo.

Kristine sentiu seu corpo fervilhar ao ver o rapaz sorridente cumprimentar Myson. Ela o conhecia, era o mesmo do grupo de elite que entrara no banco. Eles ficaram cara a cara e, naquela mesma hora, ela notou algo de familiar nele, mas não pôde identificar em razão da ansiedade do momento. Agora estava claro, só não conseguiu imaginar como isso seria possível. À primeira vista, imaginou estar fazendo parte de uma tremenda brincadeira, uma espécie de *bullying* militar, e que ela entrou no meio do bolo sem saber de nada. Perplexa, ela olhava para ele, cada vez mais convencida de que se tratava do mesmo homem.

— Você está vendo o que eu estou vendo?

— O quê? – Perguntou Natalia.

— Aquele soldado conversando com Myson, você não o reconhece?

— Não, por quê?

— Olhe bem.

-- Estou olhando.

— É ele, eu sei, bem que eu desconfiei, só não entendo por quê.

— O que você não entende?

— Como uma coisa dessas pode ser possível?

Kristine acompanhou, com os olhos, major Myson se despedir do secretário e subir as escadas, até entrar em uma sala. Sem dizer nada, ela seguiu em direção ao homem, para confirmar sua suspeita. A história era muito complicada para ser verdade mas, mesmo assim, ela precisava tirar aquilo a limpo. Parada a três passos, ela olhou fixamente para o rapaz, reparando em todos os detalhes da sua imagem. Seu jeito havia mudado. Estava calmo, a maneira de falar e se comportar parecia mais serena, controlada. De uniforme aprumado, ele poderia até se passar por outra pessoa, e quem não o conhecesse bem nem notaria a semelhança.

— Você conhece aquela mulher olhando para cá? – Perguntou John.

Patrick virou-se, despreocupado, sem imaginar o que viria. Os dois ficaram parados se olhando, sem esboçar nenhuma reação. Para ele, foi um susto deparar-se com ela ali, tão perto. Ela, não menos surpresa, suspendeu a respiração, transtornada. De qualquer modo, Patrick teve de controlar o impulso de alegria que sentiu diante da surpresa em ver a fisionomia de Kristine. Ela, surpresa com a descoberta, trazia a expressão rígida e grave. Sem saber o que pensar, ela se afastou em total estado de choque, caminhando, apressada, na direção do banheiro, se esforçando para não chamar a atenção. Entrou no banheiro, foi até a cabine, fechou a porta sem bater, sentou-se sobre a tampa fechada do vaso sanitário, curvou-se até apoiar a cabeça nos joelhos. E chorou sem saber, ao certo, por que. Se de raiva, por ter se deixado manipular, ou de aflição, pelo que teria de passar. Com o orgulho ferido, ergueu-se e foi lavar o rosto na pia.

— Calma – ela disse, lavando o rosto, olhando sua expressão de espanto no espelho. – É muita coincidência para ser verdade. Essas coisas só acontecem em filmes. Ele é muito parecido, eu sei, mas não se trata da mesma pessoa. Agora volte para lá e deixe de ser idiota.

Patrick, em sua jornada inesperada, manteve-se firme. No fundo, achou que a surpresa atingiu mais Kristine do que a ele. E saboreou cada detalhe da expressão de susto na face da moça. A reviravolta que sua vida dera soava, para ele, como uma resposta à altura da condição a que fora submetido. Como todas as almas que procuram refúgio no pretexto de se vingar, ele passou os olhos pelas pessoas, à procura de Kristine, arrumando a postura com orgulho, achando pouco o que ela estava sentindo. Há poucos dias quisera mostrar a ela que o novo membro da elite do programa especial do Pentágono era ele mesmo. Só não o fez por ter sido diligentemente aconselhado por Myson a manter segredo absoluto quanto a sua identidade. Kristine saiu do banheiro e foi direto para a sala de Myson, no segundo andar. Empurrando a porta com cuidado, ela olhou pela fenda, desconfiada.

— Pode entrar – ele disse. – Estava te esperando.

— O que pretende com isso? – Ela entrou perguntando.

— Sabemos o que estamos fazendo, não se preocupe.

— Você acha isso certo...

— Não se trata do que é certo ou errado – ele a interrompeu. – Fazemos o que precisamos fazer, só isso.

— Você fez todo mundo trabalhar para você, só para satisfazer o desejo de montar um... uma...

— Uma Superequipe – completou ele –, e você ajudou, parabéns.

— Não me ponha no meio das suas mentiras.

— Tem mais coisas que você não sabe, e receio não poder te contar, mas pode acreditar que tudo o que fizemos foi por uma boa causa.

Furiosa, Kristine ouvia as explicações de Myson sem fazer perguntas. Então disse:

— Vocês são um bando de ratos sujos, mesmo – virou as costas e saiu batendo a porta.

— Garota maluca – resmungou Myson. – Bonita e sexy, mas doida.

Nem bem Myson havia se acomodado na poltrona, a porta foi aberta violentamente.

— Você vai me colocar na equipe – disse Kristine, com os olhos fumegantes.

— Opa, quer fazer parte de um bando de ratos?

— Que seja.

— Não é assim que as coisas funcionam aqui. Não sou eu quem dita as regras.

— E quem é que manda aqui? Quero falar com essa pessoa agora!

Myson pensou um pouco, folheando, de cabeça baixa, as pastas em cima da mesa. Um escândalo agora não ia fazer bem a ninguém.

— Você tem de passar nos testes – ele disse, sem levantar a cabeça.

— Para mim está bem. Quando começo?

Myson olhou para o semblante da garota, e ela permanecia em posição de guerra.

— É muito difícil passar nos testes. Até agora, nenhuma garota passou – disse Myson, voltando a folhear as pastas.

— Quero fazer assim mesmo!

— Ok, quando estiver preparada, mandarei avisá-la.

Kristine fechou a porta devagar, desta vez, e mais devagar ainda, desceu as escadas, observando cada detalhe do lugar.

Patrick, no seu traje elegante, conversava descontraído com John, Seixas e os outros do grupo. "A roupa tinha caído tão bem para ele que mais parecia um uniforme habitual, que ele já estava familiarizado em usar", pensou ela. Nem parecia que um dia ele tinha usado outro uniforme. Quem não o conhecesse bem, jamais o reconheceria naquela postura de homem sério, contribuindo voluntariamente para a defesa da paz, feito um verdadeiro soldado, honrado e disciplinado. Kristine teve ímpetos de se desculpar com ele, dizer que fora enganada e que ela nunca pensara em denunciá-lo, e se detestava por ter sido tão idiota a ponto de ter se deixado manipular pela cúpula de mercenários.

— Sua garota está vindo aí! – Disse John.

Patrick fez ar de sério.

— Chama ela para dançar. É agora.

Kristine parou a poucos metros, na roda de amigas, olhando para ele sem piscar e, por pouco, não parou, também, de respirar.

— Ela está olhando para cá – insistiu John.

Patrick se fez de indiferente. Não queria olhar para não dar bandeira, nem queria perdê-la de vista naquele momento inebriante e delicioso de ver seu rosto em contraste com a descoberta.

— Quem, a loira ali do lado da morena do peitão?

— Ela mesma – respondeu John.

— Então vamos lá. Você vai na loira, e eu vou na morena.

— Fique à vontade, eu já estava de saída mesmo – disse Patrick, se dirigindo ao interior do salão.

— Qual é, BJS? Está fugindo de mulher? – Perguntou Seixas, sem entender nada.

Kristine observou quando ele entrou em uma sala reservada, no fundo do salão. Ela permaneceu no mesmo lugar, olhando de minuto em minuto para a porta da sala. Algum tempo depois, ele saiu despreocupado, se dirigindo até a entrada do salão. Não olhou para ela, e apenas foi embora. Kristine permaneceu por mais algum tempo esperando, enrolando Natalia, que queria ir embora. A cerimônia acabou e ele não retornou. Kristine foi embora irritada, cansada de si mesma, submergida em pensar naquilo tudo, achando-se tola, com sentimento de que algo ficara incompleto e, provavelmente, não haveria chance para completar o que quer que fosse.

***

Sentada de pernas cruzadas no meio do tatame, Kristine, de olhos fechados, se concentrava. Ao seu redor, sete homens vestidos de quimono andavam em círculo. Era o segundo de três testes realizados para entrar para a

Superequipe. No primeiro, realizado três dias antes, ela passara sem muita dificuldade. Fora uma espécie de triatlo, em que o candidato teria de nadar por dois quilômetros, pedalar por trinta e correr por mais quinze. No segundo teste, ao qual ela estava sendo submetida, teria de se defender de sete homens atacando a mando do mestre. Antes de fechar os olhos, Kristine observou todos os oponentes, calculou o peso e a altura de cada um, fez uma minuciosa avaliação da intensidade e velocidade que cada um, teoricamente, seria capaz de desferir e suportar os golpes. Seu antigo mestre havia lhe ensinado que, para vencer um homem, ela deveria saber seus pontos fracos e fortes, do contrário, nunca venceria. "Luta é uma questão de técnica e disciplina", dizia ele.

— Número três – Gritou o mestre.

O homem alto atacou Kristine, e ela pulou de lado sem ser atingida.

— Dois! – O homem atacou Kristine com socos, e ela se defendeu atacando. O homem também se defendeu.

Imediatamente, o mestre chamou o próximo. Esse atingiu Kristine na perna, meio de lado. Ela revidou com um golpe no rosto, sem muito efeito. O número seis riu da cara que o número quatro fez.

— Você tem de bater mais forte – murmurou Kristine, consigo mesma.

— Número seis.

O homem baixo e forte correu na direção de Kristine com ar decidido. Ela deu um passo atrás, ele a pegou pelo quimono e tentou jogá-la no chão. Ela rodopiou e se manteve de pé. Ele insistiu para o outro lado, fazendo Kristine sair do chão. Saltando desequilibrada, ela ainda não caiu. Quando o homem, que parecia brincar com Kristine, puxou-a de volta, ela o encontrou dando-lhe uma cabeçada no nariz. O homem se afastou, pondo as mãos no nariz, pingando sangue. O número quatro riu vingativo, o número seis estava fora. Os outros cinco ficaram sérios, não esperavam que a moça bonita, com cara de séria, fosse dar trabalho.

O mestre começou a chamar os números sequenciados. Ela se defendia e atacava com admirável destreza. O mestre passou a chamar os números sem intervalo, e Kristine teve de se defender de todos ao mesmo tempo. Apoiando-se nas costas de um deles, ela atingiu o rosto do número um com um chute certeiro, e este também estava fora. Mas Kristine recebeu um golpe na coxa que a deixou mancando. O mestre fez um minuto de intervalo para ela se recompor e ajeitar o quimono.

Quando se pôs no meio do tatame, os golpes voltaram ainda mais rápidos. Atingida no rosto pelo número cinco, ela descontou com um chute na região pélvica. Ele caiu de joelhos, e ela limpou o sangue que escorria do nariz com a manga do quimono. Restavam quatro, mas ela já não suportava mais os golpes. Atingida por um duro golpe na altura do quadril, Kristine caiu no chão se contorcendo. O mestre iniciou a contagem. Kristine se levantou com dificuldade, buscando apoio na perna esquerda. Equilibrando-se no meio do tatame, ela se defendia como podia.

Caiu mais uma vez, se levantou, caiu de novo, depois mais uma, duas, três vezes, até o mestre voltar à contagem regressiva. Insistente, ela conseguiu se levantar sem a menor condição de luta. O mestre encerrou o desafio.

Com lágrimas nos olhos, Kristine ouviu o mestre proferir as palavras finais. E não foi sem alegria que ele deu a notícia da decisão de que ela havia passado no teste, mesmo sem chegar ao fim do desafio. E que sua insistência e perseverança eram as maiores de suas virtudes, além de sua inquestionável mobilidade, e, ainda, a valiosa leitura que ela soube fazer dos adversários, antes de iniciar o desafio.

No quarto dia de desafio, Kristine ainda não havia se recuperado por completo. As costas, principalmente, doíam consideravelmente. Antes do início da prova, ela tomou dois comprimidos para dor. A terceira e última prova, muito semelhante àquela realizada por Patrick, tratava-se de um resgate na selva. A única diferença básica estaria no armamento. Ela entraria munida de uma pistola e um fuzil M-16 com munição de tinta. Kristine correu por quase dez quilômetros mata adentro, até chegar às imediações dos barracos, protegidas pelos soldados se passando por sequestradores. Preocupada em ser atingida e ser desclassificada, ela andou rastejando em círculos. Para isso, fez um furo nas meias e as enfiou nos braços para se proteger das pedras. Com efeito, ela não foi localizada, tampouco atingida. Muito bem camuflada no mato, ela começou atirar nos homens. Sem saber de onde partiram os tiros, um a um, eles foram sendo atingidos. Contrariados, os monitores do exercício anunciaram o fim da prova, com a vitória de Kristine, uma vez que Myson pediu que não fossem benevolentes com ela, muito pelo contrário, dificultassem ao máximo a prova.

Kristine retirou as ataduras, tomou banho e se vestiu, apoiando-se no armário, parando de vez em quando para respirar. A dor nas costas persistia, o joelho e os cotovelos inchados doíam, incômodos. Antes de entrar no Pentágono, parou em uma farmácia para tomar um remédio para aliviar a dor.

— Aqui estão os documentos – ela disse, firme, olhando Myson nos olhos quando ele veio atender a porta de sua sala.

— Como chegou até aqui? – Perguntou ele.

— Não foi difícil.

— Certo... – disse ele, contraindo os olhos, pensando em rever o sistema de segurança. Não era para qualquer um chegar ao subsolo, somente pessoas autorizadas podiam entrar naquele setor.

— Soube que passou nos testes, parabéns.

— Obrigada!

— Foi impressionante o que fez. Desde quando está se preparando? – Perguntou para entender como ela havia conseguido tal façanha.

— Desde os dez anos – ela respondeu. – E então, quando começo?

— Veja bem, é que não temos mulheres no grupo, entende.

— Mas isso é inconstitucional, a lei é igual para todos, homens e mulheres.

— Sim, a lei trata todos com igualdade de direitos e deveres, salvo as peculiaridades que cada caso requer. E esse tipo de trabalho possui essa prescrição, amparado por lei.

— Você disse para eu fazer os testes!

— Sim, mas os testes são apenas uma pré-seleção. Ninguém entra para a equipe escolhido por mim ou baseado em testes de simulação. Todos os componentes são oriundos de uma seleção natural.

— Como assim, que seleção é essa?

— Pessoas experimentadas anteriormente em situações reais. Passar em um teste não é garantia de que o candidato vá ter domínio das suas habilidades na hora de enfrentar uma situação real. Tem a ver com a psicologia, aquela coisa de equilíbrio emocional.

— Eu corri atrás do seu soldado quando ele ainda não era da equipe.

— Ele sempre foi da equipe.

— Como assim?

— Esquece! Isso não vem ao caso.

— Vocês podem precisar de uma mulher – argumentou ela. – Eu posso entrar em lugares, descobrir coisas, sou boa nisso, desde criança venho desenvolvendo técnicas de defesa.

Myson coçou a cabeça, concordando em parte, mas não estava bem certo se seria uma boa ideia mexer no grupo. A equipe estava de um jeito que nunca conseguiram montar antes. A garota aguardava, ansiosa.

— Eu não vou atrapalhar, faço só o que me mandarem – ela disse, tentando convencê-lo, quando começou a dar sinais de que parecia indeciso.

— Mas aqui todos só agem mediante ordem, mesmo.

— Sim, senhor. O senhor é quem manda.

— Olha aqui – disse ele –, presta atenção, você vai passar por um período probatório. Se acontecer qualquer incidente, está fora. Você está entendendo? – Kristine pulou de alegria.

— Calma, calma, não comemore ainda, não se esqueça de que terá de passar no estágio.

— Está bem – ela disse, se contendo.

— Agora vá, preciso resolver algumas coisas.

— Até logo, chefe – ela disse, e saiu mancando. Myson a observou balançando a cabeça.

— Mais essa, agora...

***

O telefone de Myson vibrou no bolso. Era uma mensagem de J. Roberto, convocando para se encontrarem na loja do outro lado da rua.

— Qual é o caso?

— É o seguinte: confirmamos nossa suspeita de que o traficante internacional que estamos investigando há algum tempo também transporta armas ilegais para o cais da fronteira. Depois essas armas são vendidas no Afeganistão.

— E o que falta para colocar as mãos no maldito?

— Não vai ser fácil. Sabemos que transportam as armas em um cruzeiro para turistas. Só não sabemos quando, por isso estamos mantendo constante vigilância. E, convenhamos, não dá para vigiar todo o litoral.

— E o chefão, como provam que está envolvido?

— Por gravações telefônicas e fotos, mas tem muita gente grande nesse rolo. Esta é uma das razões para eu pedir sua ajuda.

— E por que não invadem o barco?

— Meus homens são bons, mas que não posso promover uma guerra expondo civis. Os caras estão armados até os dentes, vai ser muito difícil, ou melhor, impossível fazer uma prisão sem conflito. Eu vou precisar de alguém que faça tudo sem muita bagunça.

— O meu soldado?

— Exatamente!

— Certo. É, de fato, um bom trabalho o que temos aqui.

— Acha que ele pode fazer tudo sozinho?

— Não, mas acho que sei quem poderá auxiliá-lo.

***

Kristine entrou na sala pedindo licença. Ela se vestia com um vestido preto colado ao corpo, curto, acima dos joelhos, todo brilhoso, ornamentado por paetês. Os cabelos presos de um lado, jogado do outro. A maquiagem impressionava. O batom vermelho forte, o contorno dos olhos chamuscados por um brilho de pintura, suavizados por seus olhos intensos. Brincos de pétalas, pendurados, terminavam por fazer sua aparência menos sutil para os que a conheciam. Não era do seu estilo vestir-se dessa forma, mas a ocasião por que teria de passar, infiltrando-se em um navio, fazendo-se de convidada do anfitrião da festa, exigia tal produção. A roupa encomendada por Myson seria usada na noite seguinte.

Passando-se por acompanhante, ela deveria descobrir o que estava sendo transportado e quem estaria a bordo do cruzeiro, suspeito de estar transportando armas ilegais para o exterior. A partir daí, o grupo entraria em ação. BJS imobilizaria os homens e a equipe de apoio invadiria o barco junto do FBI. Kristine experimentou a roupa para se certificar do caimento e, informada anteriormente por Seixas que Myson estaria reunido com o grupo na sala de reunião, ela passou para perguntar se seu estilo estava em conformidade com o plano.

— Como soube que estávamos aqui? – Perguntou Myson, olhando Seixas com o canto do olho.

Seixas nada disse, permaneceu de cabeça baixa, fingindo ler os relatórios.

— Ficou maravilhosa – disse John. – O que vocês acharam? Ninguém vai desconfiar de nada.

Kristine sorriu para John, agradecida, e ele, empolgado, pegou na mão dela fazendo uma volta em torno de si, para que não restassem dúvidas de que ela era perfeita para o trabalho. Kristine direcionava constantemente seu olhar a Patrick, para ver se sua transformação tinha causado a mesma impressão que causara em John. Patrick, subjugado pela beleza da mulher e pela fascinação que ela exercia a quem não fosse de espírito preparado, continuou calado, de braços cruzados, ignorando a ideia, achando tudo perda de tempo.

— Pode sentar aqui – Seixas disse, preparando a cadeira.

— Obrigada – ela falou, deixando seu perfume percorrer todos os cantos da sala, contrariando a calmaria do ar, instalando em seu lugar um pouco de sensibilidade e desejo.

Com os olhos quebrantados, Patrick se fez de indiferente. Mais tarde trataria com Myson sobre aquele contratempo. Myson deteve o olhar na pasta dos relatórios, quando percebeu que estava olhando, aturdido, para o busto da moça, apertou o semblante, tentando mandar para longe a vontade de olhar entre o vão que se formava no sutiã da moça.

— Algum problema, está passando mal? – Ela perguntou.

— Não, não... É isso mesmo, está certo, então, vamos dar continuidade.

Depois da reunião, Myson se dirigiu à sua sala, entrou e deixou a porta aberta. Sentou-se com as mãos sobre a mesa e esperou a visita, que não tardou a chegar.

— O que e significa aquilo? – Perguntou Patrick.

— Eu já ia te contar.

— Eu trabalho sozinho!

— E vai continuar assim, cada um tem sua missão, aqui.

— Esquece – disse Patrick, se dirigindo à porta.

— Ela não disse nada. Nós a seguimos, sabíamos que você a procuraria. – Imobilizado pelas palavras, Patrick se conteve por um minuto.

— Que diferença isso faz, agora?

— Não sei. Mas achei que devia saber. Ela fez um bocado de esforço para passar no teste, quando soube que era você.

— Está me dizendo isso apenas para eu ficar.

— Não, não estou, é o que aconteceu. A escolha de ficar ou ir embora é inteiramente sua.

— E o chip?

— Não tem nenhum chip, nunca teve, aquilo foi um artifício neurolinguístico.

— Um o quê?

— Política de contratempo – ele resumiu.

Patrick pegou as chaves do furgão na mesa de Seixas e saiu, dirigindo apressado. Depois de rodar por horas, parou em um posto na estrada, pegou uma cerveja e foi se sentar na encosta de uma árvore, de frente para a rua, sem querer pensar na vida. De quando em quando, carros passavam zunindo. Do seu lado, três meninos brincavam na terra. Mais adiante, havia um homem deitado no canto da velha borracharia, à espera de um pneu furado para consertar. No bar sujo de poeira, um senhor de barba e calças sujas de graxa discutia com o dono do bar a respeito de um jogo. A vida parecia tão simples, olhando por aquele aspecto. Ele deteve o pensamento na ideia de fugir para bem longe, como estava acostumado a fazer. Ir atrás de Cesar, talvez, em outro país, voltar a viver descompromissado. Pareceu-lhe fraqueza sair do time, daquela maneira, por causa dela. Ficou indeciso. As coisas não eram mais como antes, tudo era diferente. Naquele momento ele fazia parte de uma equipe de pessoas com o mesmo propósito, em busca de uma história de vida e de um destino. Patrick se deteve na porta do bar, ainda indeciso. Já era tarde e o som da disqueteira, misturado aos risos dos rapazes, vinha do fundo do bar, soando familiar aos seus ouvidos.

— Olha quem está aqui! – Disse Myson, com um taco de sinuca na mão. – Se quiser levar uma surra, fica para a próxima rodada.

— O jogo não acabou, ainda – Disse Seixas.

— Eu sabia que você viria. E então, vamos botar pra quebrar, amanhã? – Perguntou John, entregando-lhe uma caneca de cerveja.

— Não vou perder essa festa. Afinal sou o convidado de honra.

— É assim que se diz.

Na mesa ao lado, o esquadrão completo jogava outra partida de sinuca. Kristine, apoiada no balcão, observava, achando graça de tudo. Patrick a viu à distância assim que entrou, mas fingiu não ter notado, não esperava encontrá-la ali. Fez menção de voltar, mas já era tarde para isso. Se voltasse, causaria mal-estar nas pessoas, e não era essa sua intenção. Ela, sentada em um banco rústico, por outro lado, olhava para ele sem disfarçar, programando-se para escolher o momento certo para falar com ele. Patrick se sentou ao lado de John, na cabine de jogos, distraído, esquecido da vida. Kristine continuava sorridente com as brincadeiras dos colegas e, quando seus olhos se detinham em Patrick, ela continha a risada. Em nenhum momento ele pareceu amistoso, parecia evitar o encontro dos seus olhos. Apenas uma vez seus olhos se cruzaram, e ela fez um gesto automático com os dela, meio sem pensar. Ele continuou ignorando sua presença. Se percebeu o sinal, não demonstrou. Ao se aprofundar a noite, algumas pessoas foram deixando o bar.

— Eu já vou indo, que já está tarde – disse Patrick. – Amanhã vai ser um longo dia.

— Seixas está em apuros aqui, não vai dar uma mão? – Perguntou Myson.

— O John pode prestar esse apoio tático – ele disse, se encaminhando para a saída.

— Esse aí só sabe jogar videogame.

Ao erguer-se do banco, a moça lançou ao rapaz um olhar de desafio, contrariando os sentidos de seu coração, que pulsava forte. A noite toda ela ensaiara para quando essa hora chegasse. A hora de ir embora, sem dúvida, seria a melhor para ficarem sozinhos. De seu lado, Patrick se manteve ríspido, como havia imaginado que ele faria. Ainda que seu coração não guardasse nenhum sentimento de desprezo, sua vida havia sido muito suntuosa para que ele se desmanchasse no primeiro toque de mulher. Patrick já ia distante, quando alguém o chamou. Era Kristine, se aproximando, encabulada, sem saber ao certo o que dizer. Na hora, lhe faltaram argumentos.

— Já vai? – Ela perguntou.

— Ah sim, já é tarde.

— Eu sei que está com raiva de mim, e não tiro sua razão.

Patrick ouviu sem dizer nada. Ele achou que, se amolecesse, deixaria as coisas muito fáceis para ela, e não tinha certeza de se ela merecia uma atitude mais complacente, até porque um gesto vale mais que mil palavras. E, até o momento, ela não tinha demonstrado nenhuma atitude que merecesse uma mudança repentina do seu comportamento.

— Amanhã vamos precisar tomar muito cuidado.

— De fato – ele falou, olhando o relógio.

— Não vou mais tomar seu tempo, você deve estar com pressa.

— Tchau – ele disse, se virando.

— Boa sorte para nós – ela falou alto, quando ele já se afastava.

Patrick ouviu sem olhar para trás, ainda angustiado, sem saber o que ela pretendia. Milhares de pensamentos pareciam zumbir em seus ouvidos. Se a intenção dela era meramente formar uma parceria para deixar as coisas fluir bem entre ela e os membros da equipe, para ele era indiferente. Em sua inquietude de homem, pensou em dizer que sempre a quis, desde o primeiro olhar, mas triunfou a altivez de sua mágoa pelas recordações gravadas nas veias de sua alma. E como não soubesse o que se podia dizer em uma hora como aquela, calou-se, relembrando as sábias palavras do seu amigo e mestre Cesar. "Falar é um dom natural, sem nenhum mérito; calar-se é uma virtude". E, por pouco, não riu ao se lembrar da cara de pau do sujeito. Por pouco, também, não deixou escapar seu ar jubiloso ao notar o efeito que o silêncio, porventura, não tivesse causado em Kristine, ali em súplicas, em arrependimento, quem sabe. E outra coisa não queria dela, que não fosse seu amor. E as inquietações dos seus pensamentos não o ajudaram a desvendar os mistérios do coração daquela mulher. E, por falar em Cesar, onde andaria aquele safado? Por certo não tinha sido preso, senão o saberia. "Notícia ruim corre rápido", pensou ele. Deve estar por aí gastando todo o dinheiro em boates, morrendo de tanto tomar pílula azul, como ele previa que queria morrer.

Três semanas depois da primeira intervenção, Patrick recebeu, de um amigo desconhecido, um cartão-postal ilustrado. Na capa um monumento notável. Nas entrelinhas, uma mensagem subliminar.

Minha terra tem palmeiras,

Onde canta o sabiá;

As aves que aqui gorjeiam,

Não gorjeiam como lá.

Nosso céu tem mais estrelas,

Nossas várzeas têm mais flores,

Nossos bosques têm mais vida,

Nossa vida mais amores.

Ele leu sorridente, tragando o ar com alegria.

– Está consumado – murmurou, aliviado.

***

O cruzeiro, atracado na baía do porto de Charleston, contrastava sua imensa proa em conformidade com as pessoas que embarcavam, eufóricas, pela escadaria que subia até a entrada, no alto da vasta lateral branca, ornamentada de detalhes cinza-claro, em forma de espirais desencontrados. Kristine seguia rumo à entrada, repensando se o plano estava em conformidade, já que não estava certa de que conseguiria entrar munida do passaporte elaborado por John.

— Não estou encontrando seu nome – disse o rapaz, folheando a lista de passageiros.

— Procure direito – ela disse.

— Vou pedir que você aguarde aqui do lado – ele disse, observando a fila que se formava.

— Eu não vou sair daqui. Quero falar com Artur.

— Quem é Artur? – Perguntou o homem.

— O dono da festa – ela respondeu, se fazendo de irritada. – Você não sabe para quem trabalha?

— Sim, claro – ele disse.

As pessoas na fila ensaiaram uma vaia; e ele, sem querer criar polêmica, procurava o nome ao mesmo tempo em que procurava um número de telefone de alguém que pudesse resolver o problema.

— Se você não resolver isso agora, vou-me embora – disse ela. – Depois você resolve com Artur.

— Não, tudo bem, pode entrar, depois eu resolvo isso – ele disse, todo perdido nas listagens.

Com um sorriso no rosto por ter conseguido romper o primeiro obstáculo, Kristine entrou a bordo do navio, reparando em todos os detalhes. Ainda que o episódio da lista de nomes tivesse feito crescer sua ansiedade, mais tarde conversaria com John sobre essa falha. Em torno do braço ela carregava sua bolsa. Dentro trazia os tamancos e o vestido curto, vulgar, do jeito que os homens gostavam. Na hora certa, ela deveria identificar o joio do trigo e, pelas fotos no celular, saberia de quem deveria se aproximar.

Sem levantar suspeitas, ela perambulou feito turista por onde bem entendesse. Não indentificou nada que despertasse suspeita. Ficou decepcionada, por um instante, por achar que estava diante de um caso de alarme falso na sua primeira missão. Apenas os seguranças, usando terno e gravata escuros, pareciam apreensivos. O restante transcorria sem nenhuma anormalidade aparente. As pessoas bebendo e se divertindo em volta da piscina, homens e mulheres posavam para fotos tendo o imenso mar como plano de fundo. O som das vozes soava alto no instante em que a banda que tocava no palco do salão principal dava pequenos intervalos, entre uma canção e outra. No meio do salão, alguns casais dançavam ao som da música; nas laterais, de um lado a outro, mesas forradas de finas toalhas brancas, com enfeites de flores ornamentais, finalizavam a sutileza no apuro que se teve na escolha da decoração. De olho nas fotos do celular, Kristine procurava distinguir membros da quadrilha entres os frenquentadores do salão de dança. Não demorou até que indentificou um homem magro, encostado no balcão, segurando um copo de vodca.

— É agora, Kristine, coragem – ela disse a si mesma, caminhado na direção do homem.

No meio do trajeto, foi interceptada por um homem bêbado.

— Oi, meu amor, está perdida? – Ele perguntou, puxando Kristine pelo braço.

— Largue-me – ela falou, procurando não chamar atenção.

O sujeito insistiu, querendo abraçá-la para dançar uma valsa. Com o barulho da música e o efeito das luzes, ninguém percebeu que o tombo que o homem sofreu fora promovido pelo soco no olho que levou da delicada garota.

— Ele bebeu demais – ela falou, enquanto as pessoas se aglomeravam em torno do rapaz, desmaiado no meio do salão.

Kristine se concentrou no homem parado, ainda encostado no balcão. O incidente do admirador afortunado serviu para ferver-lhe o sangue.

— Que festa sem graça! – Ela disse, se apoiando no balcão.

— Não gosta de música clássica? – Ele perguntou, de olhos plantados em Kristine, admirando sua encantadora beleza e tudo o mais que pôde observar naquele momento de surpreendente coincidência.

— Prefiro as mais agitadas.

— Quer uma bebida? – Ele falou procurando agradar-lhe de todas as formas.

— Já bebi o suficiente. Quero sair daqui.

— Vem, vamos sair daqui – ele chamou.

Kristine se deteve por um instante, quando ele abriu a porta do quarto.

— Não se preocupe – ele disse –, somos só nós dois.

O homem trancou a porta por dentro, depositando o terno na poltrona. Kristine fez cara de nojo quando ele começou a beijá-la no pescoço, fedendo a álcool.

— Deite aqui na cama que eu vou te mostrar uma coisa.

Sem pensar duas vezes, ele a obedeceu como um cachorrinho adestrado chamado por sua dona. Kristine se desvencilhou de suas meias sete oitavos, puxando-as para baixo, jogando no rosto do desiludido, que tragou o perfume com toda a força dos pulmões. Rapidamente, ela sacou uma seringa da bolsa e aplicou, de qualquer maneira, em uma das nádegas do homem.

— Que está fazendo, sua vagabunda? – Ele berrou.

— Não se mexa – ela disse, apontado a pistola que pegara dele enquanto ainda cheirava as meias.

— O que é isso? O que você quer?

— Você vai me dizer onde estão as armas.

— O que acha que está fazendo?

— Se não beber o antídoto, estará morto em dez minutos – ela disse, retirando um frasco da bolsa.

— Isso é algum tipo de piada? Quem te contratou? – Ele perguntou, levando as mãos à cabeça, achando aquilo tudo muito improvável para ser verdade.

— Você tem cinco minutos até o veneno começar a fazer efeito.

— O que você quer de mim, sua desgraçada?

— Onde estão as armas contrabandeadas?

— Estão no porão! Agora me dê isso logo.

— Como chego lá?

— É só descer até o último andar, estão no depósito de comida.

— Viu como não foi dificil? Agora beba tudo.

O homem, apavorado, bebeu o líquido de uma vez, depois caiu desmaiado.

A seringa continha tranquilizante; o frasco, suco de laranja. Kristine pegou os tamancos, desencaixou os saltos, colocou a arma do homem na bolsa e saiu em direção ao sótão. Quando chegou ao fim da escada, Kristine espiou o corredor. Sentado em uma cadeira, um homem gordo guardava a entrada.

— É aqui a festa? – Ela perguntou, se fazendo de bêbada.

— Aqui não tem nada – ele disse, se levantando.

De perto foi que ela notou o quanto o homem era grande. Devia ter uns dois metros de altura e pesar cento e cinquenta quilos.

— Que pena, eu queria dançar – ela disse, se aproximando.

— Aqui não tem música.

— Não tem problema, eu danço para você. Sente aqui.

O homem se sentou, encabulado, sorrindo feito criança em Dia de São Cosme e Damião. Kristine dançava insinuante, e ele, perplexo, admirava a sorte de aquela mulher ter se perdido justo ali, no meio do nada. Ela percorria a mão pelo corpo, e o homem desfrutava de cada minuto, como se o sonho se transformasse em realidade e o mundo, se quisesse, poderia parar naquele instante. Kristine remexia o quadril, pensando num jeito de se livrar dele. A mulher sedutora encostou seu lindo corpo contra o corpo do felizardo, contorcendo-se feito uma serpente.

— O que tem aí dentro? O que precisa ser guardado por um homem tão forte?

— Uma carga muito perigosa – ele disse, procurando valorizar a importância do seu trabalho.

— É uma bomba? – Ela fingiu interromper o show.

— Não, são armas, não se preocupe.

— Ah, legal – ela suspirou, se fazendo de indiferente. – Agora quero que fique de joelhos, você é muito alto.

O homem, empolgado, obedeceu feito um gatinho faminto, olhando de vez em quando para o fim do corredor, rezando para que niguém aparecesse. Banhado de suor, ele se ajeitou de joelhos. Kristine ergueu a cadeira o máximo que pôde e desceu com toda a força na cabeça do sujeito, que reduziu sua fantasia erótica ao mais puro sonho de criança. Kristine pegou as mãos do homem gordo, tentando arrastá-lo para dentro da sala, mas ele nem se moveu.

— Localizei as armas – ela falou, ao celular. – Estão dentro de caixas de alimentos, na parte inferior do navio.

— Certo. BJS, pode entrar, ela está na parte inferior.

Nessa hora, um dos homens do grupo foi fazer uma vistoria de rotina, e viu o gordo caído.

— Estou com problemas aqui – ela disse, cochichando, abaixada entre as supostas caixas de alimentos.

— BJS, acelera que as coisas estão esquentando lá embaixo. Ela foi descoberta.

— Ok, estou indo – ele falou, escalando o navio, preso por uma corda na lateral, arremessada de dentro da lancha.

Patrick esmurrou todos os homens que encontrou pelo caminho. Foram tantos que desconfiou que nem todos fizessem parte do grupo, mas, por via das dúvidas, ele continuou deixando um rastro de pessoas caídas pelos corredores. Das escadas ele ouviu barulho de tiros.

— Encontrou ela? – Perguntou John.

— Já, ela está dentro da sala – disse BJS, olhando um homem de costas, no vão da porta.

Os tiros cessaram quando o homem foi arremessado de cabeça entre as caixas.

— Cadê você? – Ele chamou, sussurrando.

— Estou aqui – ela disse, levantando-se debaixo de uma mesa.

— Está tudo bem?

— Sim, e com você?

— Também. Vamos sair daqui.

— Eu queria te falar uma coisa.

— O que foi?

— Sinto muito por tudo o que aconteceu.

— Não se preocupe. Estava tudo previsto, a equipe tática está do outro lado, pronta para agir.

— Refiro-me àquele dia no parque.

— Abaixe-se – disse ele, puxando-a para baixo.

Da porta, um homem disparava uma metralhadora.

— Tem certeza de que quer falar sobre isso agora?

— As coisas não saíram como eu esperava.

— Vai me dizer que você não sabia que estava sendo seguida?

— Sim, e tentei te falar.

— Tudo bem, depois falamos sobre isso.

— Quero te pedir desculpas.

— Vamos sair daqui.

— Você vai me perdoar?

— Você pode andar mais depressa?

Patrick, seguido por Kristine, corria entre as prateleiras, procurando um modo de se proteger dos tiros. Kristine puxou Patrick pelo braço, interrompendo a corrida.

— Não aguento mais esperar, quero que você me responda agora.

Patrick parou, perplexo. Homens armados de metralhadora vindo de todos os lados, e ela querendo discutir a relação. Percebendo a aproximação de um dos homens, ele se projetou sobre as caixas de suprimentos da cozinha, derrubando as prateleiras e caindo com Kristine entre pilhas de pratos e xícaras. Tiros fizeram em estilhaços os copos sobre suas cabeças. Os dois saíram rastejando e foram parar embaixo da pia.

— E então, já decidiu? – Perguntou ela.

— Fica assim, digamos que por agora vamos esquecer os incidentes.

— Para mim está ótimo – ela disse, sorridente, beijando-o, enquanto uma chuva de balas atravessava o aposento de um lado a outro.

— Temos de pensar num modo de sair daqui.

— É, não podemos ficar aqui o dia todo.

— Você me dá cobertura, que eu vou me livrar desse cara.

Kristine ergueu sua pistola sobre o balcão, disparando a esmo. O homem buscou refúgio atrás da porta. Quando não ouviu mais os tiros, ele enfiou a cabeça para olhar, e Patrick, escondido, socou-o de jeito, arremessando-o longe. O homem caiu, desacordado.

— Pode sair – ele disse.

— E agora? – Ela perguntou, olhando para o corredor.

Patrick e Kristine subiram os degraus devagar. Não estavam tensos. As perguntas e explicações que cada um tinha feito, enquanto fugiam dos tiros entre as prateleiras, deram lugar à excitação e à alegria. Foi Kristine quem abriu a porta, e os dois se precipitaram no interior do apartamento, quando viram um grupo armado surgir pelo corredor.

— Você ficou bem nesse uniforme, gostei – ela disse, no ouvido, abraçada a ele, procurando não fazer barulho.

— Eu falo com o John pelo rádio bem aqui.

— Você consegue ver alguma coisa?

— Vejo muito bem.

— Ótimo.

— Vamos ter de nos separar, agora – disse ele.

— Aonde você vai?

— Vou dar um jeito nos capangas. Você pode acionar seus amigos, eu fico até eles chegarem.

— Não se preocupe, eu sei me virar sozinha.

— Tem certeza?

— Tenho!

— Então até mais.

— Até mais.

— A gente se fala mais tarde.

— Tome cuidado – ela disse –, dando-lhe um beijo de boa sorte.

BJS se despediu de Kristine, seguindo o rastro dos homens pelo corredor até o andar de cima. Uma parte dos seus sentidos estava direcionada para a missão. A outra parte não estava certa se devia deixar Kristine sozinha.

— John, está na escuta?

— Alto e claro.

— Para onde eles foram?

— Entraram em uma sala, no fim do corredor. Cuidado, tem mais gente lá.

— Quantos?

— Um total de sete. Estão todos armados.

— Você pode cortar a luz? – Perguntou, fechando a viseira de visão noturna.

— Achei que não fosse pedir.

Os homens entraram em pânico quando as luzes se apagaram. BJS saltou no meio deles, desferindo golpes, derrubando um de cada vez. Desesperado, um dos homens começou a disparar rajadas de sua arma no vulto. BJS deu um soco em seu rosto, jogando-o por sobre uma mesa. As luzes se acenderam e apenas ele observava, de pé, os homens caídos no chão, desacordados. Ele sentiu um filete de sangue escorrendo pelos dedos da mão. Tinha sido atingido.

A equipe tática invadiu o navio. Os contrabandistas que ainda conseguiam andar foram colocados sentados no pátio. Homens do FBI escoltaram o navio até atracar no porto.

— Vamos descendo em fila – disse o soldado aos prisioneiros, algemados com as mãos para trás.

— Parabéns! – Disse J. Roberto, apertando a mão de Myson. – Pensei que não viria.

— É, passei para ver se meu soldado causou muito estrago.

— E o que está achando?

— Se juntarmos os dentes que encontrei pelo caminho, dá para fazer uma bela dentadura.

— Então está ótimo. É o mínimo que se pode esperar, numa situação como essa.

— É, foi um bom trabalho.

Em meio a uma multidão de pessoas, Kristine descia, descalça, a rampa do barco, até a plataforma. Seu vestido estraçalhado parecia ter passado por uma prova de fogo. A maquiagem borrada de fim de festa deixava clara a turbulência na navegação.

— Kristine! – Myson chamou, quando a viu passar no meio do tumulto. – E então, soldado, está ferida?

— Não, estou bem.

— Saiu-se muito bem em sua primeira missão. Parabéns!

— Obrigada. Você viu BJS?

— Ele está na ambulância. Foi ferido, mas está bem. Não se preocupe.

Kristine correu em direção à ambulância, que já estava saindo.

— Espera, espera – ela gritou, parando na frente da ambulância.

BJS se fez de desacordado no instante em que identificou o cheiro de Kristine, quando ela entrou na ambulância.

— BJS, você pode me ouvir? – Ela perguntou, sentada a seu lado. Ele continuou imóvel.

— Patrick, você está me ouvindo? – Ela perguntou, em seu ouvido. – Eu disse para você tomar cuidado – ela completou, beijando seus lábios.

— Você vai ter de fazer melhor que isso, gatinha.

— Ah, você não tem nada.

— O que é isso! Eu estou sofrendo aqui, preciso de carinho – ele disse, puxando a moça, que o abraçou sorrindo.

***

— Ok, pessoal. Hoje discutiremos nossos erros e acertos – disse Myson, entrando na sala de reuniões.

— Temos muito o que conversar, não é senhor John! – Afirmou Kristine.

— É mesmo? – Perguntou Myson. – Qual foi a falha?

— Além do passaporte, havia uma lista com o nome dos passageiros.

— Nossa! Foi um tremendo vacilo.

— Mas o BJS foi demais, estamos cada vez mais entrosados. Agora ninguém segura a gente – disse John, para mudar o rumo da conversa.

— É, foi mesmo.

— Eu não ia dizer nada, mas quem inventou esse nome? – Perguntou Kristine.

Os quatro homens se olharam, espantados.

— Você não gostou? – Perguntou John.

— Eu não, parece marca de carro. O que significa?

— É só uma sigla – disse Myson, evitando voltar ao assunto que gerara o nome.

— Com licença, major Myson – a secretária interrompeu.

— Pois não, Simone, pode entrar.

— O coronel Dylan deseja vê-lo.

— Diga que já estou indo. Obrigado.

— Ok, pessoal, depois discutimos, agora vou ver o que ele quer comigo.

***

— O que pensa que está fazendo? – Perguntou Dylan, quando Myson entrou em sua sala.

— Penso que estou fazendo alguma coisa – Myson disse.

— Estava, não está mais – ele disse, entregando um memorando.

— O que significa isso?

— É o que está escrito, você foi transferido, talvez lá você faça alguma coisa também.

— E a equipe?

— Não se preocupe, eu cuido deles.

— Você nunca ligou para isso!

— E você pensa que pode fazer o que bem entende, contratando um monte de delinquentes para o Exército.

— Eles foram aprovados nos testes.

— Não me venha com essa conversa, agora.

Myson leu mais uma vez o memorando de transferência, assinado pelo comandante da unidade.

— E não diga que não avisei – completou Dylan, no momento em que Myson saiu da sala, de olhos no memorando, não querendo acreditar que, depois de tudo o que fizera, o comandante tinha sido capaz de assinar sua transferência, motivado pelas fofocas de Dylan.

Myson entrou em sua sala olhando os retratos da época de fuzileiro, as medalhas de merecimento penduradas, o chapéu guardado de lembrança servia como troféu. Nada se comparava ao que estava sentindo naquele momento, nunca as coisas haviam sido tão emocionantes, mesmo comandando tudo pelo lado de fora. A sensação de fazer parte da Superequipe era como se ele fosse parte de um quebra-cabeça completo. Somente ele sabia das particularidades de cada membro. Dos desvios de conduta de John e sua sucumbida genialidade que ninguém conseguira explorar antes. E riu sozinho ao se lembrar da cara de raivoso que BJS fez quando perdeu a primeira prova, trapaceado por Dylan. Mesmo Seixas, que fora considerado inadequado para o serviço, tornou-se peça fundamental do grupo, servindo como braço direito. E a garota que fizera todo o esforço do mundo para entrar para a equipe. "Como ficariam?", se perguntou. Depois de um breve momento de reflexão, Myson se levantou.

— Eles vão ficar bem – disse em voz alta, colocando seus poucos pertences na mala.

***

— O que está fazendo? – Perguntou Seixas, seguindo Myson pelas escadas, acompanhado do restante do grupo.

— Vou trabalhar no setor de suprimentos e cuidar para que não falte a sopinha de vocês.

— Você não vai aceitar isso! – Disse John.

— E eu tenho escolha?

— Sem você, não somos nada.

— São sim. Vocês são os melhores, e não se preocupem, que eles colocam outro em meu lugar.

— Vamos fazer uma reivindicação, pedindo para anular a decisão – disse Kristine.

— Não adianta. Quem está no comando é o Dylan. Eu assumi o risco de passar por cima das ordens dele e perdi a razão. Nada pode mudar isso, e reivindicação nunca mudou nada, neste mundo. As coisas só são conquistadas se você pegar na marra, ninguém dá nada de graça.

— O que vai fazer agora, senhor? – Perguntou Seixas, enquanto eles alcançavam o pátio do estacionamento.

— Não sei. Sinceramente, não sei, mas quero agradecer por tudo o que vocês fizeram, enquanto estiveram comigo. Peço que continuem com o trabalho. As pessoas precisam de um grupo como vocês, que colocam a mão no fogo, enquanto elas ficam agindo como se o mundo fosse mil maravilhas.

— Veja, o helicóptero presidencial! – Gritou John.

— O que ele faz aqui? – Perguntou Myson, observando o helicóptero pousar no meio do pátio.

Todos se entreolharam no momento em que o presidente desceu e começou a caminhar em direção a eles.

— Senhor presidente – disse Myson, batendo a continência.

O presidente retribuiu o gesto, pegando na mão de Myson.

— Esta é a Superequipe? – Ele perguntou.

— Somos – disse John.

— Vocês fizeram um ótimo trabalho, parabéns!

— Obrigado, senhor presidente – disse Myson.

— Obrigado, senhor presidente – os outros disseram, em coro.

— Muito bem, coronel Myson, mantenha-me sempre informado – disse ele.

— O que disse, senhor?

— É isso mesmo, você ainda está no comando. Parabéns, coronel!

— E o coronel Dylan?

— A aposentadoria dele chegou mais cedo – disse o presidente, batendo em seu ombro.

— Agora, sim! – Gritou John, eufórico, abraçando os membros da Superequipe, comemorando, entusiasmados, dando gritos de viva.

— Acharam que iam se livrar de mim? Podem se preparar, que essa moleza vai acabar.

— Agora ninguém segura a gente – disse Seixas.

— É isso aí – Kristine concordou com os rapazes.

— E agora, o que faremos? – Perguntou BJS.

— Agora vamos comemorar mas, antes, vou deixar minhas coisas na nova sala. Vamos nos encontrar no bar em exatos trinta minutos.

***

— Agora temos um comandante de verdade – disse J.Roberto, na porta da nova sala de Myson.

— Como está? Vamos chegando, não repare na bagunça, ainda não tive tempo de arrumar – disse Myson, apertando-lhe a mão.

— E agora, o que pretende fazer?

— Vamos dar continuidade ao trabalho que vem sendo realizado.

— Agora você não tem mais desculpas para não me ajudar – disse J.Roberto, entregando-lhe um jornal.

— Vem cá, me fala uma coisa. Você não dorme? Não faz compras em supermercados, como todo mundo?

— Eu faço compras disfarçado, e você?

— Agora que estou contaminado com suas loucuras, também.

— E vai disfarçado do quê? Posso saber?

— De jogador de basquete.

— Com a camisa 23 do Chicago Bulls?

— Exatamente. O que é isso aqui, o jornal de ontem?

— É, dê uma olhada neste cara.

– "Ladrão misterioso rouba carro-forte usando raio paralisante", Myson leu, franzindo os olhos.

— Minha nossa! Isso só pode ser piada.

— Não sei, ele já fez três roubos em menos de um ano.

— De onde saiu esse cara?

— Não sabemos, pergunte para o seu pai. Não digo nada, se não saiu daqui.

— Nossa, nem brinca.

— E então, como está o seu BJS?

— Está bem.

— Estamos monitorando os carros-fortes. Vamos precisar dele, quando esse maluco voltar.

— Tudo bem, não esquenta, ele vai estar pronto – Myson disse, fechando a porta da sala.

— Ótimo, estamos pretendendo fazer uma isca. Vamos solicitar sua ajuda.

— Estamos prontos. Avise-me quando estiver tudo preparado.

— E agora, o que vai fazer?

— Tomar umas para comemorar, está a fim?

— Pode ser.

— Você me aparece com cada uma! Não dá nem uma folga – Myson disse, sorrindo, descendo as escadas.

— Comandante não tem folgas.

— Quem disse isso?

— Os delinquentes de plantão, como o Spectron.

— Quem é Spectron?

— O ladrão do raio paralisante. É como as pessoas o chamam.

— Cada doido que aparece! Isso aqui virou o quê, Gotham City?

— As coisas estão se modernizando, precisamos acompanhar o ritmo...

— É, estou desatualizado...

***

Barra Mansa, Rio de Janeiro.

Sentado em sua cadeira, na beira do gramado, sob o Sol de quarenta graus, o homem assistia ao treino de futebol feminino da Vila Flavia. Mais parecia diretor de cinema, de chapéu e óculos escuros, debaixo da sombra do guarda-sol fincado no centro da mesa, reservada exclusivamente para o ilustre dono do time. Enquanto acompanhava o bate e rebate da bola, ele rabiscava um caderno de arame, parando, de quando em quando, para se abanar com um leque da China.

— O que está achando da equipe, Dotô? – Perguntou o técnico do time.

— Está ótima, só tem um problema – respondeu ele.

— E qual seria? – Perguntou o técnico, com ar preocupado.

— O uniforme. Não acho legal esse calção de náilon.

— É... que... É padrão aqui já faz muito tempo, não sabe?

— Tudo bem, a gente lança um novo uniforme. Cuide disso para mim que vai ser bem recom... recom... como é mesmo a palavra?

— Recompensado – respondeu o homem, agitado, como quem sofre de doença de São Guido.

— Exatamente. É que eu ainda estou me familiarizando com o idioma – justificou-se Cesar, entregando o caderno com o desenho do novo modelo de uniforme.

— O senhor já foi estilista? – Perguntou o técnico, balançando a cabeça, em sinal de admiração.

— Nessa vida já fiz de tudo, só não faço chover.

— É, inclusive, minha esposa tem uma pequena tecelagem, onde poderia...

— Faça isso – interrompeu Cesar, abaixando os óculos no nariz para ver melhor as meninas se agarrando, enquanto comemoravam um gol marcado. – O novo uniforme vai ficar uma beleza, eu sou mesmo um gênio – disse, sorrindo, tateando a mesa até alcançar uma lata de cerveja enfiada no isopor. – *I love this country* – disse ele, de olhos fechados, dando um demorado gole na cerveja.

PandorgA
NACIONAL